U0870923

有爱的青春陪伴者

京城小红娘

一见生欢喜 著

中国致公出版社
China Zhigong Press

图书在版编目（CIP）数据

京城小红娘 / 一见生欢喜著. -- 北京 : 中国致公出版社, 2020
ISBN 978-7-5145-1638-8

Ⅰ. ①京… Ⅱ. ①一… Ⅲ. ①长篇小说－中国－当代
Ⅳ. ①I247.5

中国版本图书馆CIP数据核字(2020)第038138号

京城小红娘 / 一见生欢喜 著

出　　版 中国致公出版社
（北京市朝阳区八里庄西里 100 号住邦 2000 大厦 1 号楼西区 21 层）
出　　品 大鱼文化
发　　行 中国致公出版社（010-66121708）
作品企划 大鱼文化
责任编辑 秦　璟　汪兆靓
特约编辑 邓玉玮
装帧设计 刘　艳　黄小玉
封面绘制 君　離
印　　刷 长沙鸿发印务实业有限公司
版　　次 2020 年 5 月第 1 版
印　　次 2020 年 5 月第 1 次印刷
开　　本 880mm × 1230mm 1/32
印　　张 9
字　　数 216 千字
书　　号 ISBN 978-7-5145-1638-8
定　　价 36.80 元

京城小红娘

目录 / CONTENTS

楔子 /001

第一章 /004
京城有女，其名绥绥

第二章 /032
惩治内鬼，淬火之毒

第三章 /057
姻缘天定，重获新生

第四章 /086
意外之吻，深夜遇刺

第五章 /115
车内上药，风雨欲来

第六章 /141
草菅人命，惨淡收场

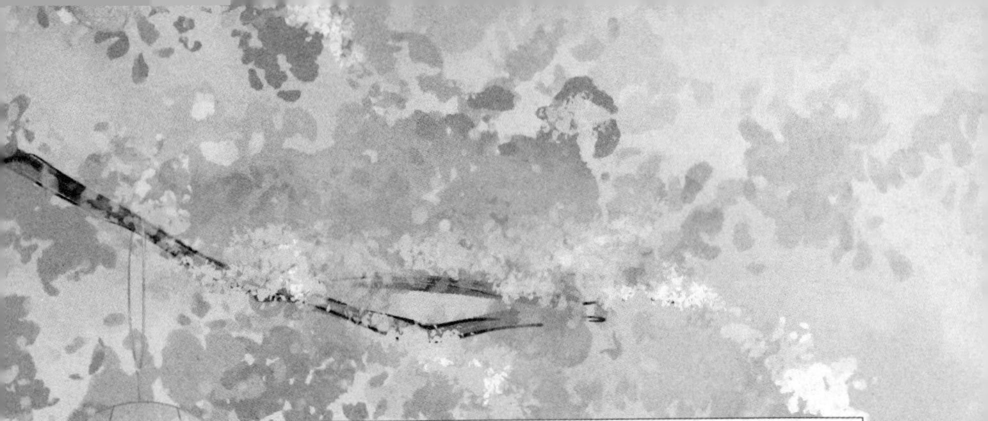

京城小红娘

目录 / CONTENTS

第七章 /166

夜来晚风，十里暗流

第八章 /190

情愫暗生，往事浮现

第九章 /212

古来英雄，各归山河

第十章 /234

心有所慕，心向往之

第十一章 /253

风云变幻，沉冤昭雪

尾声 /275

楔 子

JINGCHENG
XIAO
HONGNIANG

京城小红娘

近来的天气很是怪异，白日里还艳阳高照，这一入了夜，整个汴京城就像是被一张厚厚的黑布蒙住了似的，半分光亮也透不出来，闷得像是随时都能下一场瓢泼大雨。

顾昭鹤屈了一条腿坐在石阶上，屋内隐约透出的几分烛光照亮了他小半张脸，忽起的夜风将他的宽大衣裳吹得猎猎作响。

“主子当真要去？”

他身后的一个黑衣人正单膝下跪，问这话的时候没忍住抬头看了一眼：“此事牵连甚广，若主子执意要查，属下怕您……引火烧身。”

顾昭鹤低头敛眉捏了捏手腕，他面前的石桌上搁着个酒壶，食指一钩把酒壶拎到耳边晃了晃，待听见水声后直接仰头对准壶口灌了一大口。琼浆玉液自他嘴角滑落，顺着滚动的喉结没了踪迹。

一声喟叹从他口中溢出，顾昭鹤随意地擦了擦嘴：“我只担心这火烧得不够旺，烧不到这汴京城来。”

又是一阵风起，叶子随风飘散着，正好飘到顾昭鹤眼前挡住了他的视线。黑衣人看着被叶子遮着脸的顾昭鹤，忍不住又劝了一句：“您可知您一旦去查，你们兄弟二人之间的信任就荡然无存了。一旦失去帝王的信任……”

黑衣人没能把话说完，就见顾昭鹤拿下眼前的树叶从石阶上一跃而下，他走到院中的海棠树下，拿起一旁的小铲子挖了个坑出来。也不晓得是不是酒喝多了，兴致极高，他扭头高声让黑衣人抱几坛酒过来。

“记得再选些酒性温和的，免得我那指腹为婚的媳妇儿不胜酒力。

“我爹娘旁的没给我留下什么，倒净是给我留些难题。那会子她应当还只是个襁褓婴儿，若我直接找上门去说我是她的夫婿，岂不得被打杀出来？”

顾昭鹤拍了拍手上的土，又抱起一坛埋不下了的酒，说话间又灌了两口下去。

“人生在世，可真难啊。”

顾昭鹤一边说话一边抱着酒坛往外走，看样子是有些上头了，连走路都有些晃晃悠悠的。

黑衣人正想跟上去，自家主子懒洋洋的声音便顺着风吹了过来：“放心，不会有什么意外的。”

黑衣人叹了口气，拿抱着酒坛已经消失不见的顾昭鹤毫无办法。

不会有意外，怕的就是意外。

当年之事谁沾上都是个“死”字，偏偏这位爷是个不怕死的。

都是冤孽，冤孽啊……

第一章

京城有女，其名绥绥

JINGCHENG
XIAO
HONGNIANG

天色将明，汴京城中还算安静，只有从附近来的小摊贩偶尔发出些许声响，从一线牵门口经过的时候都忍不住纷纷抬头看了几眼，待看见一线牵大门口倚着个男人的时候，心中暗道：“不愧是一线牵，这么早就有人来等着了。”

可他们心中想法还没落定，原本倚在门口的男人双手向上伸了个极为舒坦的懒腰，又见他身子一歪，拉住门环竟然“咚咚咚”地敲了起来。突起的敲门声打破了现下的平静，不远处的鸟儿也被惊得纷纷扑棱着翅膀飞远了。

他这动静闹得极大，不过片刻就有人过来开了门，可还不等下人问话，敲门那人便一个斜跨，十分灵活地从门缝中挤了进去，还用手中折扇点了点人家的肩膀，偏头笑眯眯地说道：“麻烦小哥帮我通传一声你家老板，就说我是来要银子的。”

下人一脸迷茫，但一听“要银子”这三字，自觉事情不会小，赶紧带着人进了一线牵待客的偏厅，又麻溜地去请自家老板。

一线牵的老板名唤姜绥绥，是个将将二十的小姑娘，经营一线牵多年，要银子的人她见过不少，可天还没亮便上门讨要的还是第一次见。

“这位先生说我一线牵欠你银钱不还，可有什么证据？”

京城小红娘

姜绥绥觉都没睡饱，一大早就被眼前这个讨债鬼吵了起来。她眼下青黑，双眼布满血丝，又生生咽下了一个哈欠，瞧着很是不好招惹的样子。看着下方坐没坐相、站没站相，还要来葡萄吃得不亦乐乎的人，等了半天没等来回答，姜绥绥憋着一腔火气，打算叫人把他给轰出去，自己抓紧时间还能再补上一觉。

“你们那位胖乎乎的管事怎么不在？”

姜绥绥正要开口，那人吃完银盘中最后一颗葡萄后擦了擦手，从怀里掏出一张皱巴巴的纸递了过来。

“姜老板瞧瞧，这是不是你家管事的印。”

庞管事前几日受了风寒，拖到现在也没见好，姜绥绥担心他的身子便没让人惊动他。如今看来，这事跟庞管事有关？

“五天前我在街上摆摊卖画，恰巧与你家管事碰上，说我画人好看，叫我来一线牵当画师，又叫我替一男一女画了画像，却只给了定金。”

姜绥绥眉头一跳，突然想到前几日听庞管事说以前的老画师有事回乡下去了，说会去寻一个新的画师过来。

她抚平那张纸仔细看了看，字迹和印章都是庞管事的，她又仔细瞧了瞧里面的内容。顾昭鹤？难不成，这人就是新招的画师？

顾昭鹤起身走到姜绥绥面前，突然弯下身子凑到了她跟前，眼睛一眯，脸上带了几分笑意：“姜老板要是看好了，不如把剩下的钱结给我，我还等着交租金呢。”

顾昭鹤突然靠近吓了姜绥绥一跳，她双指并拢抵住他的肩头，手下用力将他推开了些：“此事与我家管事有关，一切待我问过再说。”

她刚让下人去请庞管事，门外就急急忙忙冲进来一个穿着碧绿衣衫、梳着丫鬟发髻的小丫头，口里还高呼着：“姑娘，出事儿了！”

那丫头跑得快，冲进来的时候没收住脚，差点摔一跟斗，待她稳住身形，这才急急忙忙道：“外面来了好大一群人，说咱们作假唬人，有意坏人姻缘呢！如今楼外边围了好大一群人——姑娘你慢些，你慢些！鞋底儿是新纳的！”

姜绥绥闻言便赶了出去。一门心思找她要钱的顾昭鹤愣了片刻，看见她这风风火火的样子，也跟了出去。

西川国有个不成文的规定，男子二十二岁以上，女子十八岁以上，没有成婚便要加以处罚。因此为人结亲说媒的红娘一职一时竟火出了边界，汴京城脚下十间铺子，得有一半做的都是为人牵线说亲的生意。

可不管汴京城有多少红娘，多少姻缘楼，便是全加在一块儿，都比不上一个姜绥绥，不及她的一线牵。

姜绥绥年纪不大，可替人说媒牵线的本事却委实不算小，经她的手促成的婚事就没有一桩是不美满的，但凡是她接手的男女，便没有促不成的婚事。这汴京城里都不知道有多少缘分是在一线牵里结下的，最终成就了姻缘。

姜绥绥还特意辟了一间屋子出来，专门放那些夫妇送来的谢礼和匾额。汴京城上下，谁不知道她的本事？

她这生意越做越红火，眼红心热的人自然也不在少数。从年前开始，来一线牵寻衅滋事的人便一茬一茬地往上扑，可大部分都叫一线牵的管事给解决了，这还是头一件惊动到姜绥绥这儿来的。

“我原本是听闻了你们一线牵的名声，才带着女儿巴巴地从琅琊赶到这汴京城来，哪儿料想你们这儿做的压根儿就是唬人的生意！”

姜绥绥出去的时候，一线牵门口正站着一个带了满身怒气的妇人，妇人对着几个先出来处理此事的小管事就是劈头盖脸好一顿骂，旁边围了一层又一层看热闹不嫌事儿大的百姓。

正闹事的瞧着是一对母女，只见妇人手中紧紧攥着一卷画，身边还紧紧跟了个小姑……跟了个姑娘。

“娘，这里……这里人太多了，咱们还是听这位管事的，先进去再说吧。”

这姑娘穿着身粉色纱裙，面上遮着块略有些厚实的面纱，叫人看不真切。照理说该是仙气渺渺的，只奈何这姑娘的身量较旁人要雄壮一些，硬生生把那点子仙气给撑没了，不过瞧着倒是个好脾气的，一个劲儿地拦着她那都快气得喷火了的娘亲。

“你都叫人诓成这样了，怎还是这般没出息！我既带了你来，若没个说法，我自然不会回去！”

妇人恨铁不成钢地瞪了自家女儿一眼，拉着她的手便站定在一线牵门口，便是那管事口水都快说干了，她也不肯挪上一步，大有不给个说法就不走的架势。

“夫人一口一个说法，可咱们一线牵到底做了什么事儿叫夫人您这般恼怒，都还没一个人知道呢。”姜绥绥站在边上看了会儿，瞧那妇人不像往常那般来寻麻烦的，便从人群中走了出来。

“你就是一线牵的老板？”

那妇人闻言，又见那些个小管事纷纷冲眼前这个年纪不大的小姑娘行礼，便拉着自家闺女一个箭步冲到姜绥绥面前，还不等姜绥绥说什么，她手腕一抖便把画卷展开：“这画上的可是你们一线牵的客人？”

姜绥绥被眼前这位夫人雷厉风行的架势吓得往后退了小半步，半眯着眼睛看了看画上之人，又瞥了眼右上角的名字。

张元安？

她可从来没听说过这号人物。再者，这画像只有成事之后才会赠给男女双方，之前都是一线牵的小管事收着的。张元安的画像为什么会在这位夫人手里？

“夫人，您是不是……”

“这眼睛我该再画大些的。”

姜绥绥以为这对母女是平日那些上门碰瓷的，正要出声否认，却见不知何时跟上的顾昭鹤探身仔细瞧着那夫人手中的画，还摸着下巴点评了一句，言语里满是这画出自他手的意思。

姜绥绥呼吸一窒，睁大了眼睛，难不成这画真是顾昭鹤画的？

“你家画师都在这儿，你还想否认不成？”

那妇人的火气从脚底板蹿到头顶，眼见着头发都快烧着了。姜绥绥连忙撑出一抹笑意，握住了她指着那男子鼻子的手：“夫人，您瞧瞧这外面日头这样毒，若是继续在这儿站着，仔细伤了皮肤。”

她热得有些受不住，抬手扇了扇风，又压低了声音继续道：“到底是姑娘家婚配的事情，若真要摆在日头下说，被一些多嘴多舌的人听去了到处搬弄是非，对小姐也是不好的。”

这位夫人是个火暴脾气，否则也不会当着那么多人的面跑到一线牵门口来闹，可她也是一心为了自家女儿，自然是不愿意被一些三姑六婆嚼舌根的。

她瞥了瞥姜绥绥，又看了眼低头站在自个儿身后臊得不行的女儿，有些不大好意思地咳了咳，却仍是撑着脸面瞪了姜绥绥一眼，倒是老老实实往里面走了：“我倒要听听，你能给我个什么说法！”

姜绥绥让管事先把人带进去，偏头看了一眼还有些没搞清楚状况的顾昭鹤，又扫了眼半点离开意思都没有的围观群众，她脸色有些不大好看，蹙着眉毛压着嗓子对他低声道：“你，一块儿进来。”

众人进去的时候，庞管事已经收拾好过来了，他从几个小管事那儿听来了消息，有些担心地看向正往里走的姜绥绥，却突然瞧见了跟着一块儿进来的顾昭鹤。

这画师怎么也在？

“夫人和小姐在外头站了那么久，先喝杯冰镇酸梅汤解解暑气吧。若真有什么事儿，咱们慢慢商谈也未尝不可。”

庞管事叫人端来好大一壶冰镇酸梅汤，又安排那对母女入座，紧接着给后来的姜绥绥送了杯去，待看见她身后跟着的顾昭鹤时，犹豫了半天，还是给他倒了一杯。

姜绥绥自小就怕热，喝了两杯酸梅汤还不算完，又叫人拿了把团扇来，一个劲儿地直扇风。

“我先前也说了，今日我母女二人来此是为了要个说法，你莫要与我扯这些有的没的。”

“夫人一来便把‘说法’二字挂在嘴边，可到底是因着什么事儿，夫人到现在可都没说呢。您这样，我总不能胡乱编个说法给您吧？”

姜绥绥又灌了一口酸梅汤，末了还拿绢帕擦了擦嘴边的水渍，待看过去的时候，目光却落在了从进来就没说过一句话的粉衫小姐身上。

她微微眯了眯眼睛，眉毛微挑，身子朝那姑娘所在的方向探了过去，柔声道：“这位妹妹，天气这样热，妹妹何不把面纱揭了，也好松快些。”

“不——不必了！我不热的。”

姜绥绥不过就提了这么一句，那姑娘的反应却大得很，险些打翻手边的酸梅汤。

姜绥绥自幼在一线牵长大，从小见了多少形形色色的人，早就练就了一双看人的毒辣眼睛，她瞧这母女二人的模样，委实觉得怪异。

当娘的非闹着要说法，当女儿的唯唯诺诺，大热的天儿戴着块厚实的面纱，她不过顺口叫这姑娘揭下来透透气，就像她要做什么似的。

“我们不是汴京城人士，是打琅琊那边过来的。”

那位夫人瞧自家女儿这个反应，半是心疼半是恼怒地看了她一眼，又扭头向姜绥绥道出事情的原委来。

“我夫家姓许，在琅琊也是有头有脸的人物，又只得了阿玉这么一个女儿，自是千娇万宠捧着长大的。在她的婚事上，自然小心了又小心。

“你这一线牵的名声不光在汴京城传得响亮，我在琅琊也是听过的，所以才特意带着阿玉登了你一线牵的门，只盼着能给我们家阿玉找一个好姻缘。”

姜绥绥每日都得接待好几十个登门求婚事的男男女女、老老少少，她又素来不记人脸，听见许夫人这样说，才从脑子的犄角旮旯里寻出这么点记忆来。

前段时间，的确是有这么件事的。

可登一线牵大门求亲的人那么多，她们这儿又是哪里出了差错？

“我也从你们这一线牵给的画册里选了个儿郎出来，原想着阿玉的婚事能定下来，却没想到竟遭了你们这黑心肝的骗！”

姜绥绥是汴京城名气最大的红娘，手中自然攥了不少青年才俊、闺阁娇娘的资料，为了叫双方满意，她都会让先登门的那方去画册里挑一个自个儿喜欢的，再由一线牵做媒，画了此人的画像去问被选中的那人，若是双方都有意才会安排二人碰面。

她都安排得如此细致了，怎的就成黑心肝的骗子了？

"你们把那儿郎画得那样俊朗，又说他家世、样貌样样不差，我原想着定是段极好的姻缘，可待见到人的时候才晓得我是遭了你们的诓骗！那狂徒不仅容貌和画像不符，还口出狂言，竟……竟张口闭口辱我女儿相貌！"

许夫人说到此处,先前好不容易压下来的情绪这会子又爆发了，虽是忍着没把手边的杯子给砸了，可眼睛却红得不像话，也不晓得是替自家女儿委屈还是被气得狠了，待再开口的时候，声音颤得不像话。

"我家阿玉是这世上最好的姑娘，若非她无兄弟扶持，我也不会这么急着给她安排婚事，原想着你这一线牵名气大，却没料到净是些唬人的玩意儿！"

姜绥绥听得太阳穴突突直跳，头疼得厉害，不过好在算是把许夫人说的事儿给捋清楚了。

一线牵做生意，讲究的是你情我愿，要双方见过画像再了解过家世后才会安排见面，但凡有一方不乐意，是连面都见不上的。

可听许夫人这话里的意思，是见着的人和画像上的对不上号。

难不成，还真是这画师惹的祸端?

"庞管事。"

姜绥绥扇风的手顿了顿，喊了庞管事一声，又伸手指了指正拿着壶倒酸梅汤，半点没把自己当外人的顾昭鹤："这就是你新聘的画师？"

庞管事擦了把额头的汗，他站过去仔细瞧了瞧："确实是他，原想着等病好了再把人领进一线牵的，不知道为什么他自己就找上门来了。"

老画师回去得急，一线牵的生意又好，留给他找新画师的时间根本就不多。那日他正愁着呢，结果上街正好就瞧见有人摆摊卖画，那画技比先前的老画师好了不知多少。庞管事只当天公作美，便上前去问了这人愿不愿意来一线牵做活，待谈拢了银钱，又叫那画师现画了几幅美人图，本想着把人带回来的，可第二天他就受了风寒，一直不见好，这件事就押后了。

难道今天这事儿坏他身上了？

“姑娘，今天这事儿难不成……”

姜绥绥有些头疼，正巧刚才被她吩咐去拿画像的人回来了，她便起身把写着“许”字的画卷接了过来，又在众人的注视下慢慢展了开来。

只见这画上之人，皎皎兮似轻云之蔽月，飘飘兮若回风之流雪，明眸皓齿，螓首蛾眉，是个顶顶的美人儿。莫说是男子了，便是姜绥绥见了都忍不住心生怜惜。

这画好看是好看，可……这画上的女子扶风弱柳之姿，与眼下这位许小姐根本不是同一个人啊！

她没说话，屏着一口气走到许夫人面前把另一幅画接了过来。

虽说刚才已经瞧过了，可这俊朗的模样，便是再多看几次也是不为过的。

若是汴京城什么时候出了个这般英俊的儿郎，她姜绥绥还不知道，那这一线牵还不如直接关门大吉算了。

姜绥绥眉心一跳，心中暗道了一句“不好”，面上却十分镇静，半点不好的情绪都没显露出来，只慢慢地把那两卷画像给收了起来，瞥了眼双手抱胸靠在一边看戏看得不亦乐乎的顾昭鹤，只觉得太阳穴突突直跳。

“这两幅画都是你画的？”

顾昭鹤喝光了整整一壶冰镇酸梅汤，兴许是酒足饭饱有点困倦，他干脆十分自在地寻了个位置坐了下来，还眯眼打了个呵欠，眼角沁了点泪。

“正是在下，那画卷右下角还有我的章呢。”顾昭鹤捋了捋耳后的头发，又绕了一绺在食指卷了两下，“若是不信，喏，你看看不就行了。”他扬了扬下巴，又挑了两下眉头，目光落在姜绥绥手里的画卷上。

她微皱着眉头，探手拿了一卷过来，展开一看果真有个章。

煮鹤先生……

他这是什么乱七八糟的字号？

“姜老板，这画可不是我们带来的那幅！”

刚才姜绥绥展开许阿玉那幅画的时候被许夫人瞧了一眼，若非画中人和她女儿一模一样的神态衣裳，她断断是认不出来的。

这画上的姑娘，与阿玉的差别……委实大了些。

“自然不是你们带来的那幅。”姜绥绥还没说话呢，这顾昭鹤便极为自然地接了下来，“既然我是庞管事找来给客人画画的，怎么可以用你们自个儿带来的画，当然得自己动手了。”

他摸了摸下巴，先是盯着画瞧了瞧，又打量了许阿玉好几眼：“再说了，我这画像与真人别无二致，你们难道还有什么不满意的？”

别无二致？

莫说是姜绥绥听了这话，便是许阿玉的娘亲听了都忍不住收了火气愣了一下。

那画卷上的分明是个绝色美人，可她的阿玉却……

在场众人纷纷因为顾昭鹤这话愣住了，姜绥绥脑子里刚蹦出来的念头还没来得及成型呢，外面便来了个火急火燎往大厅冲的下人。

“姑……姑娘，张公子那边也来了好大一群人，拿着棍棒直接冲进了咱们楼里，还一路打砸说要拿您问话呢！小的们实在应付不下来了！”

竟然直接就闯进来了？竟然还敢砸了她的一线牵？

姜绥绥闻言，把画卷重重往桌上一拍，脸色差得跟被人刨了祖坟似的。

她在这汴京城到底也算是小有名气，那姓张的什么都不说就直接闯进来打砸，这不是当着汴京城上下打她姜绥绥的脸吗？若这事儿就这么过去了，那她还怎么继续做生意？岂不是叫所有人都看了笑话？

姜绥绥先前听许夫人的话，还只信了三分，可如今这张元安竟不问青红皂白地便带了人闯进来，光是这举动便足以瞧清这人的品性了。

“庞叔，你直接去顺天府报官，就说有人闯门。”

姜绥绥脸色冷淡，说完这话便跨着大步朝外走去，刚走了两步便回身冲许家母女鞠了一躬：“不论画像之事，但就那张元安的品性，我一线牵给许小姐牵的这门婚事就不成。此事到底是因为一线牵而起，绥绥定会给二位一个说法，若是许夫人还信得过小女子，许小姐的婚事我定会尽心竭力，替她寻一个好夫婿。”

姜绥绥说完这话便直起身子朝外走了去，压根儿没注意到跟在她身后的顾昭鹤。

她刚跨出大厅便听见从前院传来的打砸声，心疼得她恨不得把那张元安剁碎了论斤卖。她为了撑场面，厅里摆着的可都是顶顶名贵的玩意儿！

“你张爷今儿个把话撂在这儿，什么时候把你们这什么破一线牵砸碎了、砸烂了，爷就什么时候回去。”

一线牵做的是成全他人姻缘的老实生意，虽说为了应对同行恶意竞争，楼里也招了不少会些拳脚功夫的杂役下人，可张元安的阵仗如此之大，带来的人全都是练家子，他们不仅没能拦下来，还吃了不少拳脚，躺在地上“哎哟哎哟”地接连呻吟着。大厅更是被砸得遍地狼藉，桌椅板凳和花瓶摆件碎了一地，连她高价买来的名家字画也全被撕得粉碎，竟是连个能入眼的东西都没了。

“你们好大的胆子！青天白日，天子脚下，就敢如此放肆！”

姜绥绥见她辛苦经营了多年的心血竟然被张元安这个王八蛋砸成这副模样，气得浑身直发抖，顺手捞起一张小板凳便重重往地上一砸，裹着她满含怒气的低吼声。张元安带来的人竟一时被震住，消停了下来。

“哟，总算肯出面了？”

张元安站在楼梯上，见姜绥绥从后院过来，自以为风流地“哗啦”一声将折扇打开，慢慢悠悠地走了下来：“到底是个娘儿们做的生意，就是不经砸。你们愣着做什么？本少爷叫你们停了吗？还不继续给我砸！”

“我看你们谁敢！”

若是姜绥绥先前没有见过那画像还好，可刚看了一张貌胜潘安的脸，如今又对上张元安这张由绿豆眼、蒜头鼻、大厚嘴唇组成的脸，视觉冲击大到叫人实在看不下去。

这张元安还自诩风流，学那俊朗公子穿着白袍，可他偏又生了一张黑皮，叫白袍一衬，显得越发难看。

若说相貌乃是天赐，人力不可改，那品性却不同了，一个人是善是恶，这可不是天生就能定下来的。

“怎么，你们这破店净做唬人的生意，还不许人砸了？”

那张元安想来也是没皮没脸惯了，从楼梯走下来径直到了姜绥绥跟前，还一副浪荡公子哥儿的模样，竟拿了折扇想挑姜绥绥的下巴。

姜绥绥可不是什么好招惹的，一巴掌直接把他手里那折扇给打开了。

“你张爷我花了大价钱来你这儿求个正经姻缘，你就拿画像来诓我？也不瞧瞧那女人生得什么模样，肥头大耳、又油又腻，脸上还有块如此大的黑疤，你叫我如何下得了口？早知道你这儿的女子都是那般货色，那我还不如直接去风月阁找姑娘。”

张元安口无遮拦，出口便是对那许家小姐的轻蔑，言语间更是恶毒难听。

他说完这话还半眯着他那双本就算不得大的绿豆眼，把姜绥绥从头扫到了脚，又微微仰头，拿鼻孔对着人：“这银子我是出了，要么你就十倍赔偿我的损失，要么你就将你这里女客的名单给我，叫我选上十个八个，再给我安排见面的事儿，再不然……你给我作陪，好生伺候一场也不是不可以，否则……这事儿咱就没完！”

姜绥绥鼻子里差点冒出火来，只恨刚才那一巴掌打错了地方。她不该呼开折扇，应该直接招呼到张元安那张脸上去。

“张公子是吧？”

姜绥绥怒极反笑，目光从那张元安的肩膀上透了过去，落在了正围在一线牵门口探头探脑看热闹的百姓身上：“你说你花了大价钱来我这一线牵，只为求个正经姻缘？一线牵做生意，从来只收五两银。”

姜绥绥虽是在笑，眼睛里却一片寒意，说这话的时候脑子里又转了不少念头出来。

“我此处也只做品行端正之人的生意，即便你张公子从家中拿出千万两黄金来，我也断不会做你的生意！”

“你个臭娘们儿！找打——”

“好好一个大男人居然对个小姑娘动手，丢不丢人？”庞管事厉声道。他瞧那张元安竟敢打他家姑娘，急得连忙扑了过去，结果正巧那张元安不知怎的脚下莫名其妙地一滑，竟狠狠摔了个狗吃屎，自己来不及收住脚，直直压了上去。

只听见张元安闷哼一声后便没了大动静，姜绥绥吓了一跳，连忙上前想把庞管事扶起来，可他生得胖，刚才又着急，现在又担心自个儿把人给压死了，身上软得厉害，姜绥绥一个娇滴滴的小姑娘哪儿扶得动他，还没等他站起来呢，人就又摔下去了。

那“咣当”两声响，听得旁边的人牙都酸了。

“哎呀，这还没到年节呢，就有人行如此大礼，实在不妥，不妥。”

就在姜绥绥急出一脑门子汗，生怕庞管事真把张元安给压死了的时候，旁边伸出一只手来，拉着庞管事的胳膊就把人给扯了起来，嘴上还没闲着，正一个劲儿往外说话。

姜绥绥下意识朝他看了过去，却正巧对上他那双漆黑的眸子。

是那个新来的画师。

“哎……哎哟——”

就在姜绥绥出神的时候，还在地上趴着的张元安冒出了点动静，及时拉回了她的心神，待她顺着声音瞧过去的时候，心中好不畅快。

张元安正面朝下摔得凄惨，牙齿正好磕在嘴唇上，等再抬头的时候，小半张脸都被血给糊上了，鼻子这会儿都还在流血呢，血肉翻飞，瞧着吓人得很。

“你——你们这群混账！老子……老子要报官！要报官！哎哟喂——”

等瞧清楚张元安这狼狈模样，他带来的那些人才回过神来，纷纷把棍子丢了，不知道是该趁乱赶紧溜了，还是等着张元安给他们先前就商量好的银子，总之就是没一个敢上前的。

“张公子，你给了我一线牵多少银子？”

姜绥绥对这个口无遮掩的公子哥儿没什么好感，瞧他落得如今这模样，自然是乐见其成的。

只是一线牵门口现在还围着这么多人，要是不把事情说清楚，她爹这么多年的心血岂不是砸在她手里了？

那张元安糊了一脸的血，刚才还叫唤着要报官呢，现在听见姜绥绥问他花了多少银子，这心思便又活泛了起来，一双缝似的绿豆眼骨碌碌转了两下，连鼻子也不捂了，伸出自个儿还带着血的手指，愣是半点不客气地比了个“十”出来。

“一千两。我给了你这徒有其名的一线牵整整一千两银子！”生怕外面的百姓听不见似的，他还刻意抬高了音量，忍着痛也要把这句话给抖清楚了。

外面围观的百姓倒也没辜负他，听见这话后传出好大的动静来，言语间全是在说一线牵坑人。

“你们不仅诓人，竟还将我打成了这样，待官差来了——待官差来了，我定要狠狠告你！”

那张元安竟还做出一副受害人的嘴脸，脸上也分不清到底是汗还是什么，和着血水流了下来，整个人更显得狼狈不堪。

可他戏台子刚搭好，还没来得及上台唱两句呢，就被姜绥绥抢了场子。

“庞管事，去将咱楼里的账本取过来。”

庞管事半点不敢耽误，五步并作三步地便赶紧把账本送了过来。

“一线牵每日的收支进项，全都记在这账本里。张公子若是能从中翻到一笔一千两的记账，那我现在就跟你去顺天府，自个儿蹲那大牢里。”

姜绥绥手里握着一沓厚厚的账本，在他眼前一晃一晃的，那张元安也不自觉地跟着上下晃，被盯了好一会儿才回过神来，有些僵硬别扭地说道：“谁知道你有没有把这笔账记下来，反正都是从你那儿拿出来的东西，是与不是还不都是由着你说。”

说着说着，他往后退了小半步，没敢对上姜绥绥的眼睛。

“那好。”姜绥绥冷哼了一声，把账本一收，“既然张公子说给了我一线牵一千两银子给你做媒，那你倒是说说，你给的是银子还是银票？若是银票，又是哪家钱庄的？是在何时何地与我谈的这桩生意？可有旁人见证？”

这一个问题接一个问题把张元安砸得眼冒金星，他含含糊糊半天说不出一句囫囵话来，只一退再退，对于姜绥绥的问题也避而不谈：“你……你既然收了我这么大一笔银子，怎么可能记在账上。更何况……我没跟你谈，我是跟你店里其他人谈的！”

天子脚下，升斗小民日子过得也算悠闲，不用愁吃喝，便整日靠京城富贵人家的八卦打发日子。现在守着一线牵的人不减反增，大有不瞧完这热闹就不散场的架势，甚至还有不少好事的，特意回家把自己那三姑六婆、姐姐、妹妹一块儿叫来，就等着瞧这热闹。

姜绥绥瞥了张元安一眼，从这一片狼藉中捞了把虽断了半截腿但勉强还能坐的椅子出来。她是个入了夏就懒得动弹的人，能躺着绝不坐着，能坐着定不站着，刚才站那么久早就站累了，如今一挨上凳子就跟黏在上面了似的，挪都不带挪一下的。

“既然张公子说是与旁人谈的，那就烦请说一说，收下你银钱的人姓甚名谁，是男是女，长什么模样。左右我这一线牵人也算不得多，又被你砸成这样，今日就专门拿来给张公子您寻人。”

庞管事知道自个儿干砸了事儿，见姜绥绥一坐下，也不知从哪儿顺了把扇子来，颠颠儿地凑到面前给她打扇，这般勤的模样叫顾昭鹤觉得很是有趣，他双手环抱在胸前，占了个绝佳的位置继续看大戏。

姜绥绥拿过折扇，一边扇着风一边撑着太阳穴懒懒地说道：“若是您寻不出来，那就只能麻烦您去一趟顺天府了，左右我先前也叫人去报了官，瞧着也快来了。张公子，您拿一千两银子来诓我，又不分青红皂白地将我这店给砸了，押不押您入大牢我不清楚，不过想来一顿板子定然是少不了的。”

这张元安本就是个无赖混混，偏生姜绥绥又是个比他还混的，好赖话都讲了，如今又拿顺天府来压他。张元安哪儿还能扛得住？

“你——反正我给了一百两银子，是你们这儿一个小管事收的钱，收据都还在我这儿呢！”

张元安的嘴还疼着呢，一想到要挨板子，整个人都绷直了，夹着屁股交代了老底儿，又忙不迭地从兜里掏出一张盖了章的收据来。

的确是一线牵的章。

姜绥绥接过来一看，脸色顿时沉了下来，原本就寻不到笑意的眼睛里寒芒丛生，站在她身后的庞管事顿时吓出一身鸡皮疙瘩。

她把收据妥帖折好，再抬头的时候脸上已寻不着半分旁的情绪了：“这章的确是我一线牵的。刚才张公子说了，要么十倍赔偿您的损失，要么……就把楼中女客的名单给您，由着您挑。”

张元安见姜绥绥认了这收据，还以为她这是怕了，便又开始耀武扬威起来。

“你若是怕了，就老老实实把画册拿来给我选，否则……”

“怕？”

姜绥绥像是听见什么笑话似的，拿着团扇在手里转了一圈，然后起身走到张元安面前：“我姜绥绥在汴京城做正经生意，有什么好怕的。这收据上的章是我一线牵的，这事儿我认。”

说着，她就从袖子里拿出一张一千两的银票来，半点不客气地往张元安胸前一贴：“这一千两银票，算是我赔给你的。”

顾昭鹤见状，挑了挑眉头，然后伸出右手拇指和食指，抚了抚自个儿的下巴，显得饶有兴致。

“顺便也告诉张公子一声，我一线牵永远不会同你这样的人做生意。我一线牵的女客也绝不会让你沾手一丝一毫。”

姜绥绥其实是个娇里娇气的小姑娘，若是换个身份、换个地方，只怕没人肯相信京城第一红娘竟只有这么点大。她说这话的时候眸子极亮，像是夏夜繁星点点全入了她的眼眶，叫人无法忽视。

“或许相貌乃天生不可改，可张公子你的品性实在叫人不敢恭维。我一线牵从不做推人入火坑的生意。如你这般的人，一线牵概不招待。”

“姑娘，我去清点了一下，您前些日子买回来的名家字画、古董花瓶，再加上桌椅板凳，损失约莫在两千两左右。”

庞管事手里拿着个算盘拨弄着，越算越心虚，越心虚额头上流的汗就越多，今日这事儿闹下来，他的衣裳已经湿了又干，干了又湿，如此循环已经好几次了，他本就风寒未愈，接连咳嗽了好几下。

“庞叔你去歇着，让其他人写个明白点的清单出来，趁现在府尹还在审这事儿，直接交到顺天府去。”

姜绥绥看了还在收拾忙活的众人一眼，恨得牙根直痒痒。

这一线牵是她爹多年的心血，待传到她手上，又成了她的心血，如今被张元安这个混账东西一通乱砸，她心情能好才怪了。

她的目光落在那个惹来今日祸事的新画师身上，好看的眉毛微微蹙了起来。

先前庞管事压到张元安身上，她费了老大的劲儿都没能把人拉起来，这人虽瞧着一副书生样，可他随手一拉就把人给拉了起来，若真是文人，这气力也忒大了些。

姜绥绥看人的眼光一向毒辣，视线暗戳戳地在那人身上转了两圈，越发觉得他不像看起来这么简单。分明穿着再普通不过的衣裳，料子也不是什么名贵的，可瞧着就是不像靠卖画讨生活的画师，反倒自有一身气度，就算一言不发站在角落，也很难叫人忽略了去，真是越想越觉得奇怪。

可许家母女现在还在待客厅待着，就算她要料理这个画师，也得先把许家的事儿给解决了。更何况……

姜绥绥眯了眯眼睛，突然想到刚才顾昭鹤说的话。

“姜姑娘。”

姜绥绥刚起身准备回大厅，许夫人便带着许家小姐往这一片狼藉之处走了过来。许夫人兴许是哭过了，眼角还有些泛红，先前那通身的怒气却散得干干净净，半点踪迹都寻不到，对姜绥绥也没了先前那不悦的神色，还改口称了一句“姜姑娘”。

“先前那张元安的所作所为，我们母女在后头都瞧见了。”

许夫人侧身看了看连通后院的那道门，她说完后抬手摸了摸自家女儿的头发，刚才那个暴脾气的妇人似乎一下子柔和了下来："这件事情，到底也有我的不对。"

许夫人叹了口气，庞管事素来是个有眼力见儿的，连忙进内堂搬来两把椅子，让许家母女坐下来。

"我总盼着阿玉能嫁一个相貌品性皆为上等的男子，可这世上的儿郎哪儿有十全十美的呢？既没有十全十美的儿郎，这姻缘自然也求不得一个圆满。"

许阿玉没说话，只低着头紧紧攥着手里的帕子，目光却落在了自己有些肥胖臃肿的手指上，她咬了咬下唇，捏着绢帕把手藏进了宽大的袖子里。

许夫人一颗心都扑在自家女儿身上，阿玉刚才的那番动作自然没能躲过她的眼睛，她眼里划过一丝痛色，双眼紧闭仰了仰头。

"我们许家是江湖人士，在江湖上行走多年，避无可避地树了不少仇家。当年阿玉刚出生不久便被我们的仇家给掳了去，虽说最后被救了回来，可阿玉却被喂了毒。

"我当初生阿玉的时候伤了身子不能再生养，我的夫君与我又是青梅竹马的情意，当年也不愿再做他娶，阿玉便是许家唯一的孩子。为了解阿玉的毒，我与她爹爹几乎跑遍了整个西川国，便是连苗疆都去过了。

"我们奔波了整整三年，想尽一切办法吊着阿玉的命，总算是叫我们找到了解毒之法，可……"

许夫人看了坐在自己身旁始终一言不发的许阿玉一眼，她抿了抿嘴，起身走过去，伸手把面纱揭了下来。

许是阿玉也没料到许夫人会当着这么多人的面把自己的面纱扯下

来，她整个人都慌乱了起来，一边想把面纱抢回来，一边又担心自己这模样叫人瞧了去，站也不是坐也不是的，只能拿袖子挡着脸，把头埋得低低的。

不管许阿玉动作怎么快，众人还是瞧见了她右颊上那块巴掌大小的黑色印记。

顾昭鹤也被许家母女这边的动静引了过来，不过他倒是半点都不在意的模样，反倒十分悠闲地理了理袖口。

“阿玉当年尚且年幼，那毒又在体内三年之久，就算最后找到了解药，可她脸上的疤，还有……”许夫人看了眼许阿玉的体形，只觉得眼睛酸得厉害，“这都是我与她爹欠她的，所以在她的婚事上，我实在不愿叫阿玉受委屈，却还是叫她受了这样的屈辱，还连累了姑娘。”

许夫人转身看了姜绥绥一眼，作势要行礼。

姜绥绥的年纪不比许阿玉大多少，许夫人这个礼她怎么受得起？

她急急忙忙把许夫人扶了起来，又亲自扶着她坐了下来。

照许夫人的说法，许阿玉是家中独女，又因父辈的恩怨中了毒，相看夫君这样大的事情，怎的只有许夫人过来了？

“夫人莫怪我多嘴，许小姐的婚姻大事，为何……”

“爹爹去年娶了一门侧室夫人，如今怀了胎就要生产，爹爹唯恐生出什么变故，便留在了琅琊家中，想来是分不出心神放到我这叫他丢颜面的女儿身上的。”

姜绥绥话还没说完，先前一直躲着不敢以真面目示人的许阿玉竟抬起头说出这样一番话来。她说完这话，又像是听见了什么不得了的笑话，从鼻间哼出一声笑意。

明明是笑，却叫人生出几分心酸来。

许家夫妇的确是青梅竹马，打小的情谊，可这多年下来，许夫人一颗心全扑在许阿玉身上，解她的毒，治她的脸，在她因为这肥胖的身子难受断食的时候想方设法劝诫开导。

可人终究只有这么一颗心，花在了女儿身上，对夫君难免忽略了些，更何况岁月催人老，自古女子更是艰难。许夫人失了年轻美貌，却有更多比花娇艳的女子。

青梅竹马如何，少年情分如何，有些东西没了便是没了。

姜绥绥替人说媒拉线这么久了，自然也见惯了家家院院里的事儿，多少年少恩爱被岁月消磨，多少青梅竹马最终又相见陌路。

姻缘一事，最是难言。

“阿娘，咱们回去吧，若家中当真多了我这一张嘴，我去庵堂里为娘亲祈福便是，不会赖在家中惹人生厌的。”

许阿玉伸手扯住了许夫人的袖子，她是个和善温柔的性子，不愿意见娘亲因为自己的事情伤心落泪。

无人爱她，她便自己来爱。

许夫人隐忍了许久的情绪终于在阿玉话音落地的时候憋不住了，抱着她唯一的血脉，将这么多年受的委屈和苦楚悉数哭了出来。

便是那天生一张笑脸的庞管事见状也揩了揩眼睛，忍不住为这对母女落了两滴泪。

“夫人大可放心。”

若说姜绥绥是个心软的，却始终不见她面有波动；可要说她是个铁石心肠的主儿，偏偏她又没打算就这样让许家母女回去。

“既然小姐的名字都登在我这一线牵的册子上了，那许小姐的婚事我定然会记挂在心上，总不会叫夫人和小姐白跑这一趟。”

姜绥绥起身，说完这话就往楼上走了去。

一线牵整整有三层楼，第一层是招呼客人的，第二层供给客人们相看，第三层则只有作为老板的姜绥绥才能上去，也只有她才有开门的钥匙。

姜绥绥作为汴京城的头号红娘，手中自然是攥着整个城里公子小姐的资料，这些资料除了她，几个大管事也有资格去翻看，唯有这放在第三层的，都是她每年费了好大劲儿去打探出来的绝佳人物，兴许没几个样貌和家世样样都上等的，可品性却是万万没问题的。自她接管这一线牵之后，还是第三次启用三楼的资料。

约莫过了一炷香的工夫，姜绥绥才从楼上下来。

“许小姐这边的情况我大概清楚了,这儿郎是我精挑细选出来的，早些时日与他也有过来往，性子最是宽厚不过，想来与阿玉姑娘定会合得来。”

姜绥绥刚才去楼上翻东西翻出一脑门儿的汗来，她将手中画卷递给许家母女，顺手想把汗给擦了，结果就留下一道黑乎乎的痕迹。

原本她脸上还剩额头是白净的，如今倒好，脏得跟刚从灶房烧火回来似的。

“扑哧——”

庞管事刚想提醒一句，旁边就有个不知死活的竟笑出了声，他一惊，连忙去瞧他家姑娘。

姜绥绥耳聪目明，顺着声音就瞧了过去，竟是顾昭鹤。

她皱了皱眉头，压着脾气没发作，只转头问许家母女：“夫人和小姐瞧了，觉得如何？若是觉得合适，我便寻个日子将这儿郎约到一线牵来。”

许阿玉原本已经打消了成婚之事的念头，可她娘接过画卷展开的时候她下意识地望了一眼，就是这一眼，许阿玉便有些失了心神。

样貌算不得上等，甚至只能得一个普通，可瞧着画卷中带着温润笑意、浑身书卷气的公子，她竟生出了几分妄想来。

可她自小就吃过比旁人多得多的苦头，不愿生出妄想，也不敢存着这一丝妄想。

许阿玉的眉眼暗淡了下来，把她娘亲手中握着的画卷接了过来，慢慢卷好打算还回去，待卷到一半的时候，她还是忍不住多瞧了一眼，越看越是自惭形秽。

“我相貌丑陋，又是如此的体态，便不去拖累旁人了……”

“姑娘何时把银子给我结了？我还急着吃饭呢。”

许家姑娘的声音本就不大，众人还没来得及回她什么，就被一道斜插进来的懒洋洋的声调给打断了。

顾昭鹤生怕旁人听不见他的动静似的，先是拉长了声调打了个呵欠，又伸了个极为舒坦的懒腰。

姜绥绥眉头都皱成一座小山了，瞧着那人的举止动作，脸色臭得跟什么似的。她得收回先前说他气度不凡的话，这人瞧着不仅没有半点文人该有的样子，还活像个地痞流氓。

庞叔还真是从大街上随手抓了一个人回来啊？

“谁叫你说话了！”

庞管事瞧他家姑娘这神色就知道不好，连忙拉了顾昭鹤一把。可偏偏那也是个不服管的，手那么随意晃了两下就挥开了庞管事的手，还好死不死地走到了姜绥绥面前。

“我先前来你这儿画了几幅画，庞管事虽给了定金，可尾款还没给呢。”顾昭鹤笑嘻嘻的，径直走到姜绥绥面前摊开手掌，折腾了这么一大圈还是没忘记要银子。

姜绥绥原本打算先解决了许家再慢慢谈这事儿的，没想到他竟然又来了。她看着顾昭鹤嬉皮笑脸的样子，只觉得脑袋瓜子疼，之前脑子里那个念头一下子又冒了出来。

“你先前说，许小姐和画中之人的模样别无二致……”姜绥绥顿了顿，微微抿嘴皱眉，脸色严肃地盯着顾昭鹤一本正经地问，“你可是患了眼疾？”

顾昭鹤的笑脸一僵，有些惊讶地看了她一眼，又瞧了瞧许阿玉，用那种谈论“今日天气如何”的语气说道：“不过就是脸上多了点东西，比画中略微丰腴了些罢了，又不是没法子。”

兴许是先前站得太久了觉得有些累，顾昭鹤自顾自地寻了个位置坐下来，可又不好好坐，坐没坐相的，一条腿踩在板凳上，右手握拳撑着太阳穴，分明是个宽袍大袖的文人打扮，硬是叫他坐出几分江湖气来。

不过此刻没人去在意他坐得规矩不规矩。

“你有法子？”姜绥绥半眯着眼睛盯着顾昭鹤，抬脚朝他跟前走了小半步，“许夫人努力了这么多年都没办法，你又能做什么？”

姜绥绥本质上是个商人，此时骨血里带着的商人气息叫她闻到了“发财”的讯号。

“这果子能吃吧？”

顾昭鹤从脚边捡了个果子，抛了两下又在身上随意擦了擦，随口问了一句，也不管有没有人答话，“咔嚓咔嚓”就咬了两大口：“味道一般，下次倒是可以换换别的。”

他吃得都只剩核了还嫌味道不好，啃完又十分随意地用袖子擦了擦嘴。

姜绥绥的太阳穴突突跳得更厉害了。

“这位公子，你真的有法子可以……可以治好我身上的毒吗？”许阿玉紧紧攥着袖子，略带犹豫地问道。

顾昭鹤拿了张帕子把果核包了起来，又擦了擦手，瞥了眼紧张得都快把衣裳给撕烂了的许阿玉：“既然内服外敷都不管用，何不破而后立？”

他见许阿玉急得一把拉住许夫人的手，倒也没继续卖关子，用食指点了点自个儿的脸：“在这儿开一道小口子，将毒血放出来。”

许家母女还当真以为顾昭鹤能给出什么好主意，母女二人互相拉着手就等着他说话，可等了半天就等来这么个根本行不通的法子，二人登时泄了气，哪里还敢再抱什么希望。

“你又能如何保证，在脸上开了口子就能将淤塞在许小姐右颊的毒血放出来？更何况……”

姜绥绥捏着团扇，却没见她扇，一双亮晶晶的眸子直直落在顾昭鹤身上：“在脸上开一道口子，必然会留疤，左右没什么差别。你这法子，怕是纸上谈兵了。”

“若是换了旁人肯定做不到，不过这位小姐运气好，正巧碰上了我。”

顾昭鹤单手撑在腿上站了起来，伸出左手食指和中指，比了比许阿玉，又扭回来指了指自己。

“反正法子我是告诉你们了，听不听随意——不过姜老板，在下的银子是否能结一下了？我当真急着回家吃饭。”他吊儿郎当的，先是双手一摊耸了耸肩膀，撇了两下嘴，又绕回姜绥绥面前继续要银子。

姜绥绥被闹得很是有些不耐烦，先是瞪了他一眼，又瞧了瞧一旁还未拿定主意的许家母女二人。

她轻轻咬了咬下唇，亮晶晶的眼睛转了两圈，直接略过顾昭鹤走了过去："既然已有了法子，许夫人和许小姐多多考虑一下便是。反正他是我一线牵新签下来的画师，待你们二人回去仔细考虑好了之后再来寻人也是可以的。"

"价钱没谈好，我还没……啊——"

"若二位不嫌弃的话，我便派人给你们安排住处。"

顾昭鹤还打算要到银子就回家去呢，冷不丁听见自己被划拉到姜绥绥名下，刚开口想问个清楚就被人踩了一脚，疼得他没忍住叫出了声。

许夫人思虑了半晌，这到底不算什么小事儿，若真要这个时候就定下主意，她们还真的不好抉择。既然姜绥绥说了她们随时都可以过来，那待她们好好商议后再作打算也不迟。

"我们如今住在揽月楼，就不麻烦姜姑娘了。"许夫人拍了拍女儿的手，走到姜绥绥面前，"既然姜姑娘也答应了会继续替阿玉寻合适的郎君，那我们就在汴京城再多留一些时日。至于刚才那位公子说的法子……"

许夫人抿了抿嘴，脸上显露出几分疲态来："待我和阿玉商议好了再与你讲。"

"既如此，夫人慢走。

"庞管事，替我送一送夫人和小姐。"

第二章

惩治内鬼，淬火之毒

JINGCHENG
XIAO
HONGNIANG

"我说姜老板，能不能把你的脚挪开？"

姜绥绥吩咐了庞管事去送人，这厅里现在乱糟糟一片，她解决完许家的事情后就一直在想事情，直到顾昭鹤忍着痛说了好几遍让她把脚挪开的话，她才回过神来。

她刚一挪开，顾昭鹤就一屁股坐在了地上，抱着脚号得厉害，仿佛刚才是被铁秤砣砸了脚似的。

顾昭鹤这模样莫名叫她有些心虚，自己好像也没多沉啊……

"咳，你刚才不是说要银子吗，跟我过来吧。"

顾昭鹤先前还在鬼哭狼嚎呢，一听见要去拿银子，一个骨碌从地上爬了起来，拍了拍身上的灰，拿目光催姜绥绥赶紧着。

"我替人作画一向是结善缘，之前庞管事给了我一百文当定金。"

顾昭鹤跟着进了后院，一路上嘴巴就没停过，他一边念念叨叨地算银钱，一边还掐着手指算了好半天，还要了一次算盘。

奈何姜绥绥没搭理他。

他也不觉得没趣儿，一路就算到了待客厅。

"我刚才算了算，您只要再补四两九百文就行了。我先前瞧您对付那张元安，心中很是佩服，便也不与姜老板算得那么清楚，您给我四两八百九十文就成。"

顾昭鹤笑眯眯的，瞧着不像个正经画师。偏偏姜绥绥也不是什么正经人，她回到先前的位置坐下，端起刚才那杯还没喝完的酸梅汤灌了一大口，末了把茶杯往桌上一搁，发出一阵清脆的声响来。

“你还敢开口问我要银钱？”

姜绥绥睨了一眼，瞧不出是个什么情绪。她先前话说得太多，喝了一杯酸梅汤还没解渴，下意识又想去倒一杯。可她刚把杯子端起来，顾昭鹤便开口了：“盛夏喝凉饮，对身体不好，对姑娘家的身体尤其有害。”

姜绥绥手一顿，抬头看了过去。

这人先前在许夫人面前不知真假地说了好大一通，如今又告诉她喝多了凉饮对身子不好，庞管事这是给她找了个画师回来，还是找了个招摇撞骗的江湖骗子？

“你懂医术？”姜绥绥放下茶杯，认认真真地打量了顾昭鹤一番。

她给人做了无数次红娘，什么样的男子没见过，可像眼前之人这般贵气与痞气交织的矛盾角色，还是头回接触，要说他是什么普通人，她可不怎么相信。

“星相占卜，书法绘画，医理美容，都略懂略懂。”他说完这话又在袖子里翻找了一阵儿，摸出一个青釉瓷瓶来，“我瞧庞管事风寒未愈，这药下去保准一颗见效。”

姜绥绥伸手去接，刚握住瓶子便听见那人道：“五两银子一颗。”

她的嘴角抽搐，握着瓶子的手紧了紧。

顾昭鹤又拿出折扇，握在手里敲了敲自己手心，在大厅里慢悠悠地走过来走过去，突然一个箭步跨到姜绥绥面前，用折扇指着她的额头，沉着脸严肃地说道：“姜老板，我瞧您印堂发黑，面中带煞，近来定有祸事临门。”

姜绥绥冷不丁被吓了一跳，居然被口水给呛到，扯着嗓子咳嗽了好几声，脸都被憋红了。

她就没遇见过顾昭鹤这样的人，气得她狠狠瞪了他一眼。

可顾昭鹤脸皮比城墙拐角处还厚，被瞪了就被瞪了呗，反正他不痛不痒的。

这人素来不知道什么叫见好就收，更别提察言观色了，压根儿不管姜绥绥脸色臭成啥样，他还挑了挑眉毛冲她一笑："不过既然我与姜老板是朋友，哪儿有见朋友有难不出手相救的道理呢。"

顾昭鹤勾唇一笑，又在身上摸了好一阵儿才摸出一张皱得跟咸菜干似的纸来："这是我替人消灾解难收的价格单子，看在咱俩是朋友的分上，给你打个折扣也不是不行，不过……"

顾昭鹤把那单子往姜绥绥手里一塞，又摊开手掌摆到她眼下，嬉皮笑脸很是有几分泼皮无赖的模样："还得请姜老板把我那画钱和药钱结了才是，这生意啊，咱们得一桩一桩的做，这样才不会乱嘛。"

姜绥绥看了眼顾昭鹤的手，骨肉匀称，指节修长，手掌却算不得细嫩，能瞧出一层薄茧来。她懒懒地眯了下眼睛，整个人靠在椅背上，掂了层布料在指尖轻轻绕着，视线落在桌上那张摊开的单子上，拉长了语调道："你很缺钱？"

顾昭鹤挑眉，双手负在身后，踱了两步："钱这个东西，自是越多越好的嘛。"

"那你可知道今日我一线牵亏损了多少银子？"

不等顾昭鹤说话，姜绥绥便伸手比了个"二"。

"两千两，加上赔给张元安的那一千两，足足三千两纹银。"

姜绥绥抬头看着他："银子尚且不算什么，可今天那张元安来我一线牵闹事，又让多少人看了笑话？我爹爹经营一线牵多年，好不容易才攒了点声名，传到我手上还没几年这招牌就险些砸了，且店面修缮误我生意，我得再亏损多少银子？我这一大批工人还吃饭不吃饭了？你一再问我要工钱，那我倒是想问问你，砸我店面、毁我名声，这笔账该如何算？”

顾昭鹤听到姜绥绥说出“爹爹”二字的时候眉头微跳了一下，捏着大拇指和食指轻轻摩挲了几下，待她说完话就变了脸色，四仰八叉地往旁边一坐。

“那我听姜老板这意思，您这儿的损失还得叫我担了不成？

“天地良心，我不过就是画了两幅画罢了，你怎能把这事儿赖我脑袋上呢？

“左右我没钱，便是你把我拉去卖了，我也没钱赔给你。”

说着说着，他还急了，伸手拍了好几下旁边的桌子，震得桌上的杯碟直抖。

“若不是你胡乱作画，我一线牵又怎会惹上这摊子烂事儿？”

姜绥绥噌地站了起来，直接将顾昭鹤画的画像给展开了来：“我做的是说媒结亲的生意，男女双方要先见了画像才能安排后面的事。你这画像与真人不符，他们怎的不说我一线牵净做唬人的生意？”

姜绥绥越说，顾昭鹤就越是心虚，连坐姿都慢慢变得规矩了。

他右手握拳抵在鼻尖轻咳了一声：“咳，我哪儿晓得你规矩这样多嘛……”

“这件事无论怎么说都是因你而起，可我不好做这个恶人真的叫你赔我几千两银子。更何况，一线牵名誉受损也不是用银钱可以挽回的。”姜绥绥嘴角微勾，一双狐狸似的眼睛滴溜溜地转了两圈，“既然你说你会作画，那便把卖身契签给我。你在一线牵做工这段时日，我供你吃住，待什么时候还清了银子，将我一线牵的招牌重新喊起来，那我就什么时候放你走。”

顾昭鹤坐在椅子上，背拱了起来，双手扣成碗状抵在鼻尖，似乎在很认真地考虑。他的脸被散下来的头发遮了大半，叫人看不真切他如今是个什么神情，只一双眼睛泛着精光。

姜绥绥也不催他，坐回位置上刚准备再喝口酸梅汤就想到先前顾昭鹤说的话，手僵了半天，最后还是懒得喝了。

“你要扣下我卖画还账不是不可以，不过……我有几个要求。”

顾昭鹤考虑了好半天，抬手摸了摸下巴，得了姜绥绥的应允便微眯着眼睛道：“我作画对笔墨纸砚的要求可是很高的。笔要莱州狼毫，墨要徽州歙县墨，纸要长汀玉扣纸，至于砚台嘛……宁阳鹤山砚就不错。”

他看着姜绥绥，眼睛里满是跃跃欲试的光芒：“要是姜老板能提供这些，我倒是很乐意留下来的。”

姜绥绥原先还因为自己这样半真半假地哄人，心里有点过意不去，结果没想到他竟说出这样一番话来，硬生生把她给气笑了。

“笔墨纸砚都给你备上，你可还要几个使唤丫头，陪你红袖添香啊？”

“这如何使得？不过……若是姜老板硬要给我安排，那我也只能勉为其难地收下了。”

顾昭鹤眼睛都笑眯了，跷着二郎腿好不快活，似乎在畅想着他在一线牵跟美人风花雪月、抚琴作画的逍遥日子。

“做你的春秋大梦吧！”

姜绥绥被气得肝疼，抓起刚才那张价目单子就往顾昭鹤胸前一拍：

“先前老画师用的东西都还在屋子里摆着，你之后用那些就够了，至于旁的，你想都不要想，你来我这儿是抵债的，可不是享清福来了。”

顾昭鹤这梦还没开始做，就被兜头淋下来一桶冷水，彻底给他冻清醒了。

姜绥绥说完这话就转身进了屋子，拿了纸笔印泥出来，当着顾昭鹤的面龙飞凤舞地写了一纸契约，稍微晾干了些便跨着大步走到他跟前递了过去。

“你瞧瞧，若是没什么异议就把字签了，再摁个手印，这事儿就这么定下来了。”

顾昭鹤被她雷厉风行的行事作风吓了一跳，目瞪口呆地看着摆在自己跟前的契约，喃喃道：“姜老板若是不当红娘，去顺天府定然也能谋一份差事。”

姜绥绥皮笑肉不笑地扯了扯嘴角，压了压印泥，就摁了个大拇指印上去。

“你要是觉得这事儿不行，那我还真得把你带顺天府去，叫府尹大人裁断。”

顾昭鹤揉了揉鼻子，瞧这脸色还颇有几分无奈的模样，把那纸笔和印泥挪到自己眼下，拉长了声调道：“罢罢罢，既然姜老板供我吃住，我签了便是，还省了租房的银子。”

他蘸了墨，悬笔写下自个儿的名字，又在上面按了手印，这才提着纸递了过去。

姜绥绥见他眼睛都不带眨一下地就把字给签了，双唇紧抿，压抑着心里的欢喜。先前给那老画师的工钱就是好几百两，如今来了个不用给钱的，她自然乐意。

且……她瞧这顾昭鹤的本事，怕是不少的，先前也说了有法子给许家姑娘解毒，还能将她变得如画中人一般别无二致。

这可都是挣钱的好门路！

姜绥绥接过那契约一瞧，哟，这人不仅画得一幅好画，这字也颇有名家风范，刚才她瞧着他不过随笔一写，此时再看却发现这字铁画银钩，力透纸背。

好字！

可……

她又瞧了瞧他签了名的地方，顾昭鹤……姓顾？先前被太多事扰乱了心神，并没注意到这人的姓氏，顾乃国姓，这个人怎么也姓顾？

姜绥绥看了眼坐没坐相、站没站相的顾昭鹤，摇了摇头，顾家皇室最是讲究礼仪规矩，这顾昭鹤怎么看都跟皇家扯不上什么关系。

“咳，既然你现在在我手下做活，那我有些规矩还是得跟你讲一讲的。”姜绥绥捏了捏自己憋笑都憋得僵硬了的脸，端着老板的姿态偏头跟顾昭鹤说话，“我先前也讲了，我是做生意的，生意人讲求诚信，你日后再替客人作画，不求尽善尽美，只呈现出他们原本的模样就好。其次……”

姜绥绥想到许家母女的事儿，倒是当真严肃了起来。

“你既成了我的人，你说有法子那我便信。可如果你没有十全的把握，替许姑娘解毒的事儿我便帮你推了，你好生画你的画便是。”

顾昭鹤觉得如今这个感受怪异得很，他活了二十多年，可还是头一遭被旁人说自个儿是“她的人”，偏偏这还是个小姑娘。

他觉得有趣，撑着头去看座上的姜绥绥：“既然我说了这法子行得通，那就行得通。”说完这话，他见姜绥绥还想说什么，忙不迭地又送出句话来，“我刚来汴京不久，只知道老板姓姜，却不知道名甚……”

“姜绥绥，‘有狐绥绥，在彼淇梁’的绥绥。”

顾昭鹤放下手中把玩着的折扇，坐直了身子朝姜绥绥望了过去，又咧嘴一笑，露出一口生得极好的白牙来：“既然你说我是你的人，那我再叫‘姜老板’未免有些太生疏了，如此……我便唤你绥绥吧。”

庞管事是老楼主留给姜绥绥的人，在她还没出生的时候就已经在一线牵当管事了，业务能力自是一流，再加上他知道这次的事儿自己多多少少也有点责任，所以等姜绥绥带着顾昭鹤出来的时候，原本跟被抄了家似的大厅这会儿已经被收拾得差不多了。

起码能有个下脚的地儿。

庞管事累得满头满脸的汗，一瞧见人就迎了过去，还颇为奇怪地瞅了眼完好无损的顾昭鹤。

这画师跟着姑娘去了趟内堂，怎的瞧着还是跟没事人一样？

“庞叔。”

姜绥绥怕热几乎是到了无人能出其右的地步。她先前在内堂歇了一阵儿，原本凉快不少了，可现在一看庞管事这满头大汗的样子，心里一燥，又开始热了起来。

她喊了庞管事一声，把刚才从顾昭鹤那儿得来的药递给了他，又顺手把顾昭鹤别在腰上的折扇拿了过来，顺势往旁边的圈椅上一坐：“这药你试试，看吃了会不会好得快些。待会儿再叫人腾间屋子出来，把先前那位老画师用的笔墨纸砚送过去。”

顾昭鹤被姜绥绥顺了折扇，先是愣了一下，随即又抿出几分笑意来。

“姑娘的意思……”

“绥绥的意思是日后我就在一线牵里当伙计了，还望庞管事多关照。”

顾昭鹤见庞管事一下子没反应过来，倒是十分体贴地把姜绥绥剩下的半句话给补全了，说话间还拱手向他行了个礼，瞧着倒是很谦逊的模样。

庞管事这会儿可管不得他谦逊不谦逊的，心思全被他开口的一句“绥绥”给抓了去，惊得脸上的肉都忍不住抖了抖，眯着双小眼睛，视线在二人身上来回扫。

他们刚才进去都谈了些什么，怎的都喊上“绥绥”了？

姑娘的确是到该说亲的年岁了，顾昭鹤也着实生了一张好面皮，估计整个汴京城都没几个能比得过他的，可这两人今天不过才第一次见面，若真是他想的那样……

那这也太快了吧！

现在的年轻人都这般不拘小节了吗？

姜绥绥先前还以为顾昭鹤只是嘴贱胡说的，没想到他还真敢当着这么多人的面叫她，当即就瞪了过去，却被他嬉皮笑脸地给挡了回来。

“好了，这事儿倒也不着急，安排下去就好。”

姜绥绥如今可没什么心思跟顾昭鹤在称呼上扯皮，她今日损失了这么多，一线牵的名声更是被有心人泼了脏水，还得知一线牵里竟出了内鬼，内忧外患之际，自然有的是事情要她来处理。

“现在让所有人把手里的活都停了，到大厅来，我有话要问。”

庞管事能当上一线牵的大管事，可不光是因为他和老楼主这么多年的交情，早在听到张元安说出那一百两银子的事儿的时候，就已经派了心腹将一线牵各道门把守起来。除了姜绥绥，谁都别想进出。

一线牵在汴京城做的是红娘生意，这么多年下来，店里上上下下也有一百口人了，如今全叫来大厅站着，乌泱泱好大一片，人一多，自然也吵起来了。

姜绥绥还是懒洋洋地坐在圈椅里，左手撑着脑袋搭在扶手上，有一搭没一搭地拿折扇扇风，偶尔灌一口凉茶下去。

眼瞧着声音越来越大，她“唰啦”一声收了折扇，冷着声音说道：“可说完了？”

她平日里是个好说话的，对伙计也都和颜悦色没什么架子，鲜同如今这般冷着脸，一时竟也唬得众人不敢再交头接耳胡说什么，都规规矩矩地站着。

姜绥绥坐直了身子，抬眼去看众人，却一眼就对上了顾昭鹤笑眯眯的脸。她一愣，轻咳了一声将视线挪开。

“今日叫你们过来，想必大家也知道是为了什么事儿。”她手心烫得厉害，倒了杯凉茶在手里握着，却没打算喝，“各位在我一线牵的时日不算短，应该也知道我的脾性。如今我还愿意耐着性子好好说话，可若是再继续折腾下去，我也只有请顺天府的大人过来了。”

大厅里安静得很，姜绥绥拿着折扇一下一下地点着桌面，“咔嗒咔嗒”的声音钻进众人耳朵里，叫他们有些难受。

可等了好半天都没人敢站出来说话，姜绥绥用折扇点桌面的速度也越来越慢，到最后也懒得再动了。

“看来当真是得撕破脸皮了。”她叹了口气，把手里的杯子往小几上一放，发出一声略显沉闷的响声来。

先前还挂着的日头这会儿也不知道缩到哪儿去了，屋外有些黑沉沉的，估计是要下雨了，空中也飘着股沉闷的气息，压得人喘不过气来。

“阿福，听说你前段时日到处管人借银钱，可是遇到了什么难事儿？”

那个叫阿福的人原本站在最后面，如今被当众喊了名字，众人纷纷往两边站，硬是给他让了条道出来，叫他连个躲的地方都没有，只能硬着头皮上前。

“回……回姑娘，前些时日是家中母亲害了急病，这才急需银子周转……如今……如今已经没什么问题了。”

这阿福不过就回个话，那汗水跟不要钱似的一个劲儿往外冒，黄豆大小的汗珠滴了一地，还有些流进了眼睛里，有些辣辣的。

“家中母亲生病缺看大夫的银子，怎么不找我说说呢？难不成你觉得我不可能替你母亲出看病的银钱？”

“姑娘平日忙着，我也不敢拿这点小事儿来打扰姑娘。”

“我忙着，庞管事可是专门管楼中事务的，怎么连庞管事也不告诉？”

姜绥绥掀了掀眼皮，看起来懒洋洋的，可目光却委实锐利，叫那阿福连对上视线的勇气都没有，只磕磕巴巴的，连句囫囵话也说不全。

“我……我……”

“你是缺银子，可缺的不是给家中母亲看病的，缺的是还你赌债的银子！”

姜绥绥把手中折扇重重往手边小几上一拍，厉声吐出句话来。这声音吓得阿福软了腿脚，猛地就跪了下去。

“你染了赌瘾，挣来的银子十分有九分都进了赌坊，近来更是变本加厉，不到一月就把家中积蓄输了个精光。不光把你爹娘的棺材本一道赔了进去，还欠了赌坊一屁股债！你实在无力偿还，便打着一线牵的名号，唬了张元安，收了他一百两银子，把他的名字加到了册子里。你可真是能干啊。”

姜绥绥的声音缓了下来，轻飘飘地往阿福耳朵里钻，吓得他猛地抬头看了她一眼，却见她面上带笑，眼底冷冰冰一片，硬生生叫他打了个寒战。

这件事他已经做得足够隐蔽了，为什么……为什么还是被姑娘知道了？

“你真是糊涂啊你！”

阿福的年纪虽然不大，可在一线牵待的时间却不短。他当初刚进来的时候，还是庞管事一点一点带起来的，从一个跑腿打杂的小伙计，成了如今的小管事。

他素来机灵，可半年前突然就染上了赌瘾，却没想到竟然会为了还赌债，做出抹黑一线牵名声的事儿来。

庞管事恨铁不成钢，皱着眉有些痛苦地闭了闭眼睛，很是无奈地长叹了口气：“你知不知道前几日那赌坊来一线牵寻你还钱，还是姑娘给打发了的！”

他知道阿福喜欢赌钱，平时也没少劝，可不管他再怎么费口舌，阿福也总是口头上应下，待发了工钱便又一头扎进赌坊里，不把身上的钱输个精光就不甘心。

前几日赌坊来拿人，庞管事实在是瞒不下去了才把这事儿告诉了姜绥绥。

“你又知不知道姑娘原本是备了一份银子，打算在这个月发月钱的时候一道给你，好叫你拿去把那赌债还了！”

阿福听见庞管事的话，整个人都僵住了，悔恨之意也渐渐爬到了脸上。

“姑娘，姑娘我知错了！”

阿福朝姜绥绥膝行了几步，眼泪糊得满脸都是，一个年轻大汉竟哭得不成样子：“我……我实在是被赌坊逼得走投无路了，他们说若我再不还钱就要剁了我的手，若是断了手，我这后半生就断送了啊姑娘——”

他又转了方向抓住庞管事的脚腕：“我是被庞叔您一手领大的，求庞叔帮我求求情，我以后再也不敢做这种事儿了！”

“除了还赌债，你当真就没其他心思了吗？”姜绥绥端起先前那杯凉茶抿了一口。

阿福的手指微动。

“你似乎对一线牵的月钱很不满意。”

阿福的眼睛猛地睁了一下，面上多了几分慌张的情绪，抓着庞管事脚腕的手也不自觉地缩了回来。

“你似乎不止一次冲大家抱怨，说我月钱发少了？”

不是她喜欢听墙脚，实在是在一次偶然的机会下，听见阿福跟旁人抱怨，说她抠门小气，月钱给得也不多。

姜绥绥此话一出，原本都安静下来的伙计们又开始窸窸窣窣地说什么了。

天地良心，能在一线牵干活，那是多少人求都求不来的。

不说管事，便是在一线牵里跑腿打杂，每个月都有整整十两银子，到过年的时候，姜绥绥还会给每个人准备一份年货，但凡是伤了病了，医药费也全是一线牵出。

若这都不算好，还要去哪儿找更好的活计？

原本就慌张失措的阿福彻底被击垮，跪也不跪、求也不求了，翻身就从地上爬起来，颤抖着食指指着庞管事，有些歇斯底里地道：“我一个月的月钱不过三十两，而他一个月什么事儿都不做，凭什么可以拿三百两！他不就是比我来得早一些，比我年纪大了一些，凭什么一个月比我多这么多银子！”

阿福原本是个壮硕的汉子，兴许是这些日子被赌债逼急了，整张脸都瘦得凹了下来，此时正瞪着一双布满血丝的混浊的眼睛。

姜绥绥看着他如今这个模样，连脸上挂着的那点子笑意都没了。她的脸色冷若寒冰，目光锐利，起身就朝阿福走去。

一直站在旁边抱胸看戏的顾昭鹤瞧见这动作有些吃惊，他眉毛微挑，趁众人不注意的时候从地上捡了一块没打扫走的碎瓦片。

这丫头胆子竟这般大，那伙计如今这情况，甭管谁挨着都得被咬上一口，她倒好，竟主动送上去了。

“是谁告诉你，一线牵大管事月银三百两的？”

阿福瞪大了眼睛，姜绥绥朝他走一步，他就往后退一步，还始终喘着粗气，显然是又怕又急：“自……自然有人告诉我！你——”

“大管事一个月三百两，楼中除你以外还有四个小管事，加上其他伙计的月钱，你可算过我一个月要支多少银子出去？”

姜绥绥气得要命，看着阿福还指着自己的手指就来气，伸手“啪”的一声就把他的手给打歪了。

她牵动嘴角皮笑肉不笑地冷哼一声：“你还真看得起我。”

阿福有些慌了神，急急说道：“杜三娘分明告诉我看到你私下拿银子给庞管事——”

“杜三娘？”姜绥绥提高了音调，“鸳鸯楼的那位？”

整个汴京城，除了姜绥绥的一线牵，就只有鸳鸯楼的生意最好，可这么多年都始终赶不上一线牵。鸳鸯楼的小动作从来就没断过，这次竟然把手伸到了里面来！

姜绥绥咬了咬牙，怪不得刚才一线牵外围了那么多人，要说没有鸳鸯楼的手笔，打死她也不信！

好一个鸳鸯楼，好一个杜三娘！

“让我猜猜，张元安……也是杜三娘给你介绍的客人吧？是不是还告诉你，等这件事情一了，就高价聘你去鸳鸯楼当管事？”

阿福没说话，可回避的视线却把他出卖了个干干净净。

这么蠢的人竟然在她手下干了这么多年！

且不说杜三娘只是拿他做枪，便是真的欣赏他，若这事儿成了，她还真敢把人往自个儿楼里领？就不怕别家再多给点银子，来个依葫芦画瓢，叫她自己也尝尝这滋味？

“庞管事，”姜绥绥没再看阿福一眼，转身坐了下来，“去把他这个月的银子结了。”

结清了银子，从此和一线牵可就再也没什么关系了。

“姑娘！”

阿福自然也知道自己这是犯了浑，脑子里“轰”的一声，整个人瘫坐在地上。

“可千万别说你错了，便是说了，这一线牵，你也待不下去了。”

庞管事动作极快，姜绥绥说完这话，他就把银子拿了过来，从头到尾都没再看阿福一眼，更别说要替他求情了。

姜绥绥行事不喜拖泥带水，越干脆越好，她起身把银子往阿福跟前一放，走过去的时候还顿了一下：“念你在一线牵工作多年的分上，我再告诉你一句，你大可去查一查，看当初那位带你进赌坊的朋友跟鸳鸯楼能不能扯上关系。”

阿福听见这话，整个人僵得跟石头一样，突然想到半年前他在酒馆里吃饭，突然凑到他面前热情待他，同他称兄道弟的那个人。

若不是那个人，他也不会沾上赌瘾，也不会落得如今这个下场！

都怪他，都怪他！

姜绥绥不是个多有善心的人，因为阿福行差踏错，她和她爹辛苦多年积攒的名声险些连根毛都不剩，结了剩下的工钱，又给他提了醒，叫他以后学会多长个心眼，这已经是仁至义尽了。

解决完阿福，她抬脚走到大厅正中，看着这乌泱泱的一大群人，声音虽不算大，却足以叫所有人都听得清楚了。

“今日趁你们都在，我就说一句，若日后你们寻得高枝儿，大可找我和庞管事明说，犯不着做这么多动作！我一线牵的招牌可经不起这么折腾。”

这一天也不晓得闹的什么事儿，搞得姜绥绥身心俱疲，晚上连饭也没怎么吃便回了院子。

“绥绥和庞管事真是厉害，一个唱红脸一个唱白脸，把楼里的伙计唬得一愣一愣的，哪儿还敢再生出什么异心来。”她刚走到一半就被一道懒洋洋的声音拦住了去路。

姜绥绥闻言一怔，抬头朝发出声音的地方看过去。

顾昭鹤倒是有闲情逸致，入了夜竟然还换了一套月白色的衣裳。他双手抱胸靠着树，笑眯眯地看着她，夜风将他宽大的袍子吹得鼓了起来，月光透过稀疏的树叶缝隙打在他的脸上，倒是显得整张脸越发立体，叫他在这有些昏暗的地方格外扎眼。

姜绥绥看到顾昭鹤先是愣了一下，又突然回过神来，直接就瞪了过去：“既然你现在来了一线牵做事，要么喊我老板，要么就跟着他们叫姑娘，不要乱了规矩。”

顾昭鹤站直了身子，荡着步子走到离她还有一步距离的地方停了下来，又突然弯腰把脸凑了过去，歪头道：“之前我叫你绥绥，你可没说不许。如今我都喊惯了，突然要我改，怕是改不过来了。”

许是没料到男人会突然凑到她跟前来，姜绥绥下意识地往后退了一步，却不小心踩到一块石头，整个人失了重心往后仰。眼看着自己就要在顾昭鹤面前摔个大跤，腰却突然被一条有力的臂膀缠住，猛地将她拉了回来。

顾昭鹤一稳住身形便立刻把手收了回来，连半点反应的时间都没留。等姜绥绥回过神来的时候，他已经站直了身子，退到一步开外的地方去了。

她有些不大好意思地咳了一声，开口道：“你若是缺了什么东西，只管去找庞管事，他会帮你安排好的。”

“我的确是缺了些东西。”顾昭鹤勾唇一笑，那张脸实在是俊朗得过分了，“不过去找庞管事怕是行不通。”

他说完这话便摊手摆到姜绥绥面前，五指并拢动了两下：“绥绥是不是忘记该把我的扇子还来了？这大热天的，我还指望着拿扇子扇扇风呢。”

顾昭鹤边说边拿手扇了扇风。

姜绥绥额头青筋一跳，之前在大厅训话的时候，她实在热得不行，好像是顺手拿了他的扇子来扇风，用完又顺手往旁边的小几上一放。

“不过若是绥绥喜欢，那把扇子就送给你了。”顾昭鹤很是知趣地把手收了回来。

姜绥绥也不想继续跟他在这件事儿上扯，皱着眉晃了晃手：“那扇子我明日还给你。”

路边草丛中的蝉叫个不停，吵得她有些不舒坦，她看了周围一圈，抬脚就往不远处的石凳走了过去。

顾昭鹤今日一来一线牵便发现了，不管是前厅还是内堂后院，随处可见歇脚的地方。姜绥绥今天更是没怎么站着，便是站着了，还不到一盏茶的工夫便又会寻椅子坐下，若单纯说是不爱动弹，这理由未免也太牵强了些。

姜绥绥看着顾昭鹤跟着走了过来也没多说什么，她左手撑着下巴，有些疲倦地仰头看了过去：“你白日当着我和许家母女说的那破而后立的法子，可有几分把握？”

她让顾昭鹤留下，可不单单是为了叫他在一线牵当画师。他之前说了有办法能治好许阿玉脸上的黑疤，又能帮她恢复体形，若当真这么厉害，那以后一线牵的门槛还不得被人给踏平了？

顾昭鹤盯着姜绥绥带了几分倦意的脸看了看，把袍子一掀，在她旁边的石凳上径直坐了下来，指尖一下一下地在桌面上轻轻点着。

“顾某没什么好的，只一点，若非有万全之计，轻易是不会胡乱说话的。既然我说了能治好，那就一定能治好。”

听了顾昭鹤这略显嚣张的话，姜绥绥不但没觉得此人跋扈，眼睛还亮了亮，她双手捧着下巴笑眯眯的，似乎已经看到一线牵将来生意红火，门槛日日重修的场面。

到时候她可不光要在汴京开一线牵，还要开到琅琊，开到酉阳，甚至把一线牵的名号传遍整个西川。

姜绥绥还没睡着就开始做起拿盆接银子的美梦来，压根儿没管身边还有个人。

顾昭鹤喊了她两声都没得到回应，忍不住伸手往她额头上给了一巴掌。

“哎哟——”

姜绥绥被他推得脑袋往后一仰，从正端着个大盆接金子的美好幻想中回过神来。她下意识地瞪了一眼过去，却被他这似笑非笑的表情打了回来。

“咳，夜深了，你还是赶紧回去休息吧。明日可就正式开工了。”她睫毛轻颤收回了视线，右手握拳抵住鼻尖轻咳了一声，边说边起身回了自个儿的院子。

顾昭鹤坐在石凳上，盯着姜绥绥的背影看了一阵儿，又低头看了看自己刚才拍了她额头一巴掌的那只手。

为什么会这么烫？

他眯了眯眼睛，月光被乌云遮盖，先前那点光亮渐渐暗了下去。夏夜略显沉闷的风吹起他的头发，挡住了他小半张脸，也掩住了他眼中的所有情绪。

顾昭鹤起身看着刚才姜绥绥坐过的石凳，隔了半晌才吐出三个字来，却又被夜风吹散，在空中旋了几圈便没了声响。

“姜绥绥……”

自从上次张元安不分青红皂白跑来一线牵一通乱砸之后，一线牵的生意比起以前惨淡了不少。看着门庭冷落，一天进不来几个人的一线牵，姜绥绥一个头变成了两个大，是一天比一天着急上火，急得鼻尖还冒出颗痘，一碰就疼。

楼中人人自危，生怕一个不小心就踩了自家老板的尾巴，可偏偏顾昭鹤是个不知死活的，大清早一瞧见精神萎靡、挂着黑眼圈、鼻尖还顶着颗痘痘的姜绥绥就凑了过去。

“绥绥啊，姑娘家可不能贪嘴。看，你这一贪嘴就起了颗痘，瞧着多煞风景。”

顾昭鹤嘴贱也就罢了，偏偏还是个手贱的主儿，说着说着竟然拿折扇去碰了下姜绥绥的鼻尖，痛得她浑身一麻，周身的汗毛都立了起来。

姜绥绥条件反射地一把抓住顾昭鹤的折扇，一双水汪汪的眼睛直直瞪了过去——自然是痛出来的泪花。

“我先前那把折扇都还在你那儿放着，你怎的又来抢我这把了？”

顾昭鹤也不动，由着她抓着自个儿手里这把扇子，说完还十分促狭地冲人眨了眨眼睛。

姜绥绥好不容易才下去的汗毛又被恶心得立了起来，握着折扇的手往外一推，连忙捂着鼻子往后退了一步："你在这儿给我等着，我现在就把那破扇子还给你。"

她这几日忙着想办法怎么把一线牵的名声捞回来，哪儿还能记得扇子的事儿，见顾昭鹤为了把破折扇故意来碰她那颗痘痘，气都给气死了，说完这话就转身回院子准备把扇子拿来还给他。可还没走两步，她身后就传来一阵沉重的脚步声，还带着又粗又急的喘气声。

庞管事跑得急，脸上的肉也跟着上下抖动，跟沙皮犬似的。他喘着粗气断断续续道："姑……姑娘！许夫人带着许小姐过来了，这会儿正在大厅里坐着呢。"

庞管事之前吃了姜绥绥给的药之后，第二日起床便神清气爽、舒坦了许多，之前拖了好几日的病似乎睡一觉就好了。因此姜绥绥对顾昭鹤的医术便也放心了一些，闻言眼睛噌地就亮了，合掌一拍，拎着裙角就要开跑，等风风火火跑到顾昭鹤身边的时候又突然想起什么似的，猛地伸手抓住了他的手腕。

她正愁要怎么重新喊响一线牵的招牌呢，许家母女便送来了好法子。这事儿因她们而起，若是能由一线牵妥帖处理，那便是再好不过的了。

不过……这具体要怎么操作，还是得交给顾昭鹤。

姜绥绥半眯着眼睛，偏头去看被她带着一块儿跑的顾昭鹤，半是威胁半是商量地说道："若你敢把这件事儿办砸了，那你可就完蛋了。"

她跑得急，被一根丝带松松垮垮绑着的长发在奔跑途中散开，如墨般的长发倾泻而下。顾昭鹤下意识伸手去撩，可那头发却如流水般从他指缝间流走。他看着自己被拉着的手腕，隔了半晌轻笑出声，低声道："自该如此。"

眼看着快到大厅了，姜绥绥这才缓下步子，松开了抓着顾昭鹤的手，还很是注重自个儿仪态地走了进去，一边走还一边咬着发带，两手拨弄着刚才散落的头发，三两下就给束了起来。

顾昭鹤伸手抚了抚先前被握着的那只手腕，见这姑娘梳头的架势，眉毛一挑，脸上带了几分欠揍的笑意，长腿一跨拦住了她的去路，弯腰凑过去问："绥绥莫不是不会梳头？"

哪个女儿家像她这般，用一根发带把头发绑起来就算完事儿？

姜绥绥被噎了一下，装聋作哑没搭理他，一边理着袖口一边绕过他，抬脚便进了大厅。

顾昭鹤一抬眼便看到正在大厅等着，颇有几分坐立不安的许家母女，他轻咳一声把笑意一收，人模人样地跟着一块儿走了进去。

她们母女一来，庞管事就急吼吼地跑去叫人了，这会儿茶水都还没喝上两口呢，就见着了人，便迫不及待地放下杯子迎了上来。

"姜姑娘，我们这次来是为了上次的事情。"

姜绥绥生怕这二位一直站着不肯坐，连忙把人迎回位置坐下，自己也寻了把椅子舒舒服服地坐了下来。顾昭鹤厚脸皮惯了，缓着步子在旁边寻了个位置坐得舒舒坦坦的，半点自己是来一线牵打工还债的自觉都没有。

许夫人的脸色有些苍白，即便是上了妆也遮不住眼下的青黑，不过短短几日就憔悴了不少，估计在客栈的这些时日一刻也没休息好。

她有些疲倦地按了按额角，从袖子里拿出两张银票递给姜绥绥道："若不是因为我们，姑娘的一线牵也不会被张元安那竖子给砸了。这两千两银票就当是我许家赔给姑娘的损失。"

姜绥绥虽是个生在钱眼儿里的，可什么银子该拿什么银子不该拿，她心里明镜似的，自是不会要许夫人给的银子。

“夫人的银子我是万万不能收的。若夫人心中当真过不去，那只管放心把许小姐的婚事交给我，我给许小姐寻个良婿，也当是替我喊招牌了。”

姜绥绥把许夫人的手推了回去，目光又落到始终坐在一旁的沉稳安静、一副大家闺秀做派的许阿玉身上。

许阿玉今日没有戴帷帽，连面纱也没戴，带着黑疤的脸就这样大大方方地暴露于人前。她面上虽瞧不出什么情绪来，可双唇紧抿，一双手还紧紧攥着，整个人显得有些许僵硬。

到底还是不习惯把脸上的黑疤露出来。

“夫人今日带着小姐过来，想必心中已经有答案了。”

姜绥绥的院子里长期放着解暑用的冰块，毕竟来大厅见客的时候总不能在厅里到处摆上冰坨坨吧。她这人但凡离了冰，不一会儿就得热起来，一热了便要喝冰镇酸梅汤，所以这大厅里的桌子上随时备着一大壶冰镇的酸梅汤，好叫她方便取来解暑。

她一边和许夫人说话，一边伸手准备给自个儿倒上一杯凉快凉快，可手刚摸到瓷壶，手背就被人不轻不重地打了一下。

她下意识缩回了手，偏头看向竟敢动手打她的那人。

顾昭鹤手拿折扇晃了几下，在姜绥绥试图用眼神杀死他的间隙下把瓷壶拎到自己右手边，又变戏法似的从腰间扯下一个水壶来，拿过杯子倒个七分满。

“你若是再喝甜的，脸上还得长痘。”

姜绥绥额头的青筋一跳。

“姑娘家若是嗜甜，一个不小心可就得长肉。”

顾昭鹤把杯子推过去，还很是认真地盯着她的脸看了看，啧啧了两声，摇了摇头道：“绥绥，你的脸可不是一般的圆哪！”

姜绥绥的呼吸声渐渐变得粗重，依稀还能听见她磨牙的声音。

若不是许家母女在这儿，之后还得靠他给许阿玉治脸，她绝对直接用拳头招呼过去。

姜绥绥，你要忍住。一线牵的招牌能不能再喊起来，可就看这一次了。

她给自个儿做足了心理建设,端起顾昭鹤倒的那杯水一饮而尽，把桌子当成他，“哐当”一声把杯子重重搁在上面，发出好大一声响来。

“我与阿玉商量了两日。”

许夫人是大家出身，自然是见惯了场面的，见顾昭鹤和姜绥绥这略显几分幼稚的你来我往倒也没说什么，寻了个间隙把她们母女二人的打算说了出来。

“虽然我们与姜姑娘结交不久，却信得过姜姑娘的为人。我们这么多年试了不少法子，这次……便当作是最后一次吧！若是二位能治好小女的脸，便是要了我的命，我也绝无怨言！”

许夫人说完这话便起身行了个大礼，可身子刚弯到一半就被人一左一右扶住了。

顾昭鹤和姜绥绥分站在她两边，一人拉着她一只手，倒像是把许夫人给架住了，硬是止住了下面的动作。

“我拿夫人的命来做什么。”顾昭鹤松开手往后退了半步，环视了一圈大厅，目光从匆匆起身的许阿玉身上落到了姜绥绥那儿，“只要夫人回了琅琊，替一线牵喊喊招牌就是了。”

虽说顾昭鹤这人先前是讨厌了些,可如今这话却很得姜绥绥心意，她顺着这话往下说了几句差不多的，然后抬脚走到了许阿玉面前。

“阿玉——我虚长你一岁，便叫你阿玉了。

“你的脸，我们一定会想办法帮你治好，不过……在治好之前，你可愿意和宋公子见上一面？”

宋公子全名宋子清，是姜绥绥手中压箱底的男子，虽说是千挑万选过的，可到底合适不合适，还是得叫二人接触过才知道。

许阿玉听见这话的时候愣了愣，又盯着自己略显臃肿的手看了好一会儿，然后抿嘴轻笑了一声：“若他只看相貌，自然称不上良人，今日能因我的容颜心动，来日自然也能因旁人的美貌动情。”

许阿玉的眼睛生得很美，漆黑灵动，像是两颗安静躺在河床里被清澈溪水日夜冲刷着的石子，透彻又包容。

她说这话的时候脸上带着笑，连带着眼角也弯出一抹恰到好处的弧度来。

“我虽不知他的品性，却愿意相信姐姐的。”

姜绥绥是个生意人，迎来送往过不知多少人，可她却是头一次这么喜欢一个姑娘。许阿玉的年纪不大，性子却通透似琉璃，甚至不用把话彻底挑明白，她就能懂其中深意。

“若他喜欢的是你的性情，不管你是美是丑，是胖是瘦，他喜欢的总归是你这个人，而不是你这张脸。”

姜绥绥也跟着笑，从袖子里取出一对白玉嵌桃花的耳环，放到了许阿玉的掌心里：“我已经安排好了，此刻，他人应该就在揽月楼摘星雅座等着你。若你觉得那宋公子是个好的，明日便戴着这对耳环过来。”

第三章

姻缘天定，重获新生

JINGCHENG
XIAO
HONGNIANG

京城小红娘

下了一整夜的雨，天刚泛起鱼肚白时，雨势才渐渐弱下来，这场雨下得酣畅，一扫前些日子的闷热。

便是姜绥绥这个怕热又不爱动弹的人也起了个大早，站在院子里吹了好一会儿夏日里难得的凉风。

“绥绥今日竟然起得这么早？”

也不晓得顾昭鹤是不是钦慕姜绥绥，才故意安排着进了一线牵，不管她干什么，他总能寻摸着过来。

姜绥绥正在伸腰呢，被他这么冷不丁一吓，腰“嘎嘣”一声就给抻到了，她面如土色，扶着腰退到石凳那儿一屁股坐了下来。

“我说你这人属鬼的吧，大清早的就出来吓唬人。”

她可不是第一次被顾昭鹤吓了，上一次差点摔个狗吃屎，这次直接就伤着了。

顾昭鹤是鸳鸯楼那边故意找来克她的吧？把她给克死了，鸳鸯楼就制霸整个西川了啊。

顾昭鹤看着姜绥绥边揉腰边痛得龇牙咧嘴的模样，既好笑又可怜，晃着步子慢悠悠地走过去。

姜绥绥今年二十岁，虽说照着西川国这男子二十有二，女子年满十八就必须成婚，否则就得罚银子的律法来讲，她确实算是个老姑娘了，可这老姑娘再老，也就二十岁啊，哪里就这么禁不住吓了？抻着腰还老半天缓不过劲儿来。

“你可千万别乱动，要是真把腰给伤着了，我可没银子给你付药钱。”

顾昭鹤凑到她面前，话音还未落就直接上手了，两指并拢对准她的腰一点，姜绥绥阻止的话还没来得及说出口，刚才还痛得死去活来的腰一下子就好了。

“姑娘！”

“哎哟喂！”

就是这么凑巧。

来传话的又是庞管事，好巧不巧地又叫他瞧见这明明没什么事，可看起来就是有什么事的一幕。

姜绥绥斜着身子坐在石凳上，刚才顾昭鹤突然逼近又吓得她下意识往后一靠，双手都往后撑，并且他的手指还搭在她的腰上。

庞管事下意识捂住眼睛，可指缝大得都能漏银子了，从缝里看过去，可不就是两个小年轻光天化日之下打情骂俏、你侬我侬嘛。没准庞管事那脑子里还开始下花瓣雨了呢。

“两位祖宗欸，这一大早的你们做什么呢，太不庄重了。”

庞管事压下自己嘴角的“姨父笑”，故作正经地瞪了这两个人一眼。

夏日清晨的风有些慵懒，有一搭没一搭地吹过姜绥绥的耳畔，又将顾昭鹤垂下来的头发卷到她脸上，一下一下地搔着，痒酥酥的。

姜绥绥仰头盯着他清晰的下颌线看了会儿，眨巴了两下眼睛：“我现在是起来，还是装作没听到庞管事的话继续撑着？”

许是感觉到了姜绥绥的视线，顾昭鹤还特意低下头，很是认真地对上她那双眼睛，他就跟不知道自己这张脸有多大杀伤力似的，说话的时候还挑了挑眉，飞了个眼波。

姜绥绥的脸一红，整个人回魂儿似的起身：“你以后没事儿不许到我院子里来！”说完她蹦得老远，跟顾昭鹤拉开好大一段距离，又假模假样地咳嗽了两声，不自觉地握了握手掌。

顾昭鹤这厮穿着衣裳看不出来，上手一摸倒还挺结实的。

这念头一出来，姜绥绥就给了自己这不老实的手一巴掌，还背过身揉了两把脸，暗道：你给我清醒一点！

待再转身的时候，她又成了人模人样的一线牵老板，一本正经地询问庞管事：“庞叔，你过来是有什么事儿吗？”

可庞管事一脸“早知道我就换个时间来了”“姑娘都二十了，要是再不嫁人，每年得交多少罚款”的表情，看得姜绥绥差点破功。

“咳咳，昭鹤待会儿要用的东西都备好了，你们要不要去看看？”

庞管事从善如流，这称呼都从“顾先生”变成了“昭鹤”，听得姜绥绥眼角直抽抽，饶是她这会儿再怎么不想面对那个男人，可待会儿要给许阿玉治脸解毒的人只有他。

姜绥绥面上云淡风轻一点情绪波动都没有，其实鞋子里的脚趾全都缩了起来：“既然准备好了，那就跟庞叔看看去吧，若是有什么还没准备到的，好叫人去买。”

顾昭鹤低头理了理袖口，嘴角噙着一抹笑，倒也没有继续臊她，乖乖地跟着庞管事走了。待走到院门口的时候又停下步子，他侧过身看了她一眼：“我让人给你做了早膳，记得用了再过来。”

正准备回屋子揉揉腰的姜绥绥再一次差点摔个狗吃屎，她连看都没有看故意逗她的那人一眼，颇带了几分狼狈，五步并作三步急吼吼地回了屋子，还“哐当”一声把房门给关上了。

姜绥绥后背紧紧贴着房门，因为少有的大动作导致呼吸略有些急促，她盯着挂在墙壁上的十全富贵图看了许久，呼吸才渐渐平顺下来。

这个顾昭鹤难不成还真是图她才来的？

昨夜大雨带来的凉爽并没能撑多久，刚到午后天气就又重新闷热了起来。不过也不知道是不是因为许家母女这事儿，又或者是顾昭鹤莫名其妙叫人送来的早膳分散了注意力，姜绥绥倒是觉得没往常那么燥热了。

吃个饭的工夫，许家母女就来了。许阿玉和昨日一样，没戴帷帽和面纱，只是神情坦然自在了不少。她本是大家出身的姑娘，即便多年来因脸上的毒疤和较常人更壮硕的体态而自卑怯弱了些，可骨子里到底还是有股劲儿在的，如今嘴角带笑的自信模样更是叫人不敢轻瞧了去。

姜绥绥这才算是偷偷松了口气，她偏头看了眼挂在许阿玉耳垂上的那对耳环，眼睛一眯，笑得好看："我就说这对耳环衬你。"

许阿玉皮肤白皙，那对白玉嵌桃花的耳环更是衬得她好气色。

"姐姐，多谢你。"说完，她抬手摸了摸耳垂上的耳环，又想到昨日见到的那个人，嘴角不自觉地翘了起来，"他是个很好的人。"

六月的风从敞开着的门外吹了进来，吹动许阿玉的头发和衣裳，也将昨日宋子清的话吹了进来。

"红颜貌美，不过只是皮囊罢了。

"多年后终究是要化作相似的枯骨的，生得貌美抑或是丑陋，又有什么区别呢？

"我不是那般男子，你可以信我的。"

许阿玉眼角眉梢皆带笑，那双原本就好看的眼睛又多了几分灵动鲜活之气：“即便我的脸治不好，那也没关系了。”

顾昭鹤因为今天早上那说不清道不明的举动被姜绥绥冷了许久，如今听见许阿玉这疑似质疑他医术的话，就更不痛快了。

不过倒也是，要叫人信他这个看起来就不大靠谱的画师的医术，难度确实是大了些。

“许姑娘大可放心，若是连您这点毒都解不了，那我这二十多年可就白活了。”

顾昭鹤起身朝庞管事事先安排好的屋子走去，见姜绥绥和许夫人想要跟上来，又停下步子，头也没回地说了句：“我行医的时候不喜有外人在场。”

他将门帘先拉到一半，稍微顿了顿又偏头对上姜绥绥的眼睛，半是正经半是挑逗地说道：“当然，若是内人的话，自是用不着回避的。”

姜绥绥额角的青筋跳了跳，她迟早要把这家伙的嘴巴给缝起来！

顾昭鹤放下门帘，领着许阿玉走进屋子后便换了个脸色，难得能从他那张素来讨打欠揍的脸上看出几分正经来。

给许阿玉医脸这事儿关系到一线牵的未来，之前几天姜绥绥便把准备的事儿交给了庞管事，如今这屋子里什么都有，齐全得不能再全了。

顾昭鹤将袖子挽了起来，又洗干净手，手指从桌上摊开的一排锋利刀具上划过，最终停在一把小刀上。

他正准备说话，结果抬头发现许阿玉竟还站着，想到她可能是有些不安，便随手指了指旁边的软榻，安慰道：“你不必这么担心，这点毒还没到需要担心的地步。”说话的工夫，他又从袖子里拿了点瓶瓶罐罐的东西出来，又倒了一颗黑不溜秋瞧着就苦的药递给许阿玉，

“吃下这药就去软榻睡着。”

“哦，对了。”

兴许是觉得头发没扎好有些松松垮垮的，顾昭鹤把散落在脸侧的头发往后一抓，用发带束在了脑后，倒是显得精神了不少。

“这衣裳你可喜欢？待会儿得把淤积在你脸上的毒血给挤出来，多多少少会弄脏你的衣裳。你若是喜欢……”

许阿玉是来解毒医脸的，衣服上染点血算不得什么事儿，她正想说无碍，可刚要开口说话就觉得脑子木木的，张嘴发不出声来，依稀只听见顾昭鹤浑不在意地说道：“那也没时间让你去换了。”

这句话支离破碎地钻进许阿玉耳朵里，随即眼前一黑，便瘫在软榻上彻底没了知觉。

顾昭鹤一个转头的工夫许阿玉便睡死了过去，他撇了撇嘴，又在袖子里掏了半天，结果就掏出来几颗糖豆。他往嘴里一扔，一边嚼一边用烈酒清洗先前挑选好的小刀，又在火炉子上烤了片刻，拿着刀便往软榻走去。

“就这么点毒，竟然整整十年都没能解。”

顾昭鹤的手很漂亮，丰润白皙，骨节分明，甚至连指甲也修剪得整齐圆润。这是一双很适合拿画笔的手，如今却握着一把泛着寒光的锋利小刀，透露出几分不近人情的冷意来。

他一边说话，手却稳如磐石，轻轻一划便在许阿玉脸上黑疤的位置上开了一条一指节长短的口子来。这道口子说长不长，说短却也没短到连血都不流的地步，可偏偏就是没有血流出，就跟凝固了一般。

“哟，看来我还真小瞧这毒了。”

顾昭鹤挑了挑眉，伸手在伤处按了按，硬邦邦的。

他轻轻“啧”了一声，将手里的小刀放到一边。也不知他这衣袖是怎么做的，总能从里面掏出好些东西来，这次他伸手往里一探，又拿出来个两指大小的瓷瓶。

“也不知道你爹当年到底招惹了什么人，倒是可惜我这瓶药了。”

话虽这样说，可他却没有半分犹豫地将药粉倒在许阿玉脸上的那道口子上，许是担心药粉渗不进去，他还伸手将伤口拨开了些，那药粉直直就洒进了这略显怪异的伤口里。

不过片刻，原本安静的房间里发出一阵“滋滋滋”像是在被烧得滚烫的铁器上浇了一大盆水似的声音，听得人头皮发麻，浑身的汗毛都立了起来。

“估计会有些疼，忍过去便万事大吉了。”

许阿玉原本吃了药已经昏迷过去，兴许实在是太疼了，尽管昏迷着却眉头紧蹙。顾昭鹤看到她这模样略微沉思了会儿，食、中二指并拢，半点怜香惜玉的意思都没有，一指头戳过去，许阿玉就彻底没了意识。

那药粉差不多全渗到伤口里面去了，“滋滋滋”的声音也渐渐弱了下来，原本硬邦邦的黑疤慢慢恢复了弹性。

顾昭鹤表情严肃，眉头紧皱，双唇也紧紧抿成了一条直线，看着许阿玉的伤口似乎犹豫了很久才伸出手一摁，黑红腥臭的脓血一下子就被挤了出来，饶是他有意去躲，还是被那散发着恶臭的脓血溅了一身，就连脸上也被溅上了几滴。

他脸色难看，手下的动作却半点停顿都没有，还越发用力试图将里头的脓血全挤出来。可到底是低估了这破而后立的法子有多痛，脓血还没能挤干净，榻上原本昏迷的人儿就被这刻骨钻心的痛意给激醒了。

许阿玉大半张脸都被脓血糊住，穿着的那件藕色襦裙也染上了那红得发黑的脓血，看起来很是恐怖，屋子里也弥漫着一股叫人作呕的恶心味道。

“好痛——”她下意识抓住顾昭鹤摁在她伤口上的手，发出一阵凄厉的惨叫声来。

顾昭鹤先前倒那药粉时的疼痛还不及如今的十分之一，许阿玉到底是个女子，她刚刚被痛醒，现在又险些被疼晕过去。

“痛也得忍着！你还真以为要将这毒彻底从你体内抽出是那么容易的事情吗？”

顾昭鹤这人素来爱干净，如今却弄得很是狼狈。他沉着一张脸，眼中带着些许怒意，一边扯下许阿玉的手，一边加大了手下的力气，将那毒疤里的最后一丝脓血也挤了出来。待看见再挤出来的血颜色已变成正常的鲜红色时，他才把手收了回来。

软榻上的许阿玉已经痛晕过去了。

顾昭鹤缓缓吐出口气，垂在腿侧的手微微抽搐着，他转身拧了一条帕子将许阿玉脸上的血大概清理了一下，原来硬邦邦又漆黑的毒疤已经寻不到踪迹了，只有脸颊上那道正往外冒血的伤口。

顾昭鹤先是从一个白釉的圆瓷盒里取了一小坨膏体敷在伤口上，又顺手拿起庞管事准备好的纱布，给她简单包扎了一下。

庞管事知道这件事对一线牵来说有多重要，所以不光准备了药材、器具之类的，连笔墨纸砚都安排上了。顾昭鹤捶打着自己有些酸痛的胳膊，一边甩一边走到案前提笔写了两张药方出来，待墨迹稍干了些，便直直朝门口走，又一点征兆都没有地一把将门给拉开了。

一直在门口听墙脚的姜绥绥险些摔进去，又闻见屋子里那令人作呕的味儿，连忙“噔噔噔”地往后退了几步。

“让人照着药方拿药，买回来煎好之后再端过来。”

顾昭鹤半点惊讶的神情都没有，只是脸色有些许苍白。倒是姜绥绥有些尴尬，她也没敢多说什么，讪讪地接过他递来的两张药方。

“那个……阿玉她怎么样了？”姜绥绥又不放心地问道。

顾昭鹤将挽起来的袖子放了下来，又捏了捏自己有些酸痛的手腕：“这会儿还昏睡着，待醒过来就好了。”

“嘿嘿，辛苦你了，我这就让人去抓药！”

姜绥绥踮脚往里看了一眼，却正好对上顾昭鹤转回来的视线。她尴尬地笑了两声，说着就打算借着抓药的理由赶紧溜了，可凝神去看的时候却发现他脸色苍白，额头上还满是细密的汗珠，脸上还有半干的黑色血迹，看起来像是劳累过度。

她觉得今天这事儿自己做得有些不大地道，很是不好意思地抠了抠手，喃喃道：“多谢你。”

“光动嘴皮子的谢意来得可太简单了。”

顾昭鹤手指微动，又掀了掀眼皮子，一双晶亮的眼睛一眨不眨地盯着姜绥绥看，愣是把人看得瞪了回来。

姜绥绥抬手揉了揉鼻子，结果不小心碰着鼻尖那颗痘，疼得她龇牙咧嘴地直吹气。这傻不愣登的模样落在顾昭鹤眼睛里，他一时没忍住，“扑哧”笑出了声，脸色瞧着倒是比刚从房里出来那会儿好多了。

他这人本就生得好看，真心实意笑起来的时候，周遭的景物似乎一下子失了颜色。

天地万般皆为背景，唯有他一抹。

“咳——你今日也累了，最近就好好歇着吧。缺什么就跟庞叔说，让庞叔给你安排。”

姜绥绥愣了小半盏茶的工夫，还是在顾昭鹤似笑非笑的眼神里才回过神来，她连忙挪开视线，只觉得脸有些烧得慌。

“当真缺什么就能要什么吗？”

顾昭鹤一边问一边抬脚朝她走了过去，走路的时候先前随手扎起来的头发轻晃，在姜绥绥还没缓过劲儿的时候弯腰凑到了她面前。眼瞧着这姑娘脸上的温度都要下去了，一下子又烧了起来，好在她这人脸皮尚且算得上厚，瞧不出红来，只是耳尖却有些粉嘟嘟的。

“那我想要……”顾昭鹤伸手挑了一缕姜绥绥的头发，撩到鼻子下方轻嗅。

姜绥绥整个身子僵得跟石头似的，甚至连抬手阻止都忘了，她梗着脖子，憋着一口气。

“你的同款洗发皂。”

姜绥绥差点一口气没上来。

他是故意的，绝对！

姜绥绥气得胸口疼，下意识地深吸了口气，却被一股腥臭味儿打昏了头。她捂着鼻子往后倒退了好几步，这才发现顾昭鹤身上沾了好多红得发黑的腥臭血迹。

“你说话就行，别过来！”

顾昭鹤的脸色肉眼可见地一僵，甚至还保持着刚才闻头发的动作，可看见她捂着鼻子往后退还下意识看了自己身上一眼，浑身僵得更厉害了。

奈何他身上的腥臭味儿一个劲儿往自己的鼻子里钻，呛得他脸色更难看了几分。

“那个……要不你先去洗漱一下？”姜绥绥顿了一下，“我待会儿就让人把洗发皂给你送过去。”

顾昭鹤薄唇紧抿，梗着脖子点了点头，肢体颇有些不协调地往他那院子走。

待走到姜绥绥面前的时候，她轻声叫住了他："欸，你擦擦吧。"说完她伸手戳了一下自己的脸。

顾昭鹤一愣，下意识抬手擦了一下，可脸上的血迹已然干了，他没能擦干净。

姜绥绥看他这样叹了口气，脑子也突然发蒙，一把揪住他的领口，把人拽到自个儿跟前来，仔仔细细地擦了起来。

"这下好——"

她正要收手，却被顾昭鹤拽住了手腕。男人的指尖泛着凉意，搭在她温度过高的手腕上，像是一碗凉水浇在被烧得通红的铁器上，滋滋地冒出一阵白烟，让人有些迷了眼。

院子里并排种了几棵西府海棠，带了几分暑气的风卷起花瓣，慢慢悠悠地从二人中间飘落，还有几片落在了姜绥绥的头发和肩膀上。

顾昭鹤没松手，甚至还抬起另一只手将她头上的花瓣拨弄了下去，动作温柔得能称得上一句缱绻。

虽说姜绥绥做的是替人拉红线做姻缘的营生，平日里也见过不少男子讨女子欢心的把戏，可她自个儿还是头一遭被一个男子一而再再而三地如此对待。她本就是个畏暑怕热的体质，顾昭鹤这一系列动作下来，她的脸上竟爬上了好些粉色。

"我刚才在那屋子里写药方的时候发现……"

顾昭鹤捏着落在姜绥绥肩头的一片海棠花瓣，手腕也轻轻搭在了她的肩膀上，食指和拇指轻轻搓揉着，粉嫩鲜艳的花汁不小心染红了他的指腹。

不知道这人到底是有意还是无心，他说话的时候微微弯了下腰，呼吸间的热气一下一下扑洒过来，像幼猫尾巴似的，被吹拂的地方有些痒痒。

姜绥绥的身子有些僵硬，下意识地梗着脖子想往后躲，却一下子被对面的男人扣住了肩头，被逼无奈地直视了过去。

“那临时准备的笔墨纸砚都比我现在用的要好，用着顺手得很，我可否带回我那院子里继续用？”

姜绥绥就像是被人兜头淋了一大盆凉水，还是洗过脚的那种，先前脸上因为不争气而泛起的粉色也被这话彻底劝退。

她的嘴角抽了抽，及时回过神挣脱后退了小半步，言语里半点起伏也没有：“你想要的话，自己拿回去就是了。”说完这话，她逃也似的捏着两张药方子就溜出了院子。

顾昭鹤站在原地，看着她略有几分落荒而逃之意的背影，没忍住轻笑出声，又抬手摸了摸脸上刚才不小心被溅上血的位置。

月明星稀，皎洁明亮的月光透过窗户洒到屋子里，扰得姜绥绥睡不着觉，在床上翻来覆去。

她的屋子里到处都摆着冰，若是换了旁人进来说不定还得喊一声冷，可她跟个火娃似的，反倒翻腾出一身汗来。姜绥绥实在是想不明白，干脆一个翻身从床上下来，蹲冰边上去了。

“顾昭鹤到底是什么人？

“他为什么要到一线牵来？

“又为什么总是说些莫名其妙的话，做些莫名其妙的事儿？”

这致命三连击快把她给整疯了，她一边嘀咕一边伸手去戳冰块，化开的冰水打湿了她的指尖，泛着晶亮的光。

姜绥绥长叹了口气，蹲在地上双手撑着下巴，五官微微有些变形。

这几个问题不断在她脑子里转来转去，她本就不怎么清醒，如今思绪更是被搅成了一团糨糊。

“啊！”

她很是烦躁地抓了抓头发，又低吼了一声，噌地起身，随意捞了一件外裳披上，推开门迎着月光走出了院子。

夜里总是要比白日凉爽许多的，偶尔来的一阵风倒是将她吹得清明了些。

这会儿正是府内众人睡得最沉的时候，姜绥绥披着衣裳漫无目的地在院子外面走，脑子倒是没之前那么乱了。

“怎么莫名其妙走到这家伙的院子来了……”

顾昭鹤和姜绥绥的院子挨得很近，出门拐个弯就到的那种。她先前分明是朝反方向走的，可不知怎的，走着走着突然就绕到这儿来了。

她拍了拍脑门儿，心里骂了自己一句有病，一边伸手拢衣裳一边放轻了动作，打算赶紧溜回自个儿的院子里。

“可还查到了什么？”

姜绥绥刚抬起一只脚就听见不远处传来熟悉的声音，这声音的主人还害得她今晚连个安稳觉都没睡好。她下意识屏住呼吸，微微抿着双唇，悄咪咪地寻了个不显眼却又能听得更清楚些的位置躲着。

“回主子，当年之事毕竟也过去十多年了，再加上牵连甚广，其中势力也盘根错节……”

“那就是还没查到？”

顾昭鹤不知什么时候在院子里安置了一把躺椅，他倒是个惯会享受的，躺在椅子上享受着月光，手边的石桌上还搁着一套酒具，听见不远处黑衣人说的话，懒洋洋地掀了掀眼皮子，可目光却委实锐利，丝毫没有往日在姜绥绥面前那抠门小气、嬉皮笑脸的讨打模样。

“是属下办事不力，还请主子责罚！”

那黑衣人被顾昭鹤看了一眼，当即就要跪下领罚。可腿刚弯下去，顾昭鹤就一个旋身到了他跟前，托了一把他的手臂，在姜绥绥还没回过神来的时候，这厮竟然还给自己倒了一杯酒。

“莫说你，便是我为了追查当年之事也费了不少劲儿。”顾昭鹤晃了晃手中的酒杯，杯中的月亮顷刻间便碎了，“这件事你不用再管了，我自有分寸。那边怎么样了？”他将杯中酒一饮而尽，又拿着酒杯在手里把玩着，问这话时微微抬眸看了眼北方最巍峨的建筑。

“那位爷发现您为了查当年之事偷跑出来，发了好大一通火。”黑衣人一顿，“还牵连了宋公子。”

顾昭鹤轻笑一声，酒杯在他指尖转了两圈：“我这堂兄的性子还真是一点没变。你回去告诉他，我查清楚当年之事后自然会回去，也让他别把罪名推到挽风身上。”

顾昭鹤将酒杯扔到黑衣人怀里，又伸了个懒腰转身往屋子里去，一边捏着自己有些酸痛的后颈一边道：“以后若是没什么重要的事情就别过来了，这里的聪明人可多着呢。”

黑衣人的武功很是高明，能在一院子的人毫无察觉的情况下进来，自然也能消失得无影无踪，两人的对话不过寥寥几句，却叫人不得不疑心起来。

那黑衣人一看就不是普通侍卫，却一口一个“主子”地唤着，还有他们提及数次的“当年之事”。“当年”是什么时候？又到底发生了什么事情？为什么顾昭鹤偏偏选择到一线牵来？

姜绥绥的脑子本来就乱，如今半夜起来吹风又得知了这么多断断续续却又让人无法忽视的莫名其妙的事情，这脑子就跟烟花似的快炸了。

她有些难受地按了按太阳穴，身子竟泛起几分凉意来，强撑着精神盯着被顾昭鹤放在桌上的酒具看了一眼，神色复杂地抿了抿嘴。

顾昭鹤，到底是什么人？

“姑娘，这是顾先生让人给您送来的药。”

姜绥绥昨晚一整夜都没能睡着，天泛白了才迷迷糊糊地睡过去，可还没睡多久就有丫鬟过来把她给叫醒了，手里还端着一碗能把人给臭晕过去的黑乎乎的药。

她原本就不怎么舒坦，现在闻着这味儿就差把房顶给掀了。

“拿出去拿出去，我好好的，他给我送什么药。”

那药的臭味儿比起昨天顾昭鹤身上沾着的腥臭味儿有过之而无不及，把她整个人恶心得不行。姜绥绥在床上翻过来滚过去好几遍，实在是忍不住，一个翻身坐了起来，黑着一张脸直接抢过小丫鬟端在手里的药，怒气冲冲地就往门口走。

可她刚准备把药给倒掉，始作俑者就出现了，还快准狠地制止了她倒药的动作。

“这药可是我特地给你开的，绥绥一言不合就要倒了，岂不是伤我的心？”

兴许是昨天浑身腥臭味儿把顾昭鹤恶心到了，他今日不光从头到尾换了行头，还特意用香熏了衣服，把自己搞得香喷喷的。

这又香又臭的，姜绥绥实在没憋住，把药碗往顾昭鹤怀里一塞，褐色的药汁淌了他一身，然后忙蹲旁边干呕起来。

好巧不巧的，庞管事又在这种说不清道不明总是让人误会的时候出现了。他看见姜绥绥在一个劲儿地干呕，整个人都呆住了，看了看同样不知所措的小丫鬟，又看了看顾昭鹤，悬在空中没敢踩下去的脚犹豫了好半天，不知道是该过去问问，还是先溜为好。

一大早的，这都是些什么烂事儿！

“顾昭鹤，你存心的吧！”

姜绥绥也没吃东西，蹲地上吐了半天也没吐出什么来，反倒把自己折腾得面无血色。估计顾昭鹤也没想到她反应这么大，先是愣了一会儿，然后想要伸手把她从地上拽起来，却被拍开了。

她吐得脸色发白，猛然起身的时候眼前发黑，整个人差点直接栽到地上，好在是被扶住了。

“你大清早的为什么要给我送药？”她现在是身心俱疲，待站稳了身形便不动声色地推开了跟前的男人，揉着太阳穴，颇有几分焦头烂额地开口问道，“你当大夫还当上瘾了不成？”

送药的那个小丫鬟见状，把托盘往怀里一抱，踮着脚尖悄悄地溜到了庞管事身边，躲在庞管事略有几分雄伟壮硕的身躯后边看自家姑娘和顾画师的年度大戏。

顾昭鹤没想到这姑娘起床气这么大，又被她怼了好几句，没忍住轻笑出声，直到姜绥绥一个眼神杀过来，他才回过劲儿，觉得自己笑得过于放肆了，然后右手握拳抵住鼻尖假模假样地咳嗽了一声，待开口的时候，言语里竟十分诡异地带了几分委屈。

“我不过是看绥绥畏暑又贪凉，总是喜欢喝冰镇过的东西，便想着顺手给你开道药调养调养身子。”

顾昭鹤轻叹了口气，往后退了小半步，似是盛了漫天星辰的眼睛也耷拉了下来，浑身上下就写着“委屈”两个大字。

姜绥绥还没来得及说什么，就感觉自己都快被小丫鬟和庞管事火一般灼人的视线给烧穿了。

“既然绥绥不喜欢，那我以后就不让他们送了，就当是我自作多情了吧。”

顾昭鹤说出来的每一个字都像一块从天而降的巨石，朝着姜绥绥脑袋瓜就砸了下来，等他说完，她已经被这些石头砸进土里埋了。

偏偏这大爷卖惨还卖上瘾了，端着那碗药故意晃了晃，原本他身上就被溅上了药汁，如今这一晃一晃的，小半碗药都被他喂自己身上去了。

姜绥绥太阳穴的青筋一跳一跳的，偏偏庞管事和小丫鬟也是看热闹不嫌事儿大的主儿，盯着这场戏愣是连眼珠子都没转一下。

“绥绥继续睡吧，我就先走了。”顾昭鹤吸了吸鼻子。

姜绥绥头大如斗。

眼看着庞管事的嘴皮子动了动准备说话，她总算是妥协了，伸手直接拉住顾昭鹤的袖子，一个斜跨走到他跟前，直接把那碗药夺了过来。

姜绥绥气沉丹田、屏息闭眼，捏住鼻子就把那碗臭得熏人的药给灌了下去，恶心得她实在没忍住打了个摆子，又攒足了劲儿把空碗往顾昭鹤怀里一塞，咬着牙从牙缝里挤出一句话来：“现在可以了吧！”

顾昭鹤手里拿着空碗，脸上哪儿还有先前装模作样做出来的委屈神色，眼角眉梢都带着笑意，生怕别人不知道他多高兴似的。

“绥绥。”顾昭鹤眨了眨眼睛，姜绥绥这才发现他的眼皮褶皱里竟藏了一颗极为鲜艳的红痣，像是上好的羊脂白玉嵌了颗小小的红豆。

“刚才这碗药已经冷了。冷了的药就失了药效，就算你喝完也起不到什么作用，顶多只能帮你提提神儿。你看你现在是不是不困了？”

顾昭鹤越是说话，姜绥绥的呼吸就越是粗重。她闭着眼睛听着，一个劲儿给自己做心理建设——杀人要偿命，她还有这么大一个一线牵要打理，莫生气，气出病来无人替。

姜绥绥给自己做足了心理建设，刚睁开眼睛就看到顾昭鹤那张因为凑得太近而过度放大的脸。她被吓了一跳，下意识往后退，轻抚上她嘴角的手指却比她的动作更快一些。

“好了。”

顾昭鹤看了一眼拇指指腹的水渍，起身拉开了两人之间的距离，平静得就跟完全没有听到庞管事和小丫鬟这两个围观群众的吸气声一样。

“我待会儿再煎一碗药过来，绥绥可还得同刚才那样一滴不剩地全喝下去哦。”

说罢，他拿着那个空碗晃了晃，准备在姜绥绥爆发之前赶紧溜，可临了还不忘再往柴灶里多添一把火，走到她身边的时候放低了声音凑过去说道：“对了，这药除了补养身子，还能塑身减脂。绥绥，你可以的。”

他说完这话便跨着大步连忙溜回了自己的院子，姜绥绥微微低着头，牙齿磨得咯吱作响。

看完了整场大戏的庞管事和小丫鬟见事态不对，后背贴着墙试图一点一点地磨蹭出去，可眼瞧着都摸到院门了，庞管事却被自家姑娘喊了下来。

“庞叔，你现在、立刻、马上去给我找几个画师回来，只要是能画人的，甭管画技好坏，通通给我找回来！等我寻到人，立马让顾昭鹤那个王八羔子给我收拾东西滚蛋！”

估计顾昭鹤自己心里也有点数，知道姜绥绥被他给惹急了，所以后面好几天，他除了去给许阿玉换药，看她的脸恢复得如何，其他时候就跟躲瘟神似的躲着姜绥绥，愣是没被她逮着过。

自然，姜绥绥也不会在这个时候真的对他做什么，甚至还吩咐了庞管事亲自给他做一日三餐，要盯着他吃得干干净净才算完。庞管事上了年纪，口味本来就重，做饭更是个拿不准轻重的，所以压根儿不把盐当盐使，只要他炒完一顿饭，厨房就得再去买一罐子盐。这几天下来，他几乎用完了厨房一年份的盐。

“姑娘，我找了不少名医来看这药方，都说没问题，还能调养姑娘这畏暑怕热的体质，您大可放心喝下去。”

庞管事摸出怀里那张被揉得有些皱的药方，伸手递了过去。

今天格外热，暑气从皮钻到里，姜绥绥正躺在贵妃榻上有一搭没一搭地扇着扇子，听见庞管事这话才将信将疑地掀开眼皮盯着桌上那碗已经放凉了的药看了好一会儿，没辙了似的长叹一口气，玉臂一伸便捞了过来，咕噜咕噜两口下肚，看得庞管事都起了一脸褶子。

姜绥绥被药味儿恶心地摆了摆手，连忙把药碗搁在桌上，还十分嫌弃地推了好远，又赶忙拈了几颗葡萄塞进嘴里，这才把苦味儿压下去一些。

她今天用鲜花汁子染了新的蔻丹，葱段似的玉指就着鲜亮的红色将葡萄喂到嘴边的时候竟格外好看。

庞管事看着姜绥绥，颇有几分我家有女初长成的成就感，忍不住欣慰地笑了笑。

“对了，宋子清是今日过来吧？”

姜绥绥从贵妃榻上起身，涂着鲜红蔻丹的手指又捻了一颗葡萄喂进嘴里：“你下去准备准备，阿玉的脸虽然还不能见人，可身形比起之前确实纤细了许多。”

顾昭鹤这人虽然有些时候讨人厌了些、不着调了些，可的确是有大本事在的。许阿玉脸上的纱布虽然还不能拆，可单看这几日她肉眼可见瘦下来的身形就知道，顾昭鹤的确没说大话。

思及此，姜绥绥摸着下巴突然沉默了起来。庞管事努力瞪大那双不算大的眼睛，带着几分期盼看了过去，指望着他家姑娘能放过顾昭鹤，也顺便放过他。

每天都要做一日三餐，他也很累的好吧！

“既然如此……”姜绥绥思索着。

庞管事的眼睛泛着晶莹的亮光。

“那就……把一天三顿改成一天一顿好了。”

庞管事不是个贪心的，姜绥绥能让步就不错了，再怎么说也少了两顿呢。

倒不是她真不计较了，只是觉得万一许阿玉的脸没治好顾昭鹤就被盐给齁死了，那多划不来。

“好了，你下去安排吧，我去瞧瞧阿玉。”

她吃完了果盘里的葡萄，顺手捞起旁边空空如也的药碗往庞管事怀里一塞，娉娉袅袅地一边擦手一边走出了屋子。

庞管事看了一眼自个儿怀里的碗，又想到自家姑娘给顾昭鹤使坏的劲儿，没忍住笑出了声来。

看来他家姑娘过不了多久就不用再被迫缴纳超龄未嫁的银子了。

自从那天顾昭鹤动刀挤出许阿玉脸上的毒血之后，她脸上就缠了一层厚厚的纱布，除了每日给她换药的时候揭下来，平日里都裹得严严实实的，谁也不让看。

不过算下来，许阿玉的脸应该也恢复得差不多了。

京城小红娘

姜绥绥掐着手指数了数日子，走进屋子，抬头就瞧见刚给许阿玉换完药的顾昭鹤，想到他最近被庞管事的厨艺荼毒得不行，心情一下子好了不少，笑眯眯地就进去了。

“脸恢复得很好，要是你不放心，我就再给你上一天的药。”

顾大画师这边刚嘱咐完，扭头就看见面带笑意朝他走过来的姜绥绥，那铺天盖地的咸味儿一下子涌上他的味觉，齁得他喉咙发紧，差点连话都说不出来，还下意识地往后挪了小半步，抻长脖子瞧了瞧庞管事有没有跟过来。

他已经连着做了好几个晚上的噩梦，梦见庞管事被套在一个盐罐子里，双手抓着白花花的盐一蹦一蹦地朝他跳过去，一边跳还一边说：“小顾啊，我来给你送点盐。”害得他现在看见庞管事就犯怵，比小时候看见他爹还害怕。

“姐姐来啦？”

许阿玉这姑娘心思通透，再加上这段时间住在一线牵没少听下人们说自家姑娘折腾顾画师的事儿，她有心想给他们做个和事佬，便笑眯眯地冲姜绥绥招了招手，要她过来坐。

姜绥绥这几日把顾昭鹤欺负得毫无还手之力，心情畅快着呢，听见许阿玉这话就朝她走了过去，还不忘嘲笑地看了某人一眼。

“我瞧着你比起昨日，身量又纤细了不少。”姜绥绥拉着许阿玉的手左右瞧了瞧，“你看这衣裳都宽松了好多。待你的脸彻底恢复了，咱俩就去逛灯市街，再做几身好看的衣裳。”

两个小姑娘在这头聊得起劲，被晾在一旁无人搭理的顾昭鹤倒是耐不住寂寞了，听见姜绥绥这话，他嘴贱的臭毛病又犯了，清越的声音直接插了进来：“等许小姐吃完我开的药，届时便是套上个麻袋都好看。只是绥绥你嘛……”他一边啧啧出声一边摇头，竟还不怕死地撇了撇嘴巴直接凑了过去，“看在你是老板的分上，可要我替你再开一份和许小姐一样塑形减脂的药？”接着他伸出五根白瞎了的修长手指，“只要这个数。”

莫生气，气出病来无人替。

我若生气谁如意，况且伤神又费力。

姜绥绥在心中默默念了好几遍，总算是把已经蹿到天灵盖的火气给压了下来。她抿嘴一笑，连眼睛也弯成了月牙状，很是好脾气地看着仍旧在危险边缘试探的顾昭鹤：“我看你这么瘦，若是外人看见会以为我一线牵亏待伙计。这样吧，除了一日三餐，我再让庞管事额外给你加一份夜宵。”

顾昭鹤的笑意僵在嘴角。

“这可是我对你额外的照顾，若是不吃光光，月钱也会被扣光光哦。”

顾昭鹤似乎又想到了那个梦，不过盐罐子里装的不是庞管事，是捏着他嘴巴一边微笑一边死命往里塞盐的姜绥绥。

好狠啊这个女的。

“姜老板这里好热闹啊。”

许阿玉正被这两人你一言我一语逗得发笑呢，突然听到一阵温柔又熟悉的声音，她连忙抬头去看，正好对上往屋里走来的宋子清。

宋子清其实早就想来的，却怕唐突了佳人，再三犹豫之下终于跟姜绥绥约了个时间过来。

“宋公子来了？快，给宋公子上茶。”

姜绥绥在线表演了一个变脸，速度之快让顾昭鹤望尘莫及。他还没反应过来呢，就看见她已经换了副姿态跟宋子清说话，竟然还指使自己去倒茶水。

他活了二十多年，从来都是别人伺候他，怎么今日被人使唤上了？

顾昭鹤站着没动。

姜绥绥也不动，只抬手吹了吹指甲：“让我想一想，下午是最容易饿的了，可要再加一……”

“宋公子，这可是咱们姜老板高价买来的竹叶青，您看看合不合您的胃口，要是不喜欢再给我说，我接着就给您换去。”姜绥绥话还没说完，顾昭鹤就颇为热情地迎了上去。他这一句话下来，差点把在场的几人听断气儿。

宋子清是个知礼守礼的君子，哪儿会真让顾昭鹤这个半点不像下人的人给他端茶递水，连忙起身把茶水接了过来：“姜老板实在无须如此客气。子清今日前来，只是想看一看许姑娘。”

宋子清是个文人，这话还没说完脸就红得跟抹了胭脂似的，既想看又不好意思看，动作飞快地往许阿玉那儿瞥了一眼。

自从朝廷颁布男子二十二岁以上、女孩十八岁以上没有成婚便要加以处罚的禁令之后，男女之防其实比原先松懈了许多，连相看这样的事儿都能男女双方自己来，携手同游的事儿也越来越平常。且他们先前就已经见过，这婚事也算是板上钉钉了，宋子清竟然还如此谨慎守礼，半点不越界。

许阿玉偷偷抬头瞧了一眼，看见他红得快滴血的耳朵，没忍住轻笑了一声，倒害得宋子清脸更红了些。

“这个……是一品轩的牛乳菱粉糕。”宋子清红着脸对上心上人的视线，又从胸前取出一个油纸包来，“我也不知道你喜不喜欢吃，就是看见路上有人在买，就……就顺手买了一些回来。”

一品轩的牛乳菱粉糕可是招牌，每日限量供应二十份，京中好些贵人想吃都得排上好几天的队才能买到，有些机灵的下人为了讨自家主子的欢心，会连着几夜都在一品轩门口蹲着，就为了买这一份糕点。

怎么宋子清说出来就跟随手在路边买了一屉包子似的。

“宋公子，这一品轩的牛乳菱粉糕我让人去买了数次都没买着，您怎么顺手就能买上一份？”姜绥绥挤眉弄眼的，“若是方便的话，可否教教我家那不中用的丫鬟、小厮，如何顺手买回来？”

她是个红娘，做的是替人牵线搭桥的生意，既然宋子清脸皮薄，不好意思把他为了许阿玉做的事情说出来，那她就帮个忙。

宋子清没想到自己会被当场拆穿，很是不好意思地抓了抓脑袋，低声说话的时候多了几分憨态：“原本就是小事儿，姜老板说出来做什么……”

许阿玉愣了一下，握了握手里的油纸包，竟还热乎乎的。她拆开一看，糕点竟然还泛着热气。

宋子清刚才是把糕点揣在怀里带过来的，现在都还这么热乎，那他的胸口不得被烫掉一层皮啊？

思及此，许阿玉的心思哪里还能搁在糕点上，忙问道：“你怎么傻乎乎地把糕点揣过来，可有烫着？”说完这话又偏头去看站在一边撑着下巴看得起劲的顾昭鹤，“顾公子，您能不能帮他瞧瞧？”

顾昭鹤被这两人腻歪得不行，又生怕姜绥绥找到借口又拿盐来堵他的嘴，不等宋子清说话，拉着他的袖子就往里间走。

“他能这样对你，我也放心了。”姜绥绥伸手在望着里间出神的许阿玉面前晃了晃，“这糕点再不吃就凉了，岂不辜负他为你挨的那些烫？”

许阿玉回过神来，将手中温热的牛乳菱粉糕递到姜绥绥面前：“我闻着味道香甜，姐姐也吃一些吧。”

姜绥绥往后一撤，仰着脑袋离远了些：“我不爱吃甜食。”

谁说她不爱吃甜食了，她就爱吃这个！小的时候她爹好不容易给她买到过一次牛乳菱粉糕，她一吃就爱上了那个味儿，每个月都得让庞管事叫人去排队帮她买一份回来。

只是……

她悄悄摸了摸自己的腰，想到刚才顾昭鹤那王八犊子挤对她的话，也不知道是心理作祟，还是她当真长胖了，还真摸到了不少肉。

姜绥绥咽了口唾沫，不动声色地往旁边挪了挪，试图远离这勾人的乳香味儿，一本正经道：“再说了，这可是人家宋公子专门替你买来的，你自个儿吃了就是。”

其实许阿玉不是没吃过好东西，比这牛乳菱粉糕更金贵、更好吃的点心她也吃过不少，可她仍觉得，这是她十多年来吃过的最好吃的糕点。

宋子清真心待她，她能感受得出来。

“这位仁兄可真是厉害，要是他再捂久点，胸口那层皮就甭想要了。”

顾昭鹤一边擦手一边带着人从房间走了出来，这话把宋子清臊得不行，他都不敢正眼去瞧许阿玉，生怕人家姑娘觉得他蠢。

“以后你莫要这样了。”许阿玉放下手里的糕点，起身走到心上人跟前，“我知你心意，却也希望你不要为了我损伤自己的身体。”说完这话她就很是不好意思地准备开溜。

可还没走到门口呢，许夫人倒是先来了。

“急急忙忙着做什么呢？”

许夫人见自家闺女马虎大意，正想说她几句，视线就落到了站在屋内的宋子清身上。

这还是许夫人第一次看到他本人，之前只看过他的画像，相看之事也是许阿玉自己一个人去的。虽说女儿和姜绥绥都对他称赞有加，可毕竟自己没见过，心里到底还是有点没底，如今好不容易看到人了，可不得仔仔细细地好好瞧瞧。

“这位就是宋子清宋公子吧？”

许夫人笑了笑，反手扣住许阿玉的手腕，把正准备开溜的小姑娘拉了回来。

“这位是许夫人，阿玉的娘亲。”

姜绥绥见宋子清神情呆滞，半天都没说话，小心翼翼地挪到他旁边低声提醒了一句。

顾昭鹤见状，眉毛一挑，不动声色地从背后顶了一下，那宋子清一个踉跄，瞬间拉开了和姜绥绥之间的距离。

宋子清这才如梦方醒，一个激灵回过神来，又是喊人又是行礼的，好一通手忙脚乱，手中的东西差点都没握稳。

“夫夫夫夫……夫人好！”

不说许夫人，屋子里所有人都没想到宋子清反应这么大，许夫人更是被吓了一跳，忍了一会儿到底没憋住，“扑哧”笑出声来，她之前还有些担心，现在却一下子放心了。

许夫人回头看了埋着脑袋颇有些不好意思的许阿玉一眼，轻声笑了：“子清不必这么拘谨，你唤我许姨就是。”看着宋子清这拘谨的模样，她越发满意了，想来应该是个乖孩子。

“许姨，我……我心悦阿玉，想要三媒六聘娶阿玉过门。”

宋子清不知道开了什么窍，突然就站直了身子，冲许夫人行了一个标标准准的大礼：“我一定会对阿玉好，这辈子也只会有阿玉一个妻子，还请……还请许姨放心把阿玉许配给我——”

许夫人这十多年的心思都放在了许阿玉身上。过去她为了给小阿玉解毒，舍弃了同郎君青梅竹马的情谊，不顾自己最灿烂、最美好的年华，等阿玉再大一些，又操心她的婚事，费尽心思想替她求一个如意郎君。

如今总算是如意了。

许夫人双眼含泪，摸了摸已经忍不住哭出来的许阿玉的头，又将这对小儿女的手拿过来交叠在一起：“阿玉是我唯一的女儿，如今，我就交给你了。”

“看来我天生就是干这一行的。”姜绥绥压低了声音，撞了撞顾昭鹤的肩膀，言语里还带了几分得意，说话的时候眼睛亮晶晶的，看起来很是高兴。

顾昭鹤没说话，见许阿玉和宋子清的婚事算是定下来之后，这才抬脚走了过去：“既然这门喜事定下了，那来个双喜临门便是最好不过了，许姑娘的脸已经痊愈，不如现在就把纱布拆了吧。”

姜绥绥闻言也快步走了过来，不自觉地攥了攥手。

这满屋子的人，除了宋子清，只怕没一个人不在乎结果的。

尤其是姜绥绥。

一线牵自从被张元安那混账东西一通乱闹后，名声已经大不如前了，京中好多客人都被鸳鸯楼和姻缘阁给抢了去，光靠许阿玉和宋子清这一桩婚事定是挽救不过来的。

可如果一线牵不仅促成了一桩好姻缘，还将姑娘变得好看了，这对于姜绥绥而言可是救命的法子。

“可是我……”

许阿玉始终不愿意拆纱布，就是担心自己空欢喜一场，还会让娘亲、子清和姜绥绥这些关心她的人跟着难受。

“阿玉，这脸上的纱布迟早也得拆掉的。”姜绥绥缓缓吐出一口气，又握了握许阿玉的手，“相信顾昭鹤，也相信宋子清。”

宋子清闻言笑着去看许阿玉，也微微点了点头。不管阿玉的脸治没治好，他心中都清楚，除了她，自己谁都不要。

许阿玉看着他的笑容突然就释怀了，先前的那些不安与紧张，还有埋在骨子里的自卑，顷刻间消散。

其实人哪，到底还是需要被另一个人看见的，被他注视、被他追寻、被他肯定。

许阿玉敛眉轻笑着起身，伸手抚了抚自己脸上的纱布，一双干净清澈如同水洗过的眼睛先是看了看姜绥绥，最后落在了宋子清身上：“宋公子，麻烦你帮我把纱布取下来吧。”

第四章

意外之吻，深夜遇刺

JINGCHENG
XIAO
HONGNIANG

“姑娘，江府的老夫人派人问你什么时候有时间，她想邀你用膳，顺便谈谈江公子的婚事。”

“姑娘，厅里实在坐不下那么多人了。”

“姑娘，陈员外带着自家千金直接上门来了，咱们是接待还是先让他们回去啊？”

“姑娘……”

自从许阿玉的脸被治好，身体也被慢慢调养回正常的状态，和宋子清的姻缘也传为一段佳话，不仅仅是汴京城和琅琊，便是临近的几个城镇也都听说了这事儿，但凡是家中有适龄男女还未婚配的，通通都带到了汴京城来，就想求姜绥绥给他们寻个美好姻缘。

刚开始那段时间还行，到后面这人一拨一拨地往一线牵涌，汴京城的客栈已经连续爆满半个月了，想见姜绥绥的人更是从城南排到城北，比买一品轩的牛乳菱粉糕还困难。

姜绥绥这段时日见的人没有一千也有一百了，白天过度费神，晚上也睡不好，精神萎靡，眼圈黑得就跟被人狠狠揍了一拳似的。

好不容易在屋子里偷了会儿懒，可隔一会儿就有小管事跑进来说这个要见她、那个要见她的，弄得她一个头变成了八个大，觉得脑袋都快被泼天的银子给砸蒙了。

京城小红娘

姜绥绥也没想到许阿玉的事儿会闹出这么大的动静来，一线牵之前的生意已经算好了，如此一来更是让她忙得脚不沾地。

“让他们先登记，等排到他们的号了，我自会叫人去通知的。”

她揉了揉太阳穴，疲惫得身后仿佛冒出一股哀怨的黑气，最近几天她见的人比去年一整年见的都多，不是这家掌柜就是那家员外，几乎把这汴京城的人脸看了个遍。

“姑娘，其他人都还好，就是……”

庞管事见姜绥绥面带倦色也很是心疼，可想到一大早就来等着的人，还是没能忍住，于是开口道：“安家又来人了，这次还是安小姐亲自过来的。”他小心翼翼地探问道，“您要不要见见她？”

一提到安珑月，姜绥绥本就疼得厉害的脑袋就跟炸了一般，她哀号一声扑在桌上，言语里既有无奈又有烦躁：“不见不见，该说的话我都说了，她怎么就是不听呢！你随便寻个由头把安珑月打发了，再把我之前告诫过她的话说一遍。她日后若是再来，你直接让人通知安老爷来把人接回去。”

庞管事刚从姜绥绥屋子里出来，就碰见提着一个食盒走来的顾昭鹤，见他刚要开口就急急“嘘”了一声，又伸手往屋子里一指，低声道：“姑娘身子不怎么舒坦，你就别去招她了。”

顾昭鹤治好了许阿玉的脸，虽说这件事一线牵并未大肆宣扬，可这个消息顺着风就传到了众人耳朵里。如今来一线牵的人一半是为了求姻缘，另一半则是为了把自己变美，甚至连鸳鸯楼都明里暗里来打探过好几次他的行踪，企图花高价把人挖过去。

姜绥绥好不容易寻了这么个不用施肥的摇钱树，自然不愿意被别人得了去，不仅满足顾昭鹤的种种要求，还拿出之前的卖身契，软硬兼施、威逼利诱地把人硬留在了一线牵。

不过好在顾昭鹤也算是个有良心的,鸳鸯楼的要求他一概没答应,只是变本加厉地把损失从姜绥绥那儿又讨回来了。

当然，第一件事就是不许她再让庞管事给他送饭菜！再吃下去，不等把那件事调查清楚，他就先被盐给齁死了。

“放心吧庞叔，哄绥绥，我可最拿手了。”

顾昭鹤笑眯眯地冲一脸紧张的庞管事眨了眨眼睛，换了只手拎着食盒大摇大摆、熟门熟路地就往屋子里去了。

庞管事看着他带了几分嚣张气焰的背影，忍不住抹了把汗水，低声嘀咕着：“哄人？到时候别火上浇油把自个儿给烧了才是。”

“绥绥今日可难得偷一次懒哪。”

顾昭鹤一进屋子就看见姜绥绥一脸生无可恋地扑在桌子上，魂儿都飞走了似的。他顺手将食盒往她脸边一放，自己也半点不知羞地扑了下来，跟她大眼瞪小眼。

姜绥绥刚把庞管事打发走，顾昭鹤又来了，她只觉得身心俱疲，连计较都不想了，闭上眼睛准备趴在桌上睡觉。

顾昭鹤这段时间也坐多了冷板凳,倒是一点不开心的情绪都没有，直接伸手将食盒打开，把里面的东西一盘一盘地摆了出来。

“这辣子鸡可是刚出锅的，外焦里嫩。还有这道豆腐鲫鱼汤，鲜美无比。最绝的当属胭脂鹅脯，色香味浓。”

顾昭鹤拿出最后一盅甜品来，开盖发出一阵清脆的响声：“还有这盅雪冻杏仁豆腐，可是一品轩的大师傅亲手做的。”

他每说一句话，姜绥绥的神经就绷得越紧。待听见他居然还带来了一品轩有名的杏仁豆腐，她紧绷着的弦“啪嗒”一声就断了，腰背用力直接挺了起来：“顾昭鹤，你可真烦人。”

姜绥绥是个十足十挑嘴的人，若是没有自己喜欢的饭菜，她宁愿挨饿也不肯吃一口，尤其是在心情烦躁的时候，更是半点东西都吃不下。她昨晚本就没睡好，今天一大早又被外面的动静给吵醒了，处理完楼中大事小情，半点吃饭的心思都没有了，只想着赶紧再睡会儿。

可顾昭鹤来了这么一手，她肚子里的馋虫全被勾了出来，在她的四肢百骸闹腾，吵吵着要吃东西。

“是是是，我最烦人。”

顾昭鹤嘴上虽这么说，却很是自觉地替姜绥绥添了一碗扎扎实实绝对顶饱的饭，又把菜都挪到了她面前，还舀了一碗鱼汤摆过去。

姜绥绥嗜辣喜甜，其他几个菜都是她素日爱吃的，只有豆腐鲫鱼汤是顾昭鹤自己加的。

她身子亏损得厉害，虽说他已经在尽量帮忙调养，可这到底不是一日两日的事情。这姑娘每每吃了辣胃就难受，偏偏又是个管不住自己嘴的，他只能从饮食上中和。

顾昭鹤撑着下巴看姜绥绥吃东西，见她很是老实地先把鱼汤给喝完了，这才满意，又想起什么似的，开口问道：“我刚才听你说让庞叔去把安家的人打发了，怎么，你从钱眼里爬出来了？”

安家是富商，却不是普通的大富之家，而是皇商，是和朝廷做生意的那种，算得上是汴京城的首富，便是家中的丫鬟、小厮都能随时从身上掏出一锭金子来，过得比寻常人家的少爷、小姐还要富裕。

安家前面三代都只有男丁，到了安老爷这一辈才好不容易在四十岁的时候得了个千金。这位安小姐前面有四个哥哥，有本事的叔叔、伯伯也是一大堆，从小便是被捧在掌心里呵护着长大的，就算是皇子、公主指不定都没她来得金贵。

顾昭鹤见姜绥绥吃饭的时候脸上不小心沾了一粒饭，很是自然地伸手拿下来直接喂进了自己嘴里：“若是你解决了安珑月的婚事，那一线牵的店面再用真金白银重新镀一层也是完全可以的，你可不就发财了吗？”

姜绥绥只是听顾昭鹤说话才下意识抬头看了他一眼，却没想到他竟然探身过来将她脸上的饭粒拿走了，还……想到他刚才咀嚼的动作，她浑身上下都被一种莫名的情绪席卷，最后一道涌入心口的位置，又酸又胀，奇怪得很。

“绥绥？”

顾昭鹤半天没等来怼他的话，拿手在她面前晃了晃，这才把这姑娘的魂儿给喊回来。

“你才钻钱眼了呢！”

姜绥绥一惊，哪儿还吃得下饭，胡乱摸了一通嘴，有些慌慌张张地起身朝边上挪了点：“那安珑月被安家的人保护得太好了，心智都没长全。”

她避他的动作实在太过明显，顾昭鹤原本都还有些蒙，后来不经意间瞥到姜绥绥那红得有些不大正常的脸，又看了看自己的手指，这才反应过来自己刚才干了什么事儿。

“咳咳……”顾昭鹤也有点不好意思，摸了摸鼻子，然后装模作样地咳嗽了一声，眼神飘忽，十分心虚地把话题扯开了，“我最近也听庞叔说过几次，这安家的小姐几乎是日日登门，你见过几次怎么就不见了呢？”

提起这事儿，姜绥绥就头疼：“你应该也知道，安家有多在意安珑月，真真是捧在手里怕摔了，含在嘴里怕化了，从小就这么娇养出来的。她从小就被家里人盯得紧，长到十六七岁就有点不乐意被这么管着了，再加上又看多了话本，前段时间——也就上个月，安珑月学着话本跟自个儿的丫鬟扮了男装偷偷从府里溜了出来。”

说到这里，她有些哭笑不得：“她们两个小丫头，根本就没怎么出过府，平时就算上街也是坐着轿子，由大队人马保护着。这乍一出府，她们先是跑到灯市街上逛了一圈，大包小包买了好多姑娘家的玩意儿，等再想回去的时候才发现已然找不着路了。正不知道怎么办的时候，就被三五个混混给盯上了，青天白日的，在闹市上居然直接把这两个姑娘给拖走了，一边还说是自家偷跑出府的小少爷。如此一来竟也瞒过了行人，由着安珑月和她的丫鬟被那几个莽汉给带走了。”

这两个姑娘脂粉气重，学人穿男装也穿得不伦不类的，那群人老早就盯上这两个皮娇肉嫩的小娘子，捂着她们的嘴便拖去了近处的一条小巷，正欲行不轨之事的时候，一个身着月白长袍、手拿折扇的翩翩公子就出现了，不仅凭一己之力赶走了那五个莽汉，把安珑月和她的小丫鬟救了出来，还十分君子地将自己的外袍解下给了她们，并亲自把人送回了安府。

这一出英雄救美的戏码虽然老套，可安珑月正是情窦初开的年纪，又在如此危难的关头被一个英俊郎君救下，哪儿能不心动？

她被那人送回府后就生了一场大病，接连几日高烧不退。好不容易救了回来，却又吃不下、睡不着，眼瞧着日渐憔悴，差点撑不过去，那日跟着安珑月的丫鬟才把实情全盘托出。

原来安家小姐得的不是什么绝症，乃是相思病，这病除了当日救下她们主仆二人的公子，便是神医华佗也束手无策。

眼看着安珑月一天比一天憔悴、一天比一天消瘦，安家上下又听闻一线牵姜绥绥的大名，这才无奈求上门来。

“可是救了安珑月的男子有问题？”

英雄配美人，更何况还是英雄救美这样的佳话，抛开安家泼天的富贵不说，便是这戏文一般的故事，姜绥绥怎么会不上赶着抢过来，反倒还一个劲儿地往外推？

姜绥绥看了顾昭鹤一眼，见他问得认真，脸上半点尴尬之色都不见，她挠了挠脖子，也没好继续纠结刚才那件事。

“那人说不定你也知道，是孙家的老三。”

“正安街的孙家？”

孙家是书香世家，祖上曾出过两位帝师，孙家的三公子名湘亭，是孙老太爷最宠爱的孙子。

照理说，孙家几乎一家子都是读书人，祖上又出过不少朝廷大员，子孙后代应该承袭了先祖的本事才对，可偏生到这一代出了个孙湘亭。

孙湘亭尚未足月便早产降世，他的娘亲在生他的时候又难产血崩，生下他之后便撒手人寰。孙家众人怜惜孙湘亭一出生便没了娘亲，所以在孙家的小辈里最偏宠他，宠着宠着就把这人的性子给宠歪了。

也不知道这孙家是不是做了什么缺德事儿，每个孩子都养不过十岁，却唯独把孙湘亭给养大了。孙湘亭原本就受宠，在失去兄弟姐妹后便成了孙府的独苗，此后更是无法无天，活生生被宠成了一个人模人样的畜生。

他当年尚且只有十五岁，就强占了府中一个漂亮丫鬟，后来这事儿被孙家人压了下去，那个丫鬟也被赐给孙湘亭当个通房，可没过多久孙府便没了那丫鬟的踪迹。等到孙湘亭年岁再大些，就开始逛花楼买妓子，他如今不过二十一岁，糟蹋过的姑娘真是数都数不过来。

可孙湘亭模样生得极好，再加上孙家的人又极擅长替这讨债的子孙收拾烂摊子，所以他的事儿一直没在汴京城中传开。即便偶尔有一两句声音，不多时便被压了下来，汴京城中甚至还有不少人家想把自家闺女嫁过去。

姜绥绥之所以知道这些事情，是因为当年那个被孙湘亭强占的丫鬟与一线牵一个叫冬生的护院是同乡，听说家中的长辈都在帮他们商议婚事了，只等着攒够了银子就回乡下成亲。当初那丫鬟还送了一封求救的信过来，可惜信送到的时候，人已经不在了。

因为出了这件事，冬生整个人都废了，酗酒度日，活也不干，一个好好的小伙子在短短几天瘦得几乎没了人形。

姜绥绥那个时候年岁尚小，老楼主见冬生颓废成这样也觉得他可怜，倒是没再为难，只是抽时间同他谈了次话，又让大夫来给因为酗酒过度而晕厥的冬生诊治，还给了他不少的银子，半点要因此辞退他的意思都没有。

只是冬生苏醒之后却一个人偷偷走了，连老楼主留给他的银子也没带走。

老楼主担心他出什么事儿，还派人到处去找过，可惜都没能找到。

再后来，姜绥绥甚至还亲眼看到过孙湘亭是如何胆大包天在光天化日之下就敢强抢民女的，虽说最后她把那姑娘从孙湘亭手中救了下来，却和孙家结下了梁子。

姜绥绥接管一线牵之后就说过，一辈子都不会给孙家人牵红线。尽管把这家子都给得罪了，可他们到底也不敢真的对她做什么，生怕她把孙湘亭的老底儿掀个精光。

“安家虽是皇商，却从不仗着权势欺凌百姓，每年冬天都会到各地施粥赈粮。安珑月也是个性子纯善的。若真是给这两人牵了红线，只怕安珑月连骨头都剩不下。”

姜绥绥对孙湘亭恶心至极，言谈举止之间毫不掩饰对他的厌恶。

“你不肯做这桩生意，不代表其他人也不想做。若真有人眼睁睁看着安珑月往火坑里跳，又该如何是好？”顾昭鹤睨了她一眼，“况且那杜三娘盯你盯得那么紧，不可能不知道安珑月和孙湘亭的事儿。”

这话算是说到点子上了，其他人暂且不提，光是鸳鸯楼的杜三娘就整天扎姜绥绥的小人儿，巴不得一线牵赶紧关门大吉。上次那件事情若不是她在背后扇阴风、点鬼火，张元安那个王八犊子也不会把一线牵给砸了，听说那段时间鸳鸯楼的生意可是火得没边呢。

“我已经让庞叔去安府传话了。安老爷疼眼珠子似的疼爱着安珑月，婚姻大事自然是会查个清清楚楚的，到时候就算是杜三娘想横插一脚，安老爷也不会答允。”

姜绥绥说完这话发现顾昭鹤没搭理她，待她偏头望过去的时候却发现他正双手撑着下巴笑眯眯地盯着自己看，活生生给她看出一身鸡皮疙瘩来。

“绥绥可真是聪明。只是……”顾昭鹤歪了歪头，眼睛里似乎有碎星跳动，“这么个聪明又漂亮的姑娘，怎么一年又一年地缴着超龄未嫁的银子呢？”

姜绥绥额头的青筋一跳，心想庞叔真是个大嘴巴！

“小姐，要不咱们还是先回府再说吧？”

庞管事好说歹说，安珑月就是不愿意走，说什么都要见姜绥绥一面。直到发现庞管事差人去安府找自家爹爹，她这才没办法，只能从一线牵出来。

安珑月脸上颇有几分沮丧，听见丫鬟这样说，长叹了口气：“若现在回去，那我以后就别想一个人出门了。”

“小姐今日本来也是自个儿偷溜出来的。”小丫头低头小声说出这句话来，却被安珑月娇娇地瞪了一眼。她吐了吐舌头，回头望了一眼人满为患的一线牵，继续道：“可是姜老板不愿意见您，这可如何是好啊？”

“都说一线牵的姜老板是月老的干女儿，若是她愿意替小姐您牵红线，那小姐日后就不必再受相思之苦了。”

小丫头叫秋兰，是从小就伺候安珑月的，这二人主仆情深，当日就是她陪着安珑月女扮男装偷跑上街的。孙湘亭救了安珑月自然也算是救了她，所以小丫头巴不得自家小姐能和自个儿的救命恩人在一起。

这可是话本里才有的故事。

安珑月闻言又叹了口气，一张俏生生的脸硬是给憋出好些褶子来：“可姜老板连见都不愿见我，之前爹爹派去的人也都吃了闭门羹。我与那位公子注定无缘了吗？”

“姑娘想寻一门好亲事，何必认定了要去找一线牵？这汴京城可不光姜绥绥一个替人牵红线求姻缘的。”

安珑月话音刚落，身后就响起一阵鬼魅似的声音，把她吓了一跳。她慌慌张张回头去看，却看见一张不知道什么时候凑过来的女子的脸。

秋兰连忙把安珑月护在自己身后，左右张望了一番，见街上人多，胆子也大了些，扬了扬下巴问道：“你是什么人？谁让你偷听我们说话的？”

那女子保养得宜，看起来不过三十来岁，穿着打扮都十分精致，衣服花样也是今年汴京城最时兴的样式，还在最外边套了一层鲜红的薄纱，看起来很是有几分美艳。只是她嘴唇上方长的那颗不算小的黑痣让她看起来显得有些过分精明，叫人很难放下戒心。

女子听了秋兰的话，用团扇捂着嘴轻笑一声，又偏头睨了被护在身后的安珑月一眼：“两位姑娘讲话声音大了些，我不过听了几耳朵，好心好意地给你们一个建议。”她摇了摇扇子，作势要走，“既然你们把我当成恶人，那我就不在这儿讨嫌了。”

“欸欸，你等一等！”安珑月见她转身就走，连忙从秋兰身后走了出来，开口叫住她，“先前是我们无礼了，不过……你刚才那话，是什么意思？”她伸手拉住女子的薄衫，眼睛不由得亮了亮，“这位姐姐可知道汴京还有哪家替人求姻缘的店？”

女子的薄纱被安珑月拉得往下垮了点，露出一小部分白皙圆润的肩头。她伸手拢了拢，又顺势将落在脸侧的头发拢到耳后：“我的年岁比姑娘大了不少，哪里受得起姑娘一声姐姐？你唤我三娘便是。”

“至于除了一线牵以外的店嘛……”杜三娘卖了个关子，还故意笑了一声，“汴京城的鸳鸯楼可不比一线牵差。论给人做媒的本事，我杜三娘也比姜绥绥高明了不少，若姑娘信我，你的婚事，我定叫你称心如意。”

安珑月前脚刚跟着杜三娘走进鸳鸯楼，庞管事后脚就到姜绥绥跟前禀告了这个消息。

“不是说了让安府来人接回去吗？你怎么就放心让她一个人回去了？”

庞管事过来回消息的时候顾昭鹤正盯着姜绥绥喝药，见她一口没喝就把碗给放下了，有些不大高兴地皱了皱眉。

“我让人去安府的时候被安家小姐看见了，她非要走，我也不敢拦下……”庞管事拍了拍手，也知道这事儿被鸳鸯楼截去之后有多难办，“我担心这两个小姑娘回去遇到什么麻烦，还特意叫人一路跟着的。结果没见到她们回府，反倒是看见杜三娘跟她们攀谈上了，这才急急忙忙地过来回禀姑娘您。”

杜三娘这人做媒的本事虽然不小，可心术不正，一门心思只想着怎么赚钱。安家是京中首富，安珑月又是安老爷最疼爱的小女儿，若她和孙湘亭的婚事当真成了，杜三娘肯定能赚个金银满钵。

她为了银子，自然不会管男女双方品性究竟如何，只要有利可图就行了。

“不行，我得去一趟鸳鸯楼，亲自把安珑月送回安府去。”

人是从一线牵出去的，若最后真出了什么事儿，那她也脱不了干系。

姜绥绥起身就要往外走，可一步都还没走出去呢，就被顾昭鹤拉住手腕摁回了椅子上。

他将桌上那碗已然有些凉了的药端了起来，骨节分明的大掌扣着白玉瓷碗，将内力蕴至掌中，待递到姜绥绥面前的时候，碗里又开始冒起了热气。“先把药喝了。”

姜绥绥如今心里装着事儿一刻都不想耽误，偏偏顾昭鹤非拽着她让她喝什么药。

这药她都喝一个多月了，也没觉得跟以前有什么不一样。平日里若是没事，她就把这药给喝了，可如今都火烧眉毛了，他还拉着她不放。

“我回来晓得喝，如今十万火急，你先放开我。”姜绥绥挣扎了两下。

“先喝。”顾昭鹤把碗凑到她唇边，“你喝完了，我带你去鸳鸯楼。”

不等姜绥绥怀疑的视线射过来，顾昭鹤又道：“你一个对家，半点证据都没有就跑到人家鸳鸯楼去，你以为杜三娘会让你进去？就算她让你进去了，能让你见到安珑月？”

顾昭鹤这几句话就跟凉水似的，把已经烧到姜绥绥眉毛的火给浇灭了。她愣了一会儿，觉得很有道理，便也不争了，就着他的手把那碗又腥又臭的药给喝了。

还不等嘴里的苦味儿蔓延开，一颗清甜的糖就被塞到了嘴里，人也被拉了起来。

“不是你说十万火急的吗？还不赶紧走。”

庞管事看了看牵着手的两人，又看了看搁在桌上的那个空碗，想到他们刚才的互动，嘴角的笑意压都压不下来。

一线牵和鸳鸯楼中间虽说只隔了一条街，可真要过去，走路都得花上半个多时辰。再加上两家自来不对付，所以姜绥绥到鸳鸯楼的次数屈指可数，连路都不大清楚。

他们先前耽误了不少时间，这会儿太阳都快西沉了，街上的行人也渐渐散去，根本没人注意到正趴在鸳鸯楼房顶的两个人。

“你说你带我来鸳鸯楼，就是这么带我来的？”

姜绥绥一想到刚才被拎着衣领在房顶上蹦来蹦去的情形，两条腿都软了，到现在也没缓过神来。她一双手死死揪着顾昭鹤的衣服，感觉自己还在荡来荡去的，脑袋瓜晕晕乎乎，不敢睁眼往下看。

她长这么大，还是第一次飞檐走壁。

这顾昭鹤到底是吃什么长大的，大白天就敢拎着她跟猴子似的一路从一线牵的房顶蹦到鸳鸯楼的房顶，还真不怕被人当贼给抓起来？

“不是你急着要过来吗？我领着你还不到一盏茶的工夫就到了，难道你还不满意吗？”

顾昭鹤瞧姜绥绥怕成这样，觉得有些好笑，于是故意又逗了逗她，作势要把衣裳从她手里抽出来，结果刚拉出来点就又被扯了更多去。

“你是个无赖，我懒得同你争辩。”

姜绥绥怕得要死，见顾昭鹤要把衣服扯回去，干脆一把拉住他的手腕，说什么都不肯松开，还一边威胁道：“你待会儿要是还这么带我回去，你可就死定了！”

顾昭鹤低头看了眼被紧攥着的自己的手，轻笑着凑近她的耳朵：“你声音若是再大些，咱们就不用偷偷趴屋顶了，直接掏个洞下去吧。”

姜绥绥闻言连忙捂嘴，余光瞥见那男人竟然还在笑，一时气得不行，脑袋一晃就直直朝他的脸撞了过去。

顾昭鹤十分熟练地拿开几片松动的瓦片，正好空出一个足以看见屋内大半景象的洞来。杜三娘和安珑月正在谈话，她们的声音不算大，姜绥绥又不懂武功，听力没那么好，只能蹙着眉心很是费力地把耳朵塞洞里想听一听她们到底在说什么。

这用来窥探的洞一共就这么点大，不可避免地两人挨得很近，从一旁的位置看过去，顾昭鹤就像是把姜绥绥紧紧搂在怀里一样。

顾昭鹤的身子有些僵硬，正准备往后挪一点，刚才被拿起来放到一旁的瓦片就往下滑动，眼看着要砸下去了，好在他反应够快，往前一扑及时给捞着了，可他这么一扑，正好把姜绥绥整个人拢在了怀里，散下来的头发随风晃动，让人觉得痒酥酥的。

这动静不小，他担心杜三娘发觉，便僵着这个动作不敢动弹，生怕自个儿一世英名毁在这件小事儿上，愣了半天才下意识地看了姜绥绥一眼，却见她一个劲儿地冲自己眨眼睛。

那他现在是该先起来，还是继续这样撑着？

“顾昭鹤！你的头发弄到我眼睛里去了。”

姜绥绥压着嗓子吼了一声，此刻她的眼角有些泛红，倒是没怎么注意自己和他略显亲密的距离和动作。

顾昭鹤这才如梦方醒，腰间一个用力撑起身子来，又故作镇定地把瓦片放到一个安全的地方，一个眼神都没敢落到姜绥绥身上，专心致志地去听屋内的谈话。

“您是千金小姐，孙少爷又是书香门第的公子，你们二人本就是天作之合。”

杜三娘手里拿着团扇时不时地扇一下，她年岁本就比安珑月和姜绥绥大不少，言谈举止里多了一份她们没有的成熟韵味，说话的时候偶尔还会拿眼神去勾安珑月一下，倒是让小姑娘看得有些羞臊。也不知是因为杜三娘过于妩媚还是因为她刚才那句话，安珑月白嫩的脸一下子就红了，露出几分少女的娇羞来。

“可是一线牵的姜老板告诉爹爹，说孙公子空有一副皮囊，其实金玉其外败絮其中，不是个良人……”思及此，安珑月娇嫩嫩的小脸又皱了起来，“爹爹原本还打算叫人去孙府拜访，可听了这话后便歇了心思，也不许我再做他想。”

顾昭鹤听她们说这些话的时候下意识看了姜绥绥一眼，却见她眉心紧蹙一脸严肃，正以为她是听见这些话心中有气，犹豫着要不要开口说几句，就见她双唇微动，喃喃道：“她们说话的声音就不能大点吗，都在说些什么啊……”

顾昭鹤：“……”

杜三娘听到安珑月这么说，起身给她倒了一杯酸甜可口的果茶，又伸手轻轻捏了捏她的脸：“傻姑娘，天底下哪里有爹爹愿意把自己的掌上明珠轻易许配出去的？”

安珑月捧着果茶喝了两口，闻言有些懵懂地看着杜三娘。

“安家接连几代都只有男丁，你是安老爷中年得的女儿，他自然舍不得你早早出嫁了，更何况……”杜三娘顺势坐在一旁的小桌子上，用团扇轻轻点了点她的额头，“姜绥绥不愿意做你的生意，又不甘心让旁人将这美差得了去，自然得说点什么把安老爷哄过去。”

安珑月年纪小，又被安家人护得太好了，不过是个懵懂不知事的小姑娘，杜三娘简简单单几句话就把她给哄住了：“可是……姜绥绥为什么不愿意接手我和孙公子的事儿呢？”

趴在房顶上的姜绥绥眼看着屋子里的两人光张嘴却听不见声儿，急出一脑门儿的汗来，甚至都在寻摸着怎么从房顶下去，再溜到窗户边去听几耳朵。

她正愁着呢，耳边突然涌来一阵热气，在她还没反应过来的时候，顾昭鹤就鹦鹉学舌地把之前二人的对话低声说了一遍。

顾昭鹤说话的声音本就好听，如今又刻意压低了音量，越发显得低沉，竟多了几分他平日没有的沉稳。他说话的时候一阵一阵的热气涌进姜绥绥的耳蜗，所经之处既像是带着触角的爬虫，又像泛着寒光的银钩，又痒又疼，让人无法忽视。

这怪异却又让姜绥绥生不出半点厌恶的感觉，从耳蜗钻了进去，就跟带着火星子似的蹿遍全身，一路摧枯拉朽，燃起熊熊烈火来。

听见安珑月问这话，杜三娘的脸色变了变，她从桌上下来，一边打着团扇一边在屋子里慢慢悠悠地转了两圈：“她不愿接手这件事与你无关，与安家也没什么干系，不过是她与孙公子之间的私人恩怨罢了。”

杜三娘用团扇挡着嘴巴轻笑，可视线却一直放在安珑月身上：“过去孙公子身边有一个小丫头，贪恋孙家的名声地位，一时想岔了主意做了蠢事，引诱当年不过才十五岁的孙公子与她行周公之礼。在被孙家长辈发现之后，她还倒打一耙，说是孙公子强迫她的，若孙家不给她一个名分便要告到顺天府那儿去。

“孙家一家子读书人，孙公子年岁又尚小，若是这件事被传了出去，那他这一辈子就算是毁了，孙家人没办法，只能应了那丫头的要求。可人哪，总是贪心的，那丫头成了孙公子的通房后想要更大的权势，一次又一次地引诱孙公子犯错，竟然还胆大包天地拿假怀孕的事情来要挟。

“不过好在老天有眼，她的计谋被孙家识破，她看此计已然不成，竟然趁半夜孙府守卫最松懈的时候，偷了孙公子不少银钱，跑出了孙府。不过坏人自有天收，她一路往城外跑，却不小心跑进一片树林，落进了猎人为了捕猎设下的陷阱里。等孙府的人找到她的时候，她已经没气了，可怀里仍旧抱着满满的银两，到死都没闭上眼睛。”

顾昭鹤一句话一句话地复述，杜三娘说话慢，他也不自觉地说得有些慢，偏偏姜绥绥又有点着急：“后面呢？杜三娘还说——”

此时恰巧顾昭鹤也扭头看了过来，二人靠得本来就近，这猛地一下……

顾昭鹤只觉得唇边有什么东西，软软乎乎的，一缕清幽的香味儿钻进他的四肢百骸，武功高强的他竟在这一刻有些软了手脚，别说是拿剑了，便是连块豆腐都拿不动。

唇边的触感倒也挺像豆腐的，软嫩香甜。

姜绥绥浑身僵硬，梗着脖子和他对视了一眼，却因为二人距离太近成了个斗鸡眼。

恰好一阵夜风吹来，灌进她的衣领，她这才一个激灵回过神来。

“你你你……”姜绥绥有些结巴，眼神飘忽着到处乱瞟，“你就这样小声说话，我听得见……”

顾昭鹤抿了抿双唇，见姜绥绥有些害羞地缩成了一小坨，只觉得自己耳朵发烫。他轻“嗯”了一声，不动声色地抬手摸了摸刚才不小心被吻到的嘴角。

比他在汴京城中吃过的所有珍馐佳肴都还要香甜。

杜三娘讲得骇人，她刚把这件事情讲完，安珑月就被吓得把手中的杯子给摔碎了，衣服上也被泼了不少茶水，脸上血色尽褪，显然是被吓得狠了。

“你这么害怕做什么？那丫头是咎由自取，被猪油蒙了心才落得这么一个下场。”

杜三娘见安珑月这么禁不起吓，轻哼了一声，眼中划过一丝轻蔑，然后从怀里掏出一张带着香气的帕子快步走过去帮她擦衣裳。

可安珑月如今没什么心思去管衣服不衣服的了，她的手有些凉，一下子拉住了杜三娘：“三娘，那后面的事情呢？这件事跟姜绥绥不愿意接手我和孙公子之事又有什么关系呢？”

杜三娘被安珑月拉着，索性就站在她身边了。

“后来？孙公子年幼的时候就被女人给骗了，后来自然是洁身自好，不敢轻易再让什么不三不四的女子近身，再加上又有孙家长辈教导，孙公子是文韬武略无所不通，听说他还在准备明年的科举呢。”

杜三娘一边说话一边注意着安珑月的神情，见她已经没有刚才那么害怕，眉毛微挑又接着道：“至于姜绥绥嘛……听说害了孙公子的丫头和她府上的一个护院是同乡，两人还有婚约在身。姜绥绥听了自己护院的话，便以为那丫头是被孙公子强占了去的，将孙公子当成一个禽兽不如的纨绔子弟，还放话说以后都不会做孙家人的生意，实在是过于乖张。”

杜三娘见安珑月听得一愣一愣的，将手中还散发着香味儿的丝绢塞到她手里，娉娉袅袅地回到位置上，端起茶杯喝了一口水，又不紧不慢地补充道：“当年跟那个丫鬟有婚约的护院还不知死活地跑去孙府找麻烦，最后却被扔了出来。”

这个故事跌宕起伏，比安珑月看的那些话本要曲折离奇多了，她听完之后沉默了好一会儿，才缓缓开口道：“可是……可是如果那护院说的话是真的呢？那……”

“呵——”

杜三娘娇呵一声，把杯子放到桌上，发出一声脆响：“傻姑娘，你也不想想，那可是孙家，孙公子可是孙家最受宠的小辈，想要什么人得不到？非得要一个乡下丫头？更何况，若那护院所说是事实，那他为何不去找顺天府尹？为何不一纸诉状将孙公子给告了？有这么多法子可选，又有这么多条路可以走，他为什么到现在都闭口不言呢？”

安珑月被杜三娘的视线盯着，她的话就像是有魔力似的，让人没办法怀疑。

是啊，如果孙公子真的像姜绥绥说的那么不堪，当初那个护院为什么不去报官呢？更何况，当日若不是孙公子救了她，只怕她已经……

杜三娘走到安珑月身边，伸手将她散落在脸庞的头发别到了耳后：“到时候安小姐亲自和孙公子交谈一番，自然就知道当年到底谁在说假话了。”

“我去她大爷的！”

姜绥绥先前那点旖旎心思在听完顾昭鹤的转述后彻底没了，不仅消失得一干二净，还没忍住爆了句粗口。

顾昭鹤有些震惊地看着她，不动声色地往旁边挪了挪。

“我之前还以为杜三娘不知道这件事情，如今看来她分明是知情的！真是好厉害的口舌，黑的也能叫她说成白的。她留在这行真是可惜了，她这么能胡编乱造怎么不去说书呢？说不定比现在更有前途！竟然还想把人往火坑里推，那孙湘亭若真如她所说那么好，她自己为何不去！”

姜绥绥都快被气炸了，说话的声音一浪高过一浪，就差自己从屋顶的那个洞下去当面找杜三娘对峙了。

“什么人？”

即便顾昭鹤迅速捂住了姜绥绥的嘴，屋内的杜三娘还是听到了动静，连忙打开房门左右看了几眼。顾昭鹤趁机将瓦片归位，带着都快气炸了的姜绥绥离开了鸳鸯楼。

他们到的时候天色还没暗下来，如今回去的时候天已经黑透了。

姜绥绥被杜三娘那颠倒是非黑白的一番话气得浑身不舒坦，顾昭鹤生怕这姑娘被气昏了头真的要冲去找麻烦，干脆直接把人夹在胳肢窝底下给带走了。

他听她骂骂咧咧了一路，脑仁都被吵疼了，等离鸳鸯楼远了些，这才把人给放下来。

自然，姜绥绥刚才骂的那一路可不光只招呼了杜三娘，不由分说地把她当物件一样夹着就带走的顾昭鹤也没少挨骂。

“顾昭鹤！你下次能不能想个人用的法子！”

姜绥绥猛地一落地还有些没站稳，等晃了晃脑袋感受到脚下那片土地的实感后，那颗一直悬在嗓子眼儿的心才算是落了下来。

刚才的动作让她浑身气血逆流，一张脸因为缺氧憋得有些泛红。

她也知道顾昭鹤选择在刚才那个时候带她离开是正确的，可是一想到杜三娘说的那些话，她就气不打一处来，头顶都快冒烟了。

“好一个杜三娘，之前算计一线牵的事儿我都还没跟她计较呢，她倒好，居然又把手伸过来了。我与她到底有什么深仇大恨，三番五次与我作对！”姜绥绥双手叉腰在大街上走过来走过去，看得人眼睛都花了，“原本我都不打算插手了，偏偏杜三娘要来横插一脚，那这件事我还就管定了！”

顾昭鹤见这姑娘一个来回一个来回地在自己面前走动，太阳穴一跳一跳地胀痛得厉害，他伸手按了按，开口就泼了一盆冷水：“如果杜三娘说得没错，真是你府中护院说了谎，那你怎么办？”

姜绥绥的步子猛地悬在了半空中。

“毕竟过去这么多年了，当年你不过也才十多岁，事件真假不得而知。”

兴许顾昭鹤也有些累了，他双手抱胸随意地靠在一棵树下。清亮的月光透过树叶缝隙打在他身上，他的脸因为侧身而站的动作一半隐于黑暗，一半显露在月光下，叫人看不真切究竟是何种情绪。

“绥绥，看懂人心可比替人做媒要难多了。”

姜绥绥闻言愣了许久，直到看见顾昭鹤扯下一片树叶拿在手里把玩的时候才回过神来。

“江山易改，本性难移，如果我那护院当真说了假话，那孙湘亭后面做的那些荒唐事儿又作何解释？”

顾昭鹤举起手中的树叶对向了月亮，月光泼洒在他白皙修长的手指上，显得格外好看：“可是绥绥，有时候若是不小心看岔了眼，可是要用命来做代价的。”

“那顾昭鹤你能看懂人心？又或者……”姜绥绥顿了顿，“你可曾相信过人心？”

她信，可她不信顾昭鹤。

他突然出现在一线牵，还有那天晚上的黑衣人，这个男人身上的疑团太多了，她不敢就这样稀里糊涂地去信任。就如顾昭鹤所说，若是看岔了眼，可是要搭上一条命的。

她惜命。

许是没想到她会突然问这个问题，顾昭鹤足足愣了有一盏茶的工夫，然后笑着避开了：“你饿了吗？我们吃点东西再回去吧。”

连敷衍都懒得敷衍，他竟然直接就把话题给扯开了。

姜绥绥有些赌气，背对着他说道：“不饿，要吃你自己吃，我就先回……”

她话还没说完，原本寂静的空气中就响起一道响亮绵长、从自己肚子里发出来的咕噜声。

“哈哈哈，好了好了，是我饿了，还请姜老板带我这个人生地不熟的人去寻点吃食，否则我只怕是要饿死街头了。”

姜绥绥抿嘴低头，恨铁不成钢地看了一眼自己的肚子，在心中暗骂了一句：不争气！

都这个时辰了，街上也没什么东西可以吃，他们走了好一会儿才找到一家卖面的。

虽说姜绥绥是个挑嘴的，可现在又气又饿，再加上阳春面一端上来，香味儿一个劲儿地往她鼻子里钻，挑嘴的毛病一时倒也忍下来了。

“不是你说饿了我才勉为其难来陪你吃点东西的吗，你自己怎么不吃？”

姜绥绥吃了两口才发现顾昭鹤筷子都没动一下，光她自己在这儿吃，倒是显得她很贪嘴似的。

她故作矜持地擦了擦嘴，把面往顾昭鹤面前推了推："我夜里原是不吃东西的，现在冒着长胖的风险陪你吃，你不能不吃。"她又压低了声音，指了指在一旁劳作的面摊老板，"人家老板特意做的，你若是不吃，多叫人伤心！可不能浪费粮食。"

顾昭鹤被她这一番说辞给逗乐了，从筷筒里拿出一双筷子来，刚准备开动就听见一阵极其轻微的响动。

夜风忽起，面摊的幌子被吹得猎猎作响。

顾昭鹤眼神一冽，握住筷子的手微微收紧，抬头朝一旁正在故作忙碌的面摊老板看了过去。

他还以为那群人能沉得住气，看来还是他高看了。

"你吃好了没？吃好了就回去吧，不然庞叔该等急了。"

就在顾昭鹤正准备动手的时候，对面的姜绥绥却擦了擦嘴，有些反常地高声说出这句话来，她先前还说他浪费粮食，这会儿却又不等他吃上一口面就急着要走。

顾昭鹤看了过去，就见姜绥绥双唇微动，不动声色地指了指周遭安静得有些过于蹊跷的环境，无声道："有危险，快走。"

姜绥绥虽然不会武功，对于危险却有一种如同小动物的敏锐力。

"来不及了。"

顾昭鹤话音刚落，他背后就闪过一阵寒芒，一柄利剑直直刺向他的后心。

"小心！"

姜绥绥刚刚出声，顾昭鹤就将手中的竹筷扔出去，只听见一声脆响，在电光石火之际，竹筷直接将直冲他而来的利剑给打歪了。

“扰人清静，可是容易丢命的。”

顾昭鹤沉着一张脸，抬眼的时候眼底一片冰冷。他手无寸铁，只从腰间取下一把折扇来。他看了看从夜幕中冲出来的一队黑衣刺客，将左手递给了姜绥绥：“抓住我的手。”

“心有顾虑才更容易丢命！”刚才面摊老板打扮的人撕下粘在下巴上的胡须，从炉灶中抽出一把剑来，剑尖直指顾昭鹤眉心，同其余几个黑衣人一起把他们二人团团围住，“取他首级，可换黄金万两，都给我上！”

姜绥绥掌心冒汗，黏腻的感觉从二人紧紧相握的双手传递到了顾昭鹤掌心中。他一个旋身将不懂武功的小姑娘拉至跟前，右手开扇，扇骨竟冒出一个个泛着寒光的银色箭头来，与黑衣人手中的利剑相交时，发出一阵火光，扇面连半点损伤都没有，反倒是那群黑衣人的剑竟有了几个豁口。

那群黑衣人显然不是为了赏银的亡命之徒，招式摆阵都颇有些名堂，且下手狠辣，招招都要置人于死地。可顾昭鹤以一敌多，竟未显露出半分颓势，甚至还一再将他们击退。

“攻他身后的女人！”

黑衣人没办法在顾昭鹤身上讨到好果子，便掉转枪头把剑尖指向了姜绥绥！他们一分为二，硬生生将二人逼开，其中一拨缠住顾昭鹤，另一拨则十分阴险地往姜绥绥身上招呼。

姜绥绥从未见过这样的场面，心都悬到嗓子眼儿来了，可生怕顾昭鹤分心，愣是没有开口呼救，紧急之下她扯下腰间佩戴的香囊，从香囊里抓了一把东西直直洒向朝她攻来的几个人的眼睛。

她是个女子，却也是个惜命的生意人，她不敢带利器是因为害怕反被人夺去，便装了不少石灰粉在随身佩戴的香囊里，没想到如今还真派上了用场。

黑衣人没想到她会突然来这一手，一时不察让石灰粉进了眼睛，纷纷痛呼出声，看不清眼前的事物。姜绥绥便趁机回到顾昭鹤身边，还紧紧攥着一手的石灰粉。

“啊——”

来的那群黑衣人节节败退，眼看着要全军覆没，临了竟生出同归于尽的心思来。之前那面摊老板打扮的人嘴角还流着鲜血，却双手举剑不要命似的朝顾昭鹤砍了过来。

顾昭鹤下意识抬扇去挡，另一个已经倒地动弹不得的黑衣人却突然从地上蹦起来，从腰间抽出一把匕首直直朝姜绥绥捅了过去。

“绥绥！”

顾昭鹤大喝一声，一个旋身将攻来的假面摊老板踢飞，手腕一转将折扇飞了出去，可已然来不及了！

姜绥绥看着那把朝自己逼近的匕首，双腿像被绑上了千斤重的锁链，丝毫动弹不得，只能眼睁睁地看着匕首越来越近、越来越近。

就在她以为自己要莫名其妙交待在这大街上的时候，顾昭鹤突然挡在了她面前。一双大手猛地扣住她的脑袋，她有些失了轻重地扑在顾昭鹤的怀里，眼前一片黑暗，只听见“扑哧”一声闷响，浓烈的血腥味儿便钻进了她的鼻子。

姜绥绥浑身僵硬，脑子里突然冒出几个可怕的片段：漫天的火光和遍地的尸体，还有一个身着黑衣看不清楚脸的身影……

“绥绥？”

顾昭鹤把人从自己怀里拉了出去，却见她目光呆滞，神情痛苦，接连叫了好几声都没能唤回她的神志。

刚才被黑衣人围攻他都没慌神，如今瞧见姜绥绥这模样却突然慌了起来，他微微弯腰捧起她的脸，轻轻拍打了两下，她竟然还是毫无反应。

顾昭鹤有些着急，凑近了又喊了一声："绥绥！"

姜绥绥这才如梦方醒，从刚才那像是梦却又真实得不像梦境的记忆中回过神来。

"顾……顾昭鹤？"她愣了一下，突然想到刚才闻到的血腥味儿，有些着急地拉住他的手，抬头急急问道，"你……你没事儿吧？可有受伤？"

顾昭鹤眼中划过一丝痛意，却很快又消失不见了。见姜绥绥想探头看他身后，他连忙伸手遮住了她的眼睛："我没事儿。那些人死相难看，你看了怕是会做噩梦。"

姜绥绥准备扒开他的手，可听见这话后瞬间停住，老老实实地没再动弹。

"把眼睛闭上。"

说完这句话，顾昭鹤放下手，转身走到身首异处的那具尸体旁边，弯腰把地上那把沾满鲜血的折扇捡起别回腰间，却不小心拉扯到伤处，痛得他冒了一脑门儿的汗，看了眼遍地的尸体，又瞥到那人耳后一个不甚明显的黑色火焰，他的眼中闪过一阵浓烈的杀意。视线最后落在浑身僵硬、死死闭着眼睛不敢睁开的姜绥绥身上，难得能看到这姑娘的尿样，顾昭鹤轻笑了一声，将脸上的痛意和刚才的浓烈杀气压了下去。

他抬脚走到姜绥绥面前，很是自然地握住她的手，食指在她手心轻轻敲了一下："好了，我们回去吧。"

姜绥绥刚在生死关头走了一遭，一路无言地任由他拉着自己的手往一线牵走。之前还挂在夜幕中的月亮不知何时被乌云掩盖，光芒越发地暗淡，乌云蔽日，恐怕明日不是什么好天气。眼看着一线牵就在不远处，她却突然停下了步子。

顾昭鹤往前走了两步发现身后的人没动，有些疑惑地转身看了过去。

姜绥绥把手收了回来，又往后退了小半步，拉开了自己和他之间的距离。

夜风卷起她的长发和衣裙，顾昭鹤背着光，从姜绥绥的位置看过去只能看到一团模糊的黑影，似乎伸手去捞，那黑影顷刻间就要消散了似的。他后背沾染了不少鲜血，可转身过来的时候却不大能看到，仿佛这样，刚才发生的事情也可以当作没有发生似的。

“顾昭鹤。”

姜绥绥喊了一声，她垂在腿侧的手有些不自觉地攥紧，声音也有些干涩：“你到底是什么人？刚才那群人为什么要杀你？”

顾昭鹤沉默了很久，久到她以为他不会回答自己这个问题。

姜绥绥有些站不住，刚准备回一线牵，就听见了顾昭鹤的声音：“我暂时不能告诉你。”

她的心往下一坠，又像是被谁用力捏了一把，叫她有些透不过气来。

“我不会伤害你，也不会做任何不利于一线牵的事儿。”

顾昭鹤重新拉住了姜绥绥的手，略显冰凉的大拇指紧紧贴在她的手腕内侧：“虽然我刚才叫你不要轻易相信任何人，可是我希望你可以信我……”

这话刚说完，姜绥绥便挣开了，有些好笑地仰头看着他：“顾昭鹤，半个时辰之前你才告诫我不能轻易相信旁人，怎么现在又要我无条件来信任你？”

姜绥绥又气又难受，看着顾昭鹤那黑乎乎一团的脸就更来气，干脆低头不去看他，却突然又把视线落到了他的脚上。

“我刚刚因为你莫名其妙地遭受了一场暗杀，你要我怎么信任你？”

她说完这话，像是无处撒气似的猛踩了顾昭鹤一脚，也不等他回话，直接就从他身边走过，径直回了一线牵，擦肩而过的时候还故意撞了他一下。

顾昭鹤站在原地愣了许久，先是盯着一线牵的匾额看了看，又抬头望了一眼黑压压的夜幕，有些无奈地叹了口气，也不知道是说给姜绥绥听，还是说给自己听：“有些事情，知道了反而更痛苦……”

第五章

车内上药，风雨欲来

JINGCHENG
XIAO
HONGNIANG

京城小红娘

姜绥绥这天晚上又没有睡好，一方面是担心安珑月的事儿，另一方面……

在鸳鸯楼房顶那个不经意的吻，为了顾昭鹤而来的黑衣人，还有他的大型“双标”现场也让她难以入眠。

凭什么前脚刚告诫她不能轻易相信旁人，说什么人心难测，若是猜错就容易把命给搭上，后脚就直接略过她的问题，叫自己信他。

他们才认识多久，凭什么他让她信，她就得信。

姜绥绥气得浑身不舒坦，在床上翻来覆去，无法入睡，最后干脆就不睡了，在床上坐了一整夜。第二天天刚见亮，她就把庞管事喊了过来。

昨晚她从鸳鸯楼回来后倒也没闲着，安排了人分别守在鸳鸯楼和安府门口，得知他们走后不久杜三娘就派人把安珑月送了回去，她那颗悬着的心才算是落回了肚子。

安珑月是从一线牵出去的，若是出了什么事儿，安府能放过她吗？

“庞叔，给安府的拜帖可送到了？”

姜绥绥一夜没睡，思前想后，这件事情她还是得管一管，一大早便让庞管事亲自去安府送拜帖，准备好好和安老爷说一说孙湘亭的事情。

“已经送到了，不过姑娘是打算现在去还是等午后再去？”

姜绥绥看了看有些阴沉的天空，想到昨天晚上杜三娘告诉安珑月的那些话，没回答庞管事的问题，反而问道：“庞叔可还记得几年前在一线牵当护院的冬生？”

庞管事冷不丁地听见这个名字还有些惊讶：“姑娘怎么突然问起冬生了？”

当年那件事庞管事也是知道的。冬生是个实心眼的老实汉子，当初进一线牵当护院的时候就说挣了银子就回乡下和自己的未婚妻子成亲，却没想到好好的一桩姻缘，好好的一个大小伙子，就这么被毁了。

“庞叔，我想麻烦您到冬生的老家找找人，看能不能把他给找回来。”

姜绥绥虽不信冬生会拿这件事情来作假，可如果她真的要插手此事，就一定得把冬生找回来，否则若是孙家极力否认，这是非黑白岂不由着他们颠倒？

“这……姑娘，事情都过去这么多年了，如今再找人，怕是有些困难。更何况当初老楼主在的时候都没能找到人，更别说现在了。”

姜绥绥也知道突然提这事儿有些难为人，她捏了捏眉心，轻叹一口气：“算了吧，这件事我另外想办法。”

顾昭鹤一走进来就见两人愁眉苦脸的，略一思索便想到了他们正在愁什么事儿。

“你要找人，我可以帮你。”

自从昨天晚上的事儿发生后，他干脆就懒得掩饰了，大言不惭地说自己可以帮她找人。

“你找？你连冬生的面都没见过，怎么找？”

姜绥绥抬头就看到顾昭鹤跟在自个儿家里一般自在，说来就来，说坐下就坐下，还用她的茶具给自己倒了一杯茶慢慢品着，看得她气不打一处来，伸手就要去夺下他手里的杯子，却被他直接给躲开了，杯子里的茶水还半点都没淌出来。

姜绥绥暗道：我恨！

“绥绥，有钱能使鬼推磨。不过就是找个人，哪里就这么困难了。”

顾昭鹤颇有几分自得，一口一口地饮着杯子里的茶水，这模样十足的欠揍讨打。

姜绥绥的气还没消呢，干脆直接起身走过去一把夺回杯子，重重地往桌子上一搁，杯子里的茶水全给倒出来了，顺着桌面流到了地上。这声音吓得庞管事一个激灵，偷偷地往后退了小半步。

“既然顾大公子这么有钱，那就麻烦你把当日一线牵的亏损赔偿给我，你我清算干净，何苦还要在我这小庙屈就？你不觉得委屈？”

顾昭鹤没想到她竟然还在生气，压根儿就没回过神来。刚才抢他杯子的时候，也不知道是故意的还是无意的，姜绥绥把一大半的茶水都倒在他身上了，被打湿的那一块黏贴在身上，很不舒服。

说实话，他还是头一次遇到这种事儿，以前都是旁人来讨好巴结他，谁敢甩脸子给他看，可偏偏姜绥绥就敢，不仅敢甩脸子，说不定还敢甩巴掌。

“这……一码归一码。再说了，咱们可是签了契约的，债还没还完呢。”

姜绥绥懒得再搭理，干脆扭脸不去看他了，起身走到庞管事面前：“庞叔，麻烦您安排一下去安府的马车，我这就去拜访安老爷。”

庞管事瞅着这二人，一个攻击谩骂，冷嘲热讽；一个厚皮厚脸，装疯卖傻，明摆着是吵架了啊，他正准备远离这是非之地呢。

庞管事有心帮顾昭鹤，被喊住的时候还瞥了他一眼，正好看见他冲自己挤眉弄眼的。庞管事是过来人，他心里自然清楚得很，只好揣着明白装糊涂，犹犹豫豫地问道：“姑娘，您是自己一个人去，还是……”

“还有我，还有我。”

顾昭鹤抢着应声，连给姜绥绥说话的机会都没留。

“好嘞，那我这就去安排。”

庞管事生怕被发难，连忙出了屋子。他体形肥硕，可跑起来健步如飞，隔远了看就跟一个圆滚滚的肉球似的。

这两人真把她当瞎子不成？刚才那么明显的互动还真以为她看不见？

姜绥绥憋着一口气，一个“眼刀”就砍在了顾昭鹤身上。

顾昭鹤原本还想再待会儿，突然接收到这个视线，他哪里还坐得住，连忙起身追着庞管事跑了出去，一边跑还一边喊：“庞叔您等等我，我跟您一块儿去！”

虽说庞管事看着跑得快，可他到底上了年纪，跑出姜绥绥的院子之后就放缓了步子慢慢悠悠地往前走。

“庞叔您等等，是我！”顾昭鹤脚程快，没一会儿就追上了，“您跑这么快做什么，我差点没追上。”

庞管事信他的话才怪。顾昭鹤这身强体壮的年轻小伙都敢跟他家姑娘正面对上，难不成还跑不得这几步了？

“和姑娘吵架了？”

自从前些日子顾昭鹤得罪了姜绥绥，被庞管事送了好长一段时间重口味饭菜之后，他见着庞管事就跟见着什么洪水猛兽似的，八丈远瞧见都远远地绕着走，哪儿像今天似的，主动上赶着过来。

庞管事拍了拍顾昭鹤的肩膀，像个知心长辈一般说道：“绥绥这孩子也就看着厉害，其实就跟纸老虎似的。她吃软不吃硬，你若是好好说，或者卖卖惨，她那气啊瞬间就消下来了。”

顾昭鹤没说话，脸上笑嘻嘻的，也不知道刚刚那话他听没听进去。

“再说了，”庞管事的步子停了下来，一双小眼睛滴溜溜地转，“你昨日和姑娘从鸳鸯楼回来后，身上不是受了伤吗？”

顾昭鹤捏了捏尾指，眼中的笑意淡了些。

“一线牵大大小小的事务都会经我的手走一遍，虽说你取的纱布和药都不算多，可我却是一清二楚的。”庞管事收回视线，继续笑眯眯地往前面走，“更何况，当初你虽是我带回来的，却是你主动与我攀谈。”

“我不去追查你的身份，一是因为我没这个本事查到，二是……”庞管事摇头晃脑，“我也曾年少过，当初也想过轰轰烈烈闯江湖的事儿。谁还没点秘密呢，只要你不做什么对姑娘不利的事情，我这老头子的眼睛就睁一只闭一只。”

顾昭鹤听完这话站在原地愣了好长一段时间，直到庞管事的背影快消失不见了才追上去。

他携着一件不可言说的往事而来，之所以能来一线牵，自然也是有他的手段在的，之前自己还以为这些事情都被藏得好好的，却没想到一线牵的聪明人实在是太多了。

顾昭鹤轻笑着摇摇头，伸手捏了捏自己的后颈，无奈又有些庆幸，庆幸当初并没有做出错误的选择。

“庞叔！”

他连忙追了上去，钩着庞管事的肩膀一副哥俩好的模样：“这……

您也知道绥绥生我的气了，我该怎么做才好？”

天地良心，顾昭鹤还真是大姑娘上花轿——头一遭，哄人的事情他什么时候做过？旁人不哄着他都算是好的了。

庞管事冷不丁被人从身后这么一拉，差点重心不稳摔倒了，好在顾昭鹤的手够稳，撑了他一把。庞管事顺了顺气儿，上下扫了几眼，半眯着眼睛笑得有些坏：“你不是受伤了吗？寻个机会让姑娘知道不就成了？姑娘的心肠软，很好哄的。”

竟是要他使苦肉计？

顾昭鹤没忍住，轻笑出了声。

在庞管事的有心安排下，顾昭鹤还是跟着姜绥绥一块儿去了安府。这也就算了，偏偏庞管事非说府中的马车不是这辆没了轱辘，就是那辆坏了顶棚，总之这偌大一个一线牵，能用的马车居然就只有一辆。

姜绥绥气得心口疼，从出门到现在都没个好脸色。可顾昭鹤天生就是个厚脸皮，姜绥绥脸色越臭，他就越上赶着往前凑。

“怎么，这么大个马车，你就没别的地儿坐了？”

姜绥绥一忍再忍，本来连一句话都不想和他说，可这浑蛋不但非要跟她同车，还得寸进尺地往她身边凑。

终于，她忍无可忍地睁开眼睛，却正好对上顾昭鹤那张凑过来的大脸，惊得她下意识往后一躲，后脑勺撞上了马车车壁，本来以为会痛的，结果却突然被一个软乎乎的东西给护住了。

是顾昭鹤的手。

姜绥绥最讨厌这样，她分明还在生气，可这人却什么都不肯解释，偏偏又做些这样的事情，让她有气都没地方撒，憋着甭提多难受了。

“别以为你这样我就会心软……”

她嘟囔了一句，却没让顾昭鹤走开，反倒是自己起身准备坐到另一边去，可谁想她刚站起来，驾车的车夫就猛地一拉缰绳，停住了马车。

姜绥绥原本就刚起身，还没站稳，马车又突然停了下来，她整个人面部朝下直接就往马车外冲了出去。

“绥绥！”

顾昭鹤惊呼一声，姜绥绥的腰上也缠上了一只有力的臂膀，猛地将她往后一拉，她只听见一阵既像是布料撕裂又像是伤口裂开的声音，只一个呼吸间，便落到了一个宽厚又熟悉的怀抱里。

她的呼吸一窒，心脏像是漏了一拍，瞪着眼好一会儿没回过神来。

“喂，绥绥，你要是再不起来，我可就撑不住了。”

顾昭鹤脸色有些发白，虽说是用调笑的语气说出来的话，可还是叫她察觉到了几分不对劲，似乎还闻到了一股血腥味儿。

“姑娘没事儿吧？刚才……”

姜绥绥正打算爬起来，一脸紧张的车夫一下就把帘子给掀开了，结果就看到顾昭鹤被自家姑娘压在身下，两个人的脸色都有点不大对劲。

车夫年纪不算大，哪儿遇到过这种场面，脸噌地就红了，手里捏着轿帘不知道该不该放，还跟顾昭鹤来了个对视。

“还不出去？”

顾昭鹤搂着姜绥绥的手一紧，将她的脸往自个儿怀里一推，挑眉看着满脸通红、手足无措的车夫，活像个贵气十足的浪荡公子。

“是是是！”车夫被这一眼看得脑袋发蒙，连忙继续驾车去了。

姜绥绥这才回过味儿来……

这人刚才的言行举止是什么意思！府里本来就有不少关于她和他

的传言，更甚者还有几个胆大妄为写他俩同人本的小丫头。原本就没来得及腾出手去处理这些事儿，这一幕又被车夫看见，偏偏他还越描越黑，这事儿还能不能好了？

“顾昭鹤！你你你——”

姜绥绥又气又恼，她原本是想说些什么的，可又想到刚才要不是他拉了她一把，这会儿自己早就摔到大街上去了。她是个恩怨分明的人，虽说现在心中有气，可今天幸好有顾昭鹤在，她才没丢了面子。

姜绥绥咳了咳，有些别扭地揉了揉鼻子，刚准备说声“谢谢”，鼻间便萦绕着一股子血腥味儿，她一愣，连忙去看自己的手，只见满手不知从哪儿蹭来的血，把她吓了一大跳。

还有刚才恍惚间听到的撕裂声……

“顾昭鹤！”

姜绥绥猛地回头去看，顾昭鹤居然还保持着刚才的动作，脸色苍白得不像话。他今日虽然穿的深色衣服，可肩头那一块却像是被水浸湿了一般。

“你声音若是再大点，满大街的人都知道咱俩在同一马车里了。”

顾昭鹤脸色难看得就跟随时都会昏厥过去似的，这个时候了居然还有心思开玩笑。

姜绥绥却不像他这般没心没肺，连忙蹲下身子，一把扯掉他的衣裳，速度之快连她本人都没有反应过来。

入目是一片触目惊心，顾昭鹤的前胸全是大大小小的已经结痂的伤口，最叫人惊骇的还是从肩胛骨一路往下延伸的刀伤。这么严重的伤口，他竟有命活到现在。

姜绥绥只觉得一阵眩晕，脑袋蒙得有些厉害。

他到底是什么人！

“绥绥，你再这样看下去，我可受不了了。”

顾昭鹤到现在都还不老实，说这话的时候就跟没事人似的。可他说完这话没得到半点回应，于是轻叹了口气，伸手捂住了姜绥绥的眼睛：“有什么好看的，姑娘家不应该看这些。”

顾昭鹤的肩头也不晓得是被砍了几下，血水正汩汩地往外涌，很快就把肩头的衣料给浸透了，他应该只是随便处理了一下，伤口那处只松松垮垮地缠了几圈纱布。

姜绥绥咬了咬下唇，想到刚才的撕裂声，伤口应该就是刚刚他拉自己的时候裂开的。

“我还当你多有本事呢。”姜绥绥把顾昭鹤的上衣剥得更开了些，又小心翼翼地扶着他换了个坐姿，从怀里掏出一张手帕来，动作轻柔地擦着伤口旁边的血，“打不过，你不知道跑啊？”

伤口一看就是新伤，不是被昨天的黑衣人砍的还能是谁？

他这新伤也有旧伤也有，能活到现在还真是不容易。

虽说姜绥绥不大清楚顾昭鹤的本事，可光看他不可一世的模样就知道定然不会差到哪儿去，昨天若不是为了护着她，他也不会受伤。

“绥绥，你还是头一个……敢扒我衣裳的人。”

顾昭鹤牛头不对马嘴地说，额头上因为疼痛冒了一层薄汗，脸上的笑意却半分没减，乐呵呵地看着仔细给他处理伤口的姜绥绥。

伤口有点深，昨天本来就没怎么处理，刚才猛地裂开，血不停往外冒，姜绥绥的手帕不一会儿就被染得通红。

“你要是再多嘴，我就拿这血帕子捂你的嘴。”

顾昭鹤这人有些洁癖，看了眼那血帕子，想了一下被塞进嘴里的味道，整个人都不好了，连忙闭口不言。

“改道，去最近的医馆。”姜绥绥撩开轿帘撂下这句话。

车夫回头之际依稀瞧见了靠在车壁、上衣松松垮垮、脸上还出了一层薄汗的顾昭鹤，他倒吸了一口凉气，差点没被自己的口水给呛死，哪儿还敢再多看，一句话都不敢说，连忙改道往最近的医馆去了。

自家姑娘，还是上面那个？

车夫一门心思都搁到了八卦上，自然没注意到一直跟在他们身后的某个身形微胖的中年男人。

"姑娘，医馆到了。"

医馆离着不远，不多时车夫就隔着帘子轻喊了一声。他这次倒是学聪明了，不仅没有伸手去撩帘子，而且连头都没敢回，尽职尽责地做一个眼不观四路、耳不听八方的车夫，假装自己刚才没听到什么扒衣裳啊、捂啊之类的词。

"绥绥无须担心，我这……"

顾昭鹤没想到她真会把自己往医馆带，刚开口，话还没说完呢，就被瞪了回来，瞪他那人还晃了晃自己手里捏着的血帕子。

姜绥绥是个极聪明的人，顾昭鹤昨天夜里受伤，有的是时间好好处理伤口，可他却只是随随便便用了点药粉、缠了几圈纱布，想来他不愿意被人知道自己受伤的事情，否则大可告诉上次自己在他院子里看见的那个黑衣人，总比现在的情况要好。

他连自己人都不告诉，更别提让他来医馆看大夫了。

"大夫，给我两瓶金疮药和一些止血用的纱布。"下了马车，姜绥绥一进医馆就张口说道。

医馆的小伙计闻到她身上满是血腥味儿，再一看她鼻头上还沾着血，不免心里一紧，莫不是来打劫的？他刚哆哆嗦嗦地把药递过去，还没来得及再说什么，手里就多了一锭金元宝。

小伙计一蒙，再抬头的时候，只看到姜绥绥匆匆离去的背影。

“走吧，去安府。”

车夫看自家姑娘的脸色就知道她心情不好，又想到在马车里的顾昭鹤，便故意放缓了速度，力求平稳，争取多给自家姑娘留点时间。

姜绥绥回到马车上时，顾昭鹤还保持着刚才的动作，连挪都没挪一下。

“拿去。”

她没什么好脸色，把金疮药和纱布往顾昭鹤怀里一扔就坐到离他最远的位置，闭眼假寐，打算来一个眼不见为净。

本以为顾昭鹤定是要叽叽喳喳说什么的，可偏偏这次他安静得很，略显狭小的马车里依稀只能听见他拿金疮药时的动静。

越是安静，姜绥绥的心就越是静不下来。她故意换了个方向弄出点动静来，又撑着下巴不动声色地睁开一条缝暗戳戳地看了过去。

顾昭鹤脸色极差，额角因疼痛渗出的汗水顺着鬓角流了下来，又手脚粗笨地扭着身子往伤口上撒药，结果那药撒到外面的比到伤口上的还要多，简直是白白浪费了。

姜绥绥越看越上火，一个猛虎扑食就把那瓶快被糟践完了的金疮药给抢了过来。她心中窝着一股邪火，即便把药抢过来了也不去看他，粗声粗气地道：“不许乱动！”

她话说得挺厉害，可动手上药的时候动作却十分轻柔，连缠纱布的时候也小心翼翼地，生怕顾昭鹤再伤着。

“等回去之后你就老老实实地在你院子里待着，没事儿别老出来晃悠，看见你就心烦。”

姜绥绥把剩下的金疮药往顾昭鹤袖子里一塞，说完这话正准备抽身离开，却被抓住了手腕向后倒去。

她下意识地挣扎，却听见顾昭鹤因痛倒吸凉气的声音，姜绥绥身子一僵，动作戛然而止。

“顾昭鹤，你做什么？”

她被禁锢在肩窝处，男人温热的呼吸在她的发心打转，连心跳声也听得一清二楚。

顾昭鹤充耳不闻，他的上衣还没穿好，姜绥绥略一挣扎就能碰到他的皮肉。他微微侧身，一条腿微蜷，伸手将她鼻头上沾的一抹血给擦了去，又低头凑到她已然有些泛红的耳朵前，轻声问道：“绥绥，你为何如此关心我？”

姜绥绥闻言不怒反笑，轻哼了一声，葱段般的玉指在顾昭鹤脸上轻轻划过，指腹沾上了他脸上还未干的汗渍。

“为什么？”她的手捧着顾昭鹤的脸，食指指尖在他脸上打圈。姜绥绥本就生得好看，如今脸上又不知为何添了一分酡红，抬眼的时候竟显得格外勾人。

她用指尖轻轻碰了碰顾昭鹤的耳垂：“呵，我怕你死了，没人还银子给我。若你现在把银子付清，你看我还会不会管你死活。”

顾昭鹤轻笑：“仅仅如此？”

姜绥绥把手抽回来，迅速起身，回头送了一个眼神给他：“否则你还想要什么？顾昭鹤，做人可不能太贪心了。”

虽说车夫很是上道地给二人留足了时间，可安府的确也不远，便是慢慢悠悠地走过去也该到了。

安家是皇商，稍稍落魄些的皇族都不及安家富贵，其府邸自然也是大气磅礴、金碧辉煌的，就连安府的匾额都是先帝亲笔；府门前的狮子是纯金打造的，在日光的照耀下发出一阵阵刺目的光芒。

京城小红娘

在这寸土寸金、贵人扎堆的汴京城，又有几个人敢如此张扬。

“姜老板可算是来了，我家老爷等候姑娘多时了。”

姜绥绥刚从马车上下来，安府的下人就迎了过来。

因着安珑月近来几乎日日往一线牵跑，安府的下人也都知道了这位不愿意帮自家小姐和孙公子说亲的姜老板。

“实在抱歉，路上出了点事儿误了时辰。”

姜绥绥原本打算让顾昭鹤在马车里等着，可这人选择性失聪，叮嘱的话音还未说出口，他就跟着跳出马车，跟在自己身后了。

安府的下人素来是有眼力见的，见着这情况也没说什么，直接把二人引了进去。

安家是汴京首富，姜绥绥一进门就感受到了。

“安家果真是财大气粗。”

顾昭鹤扫了安家的庭院一眼，似笑非笑地说出这句话来，他这话语焉不详的，走在前边的姜绥绥和为他们二人带路的下人不约而同地望了过来。

“果真是跟对了人。”他又补充了一句。

这下别说安府的下人了，就连姜绥绥也听得一头雾水，她今日来是有要紧事和安老爷商量，顾昭鹤阴阳怪气地说些旁人听不懂的话是什么意思？

姜绥绥反手给了他一拐：“既然你要跟着我过来，就别给我找事儿。”

安家会客的地方就在前面，顾昭鹤抬眼看了过去，笑了笑没说话。他脸上虽带着几分笑意，可眼底却一片冰寒，看不出究竟在想什么。

这位安老爷，做着最挣钱的生意，立着大善人的牌坊，可又有多少人知道他当年是如何帮着那位铺路递刀的呢？

“安老爷，实在对不住。路上出了点事儿，耽误了些，让您久等了。”

安远山是安家的家主，虽说年近六十，却保养得宜，看起来也就五十岁的样子，姜绥绥到的时候他正坐在上方喝茶。

“姜老板说有要事与我商议，究竟是什么事儿？”

他是汴京首富，谁不得给他几分薄面。偏偏姜绥绥是个不上道的，之前他让人三请五请，想让她在安珑月的婚事上帮帮忙，可这位一线牵的老板愣是不接手，便是个脾气再好的人，心中难免也有点不舒坦，更何况是安远山这种习惯了被人奉承着的上位者。

姜绥绥和顾昭鹤进来，他竟然连让他们坐下的意思都没有，更别提再让人倒茶水了。若是换了旁人，只怕早就恼怒得不行了，偏偏来的是姜绥绥和顾昭鹤，都是不按常理出牌的，尤其是顾昭鹤，一点不客气地直接拉着姜绥绥在安远山下首坐了下来，还使唤刚才那个带他们过来的下人去倒茶，半点不把自己当外人。

安远山眉头一皱，直直朝顾昭鹤看了过去，视线相接的时候他心中“咯噔”了一下。

这个人，怎的如此面熟？

“安老爷事务繁杂，我也不与您绕弯子，我今日来为的正是安小姐的婚事。”

姜绥绥心里揣着事儿，一时也没工夫和顾昭鹤在这些事情上计较。她面带急色，就差揪着安远山的领子同他说话了。可那安远山压根儿没把姜绥绥的话听进心里，还有一搭没一搭地用茶盖去撇茶水面上的那层浮沫。

“珑月？”

安老爷闻言一顿，放下手中的茶杯，斜眼睨了过来，视线到底还是落在了姜绥绥身上，说话的时候脸上还带着几分嘲讽的笑意：“姜老板先前不是无论如何也不肯答应吗，今日怎么肯过来了？”

“我今日过来也不是为了撮合安小姐和那孙湘亭，只是想告诉安老爷那孙湘亭真不是什么好东西。安小姐少不更事，被人哄骗了也不自知，您将安小姐视作掌上明珠，若是……”

“姜老板今日要说的事儿，小女已经跟我说过了。”姜绥绥话还没说完就被安远山开口打断了，他转了转大拇指上套着的翠玉扳指，身子靠在了椅背上，“孙公子当年不过是被人诓骗了，那件事哪里怪得了他？况且……”

安远山皮笑肉不笑地看着姜绥绥，眼神有些嘲弄：“一线牵与鸳鸯楼不合已久，这件事我也曾有耳闻。”

姜绥绥被这话气得心肝脾肺肾揪在一块儿痛，要不是安珑月性子纯善，她实在不愿意再有姑娘毁在孙湘亭手里，她才不会来这一趟！

她把都快蹿到发顶的火气给压了下来，深吸了一口气，死死抓着椅子扶手：“我当日曾叫人给您送来一封信，里面详细记载着孙湘亭这些年来的所作所为，安老爷看了信，连查都没查便听了杜三娘的那套说辞？”

“信？”

安远山这次是真的有些蒙,听到信的时候愣了一下,丝毫不像作假,他身子微微前倾：“什么信？”

“您没收到？”

姜绥绥一惊，细想之下竟觉得后背发凉，浑身的汗毛都立了起来。

这封信是她亲手写了交给庞管事的，也是庞管事亲力亲为送到安府的，可如今安远山却说根本就没收到那封信。

那信去了何处？

“姜老板今日迫不及待地过来，又说了一封我从未收到过的信，只怕是听说我将珑月的婚事交托给了鸳鸯楼吧？”

姜绥绥的思绪有些混乱，又突然想到什么似的猛然起身，袖子不小心带翻了桌上的茶水，茶杯掉在地上碎了。

“您当真信了那杜三娘的话？那安珑月人呢？”

姜绥绥的反应有些大，安远山却有些不以为然，只当她先前说的信都是胡诌的。他被人奉承惯了，当下见面前的小姑娘一惊一乍，很是有些不喜欢，脸上厌恶嫌弃的表情丝毫不加以掩饰。

“她的婚事既然交给了鸳鸯楼，现在自然是在杜三娘那儿。若不是姜老板今日过来，我现在也应该在鸳鸯楼。”

姜绥绥垂在腿侧的手下意识地攥紧，想借着指尖掐进手掌的疼痛来刺激自己一下。她刚准备说话，一直坐在旁边二大爷似的顾昭鹤却突然起身站到她身边，握住了她的手：“安老爷，若您真的愿意拿安珑月的清白或者性命来赌，那您大可不用信绥绥的话。”

他轻笑一声，言语神态都夹杂着对安远山的轻蔑与不喜：“左右跟我们没什么关系，她既不姓姜又不姓顾，便是真出了什么事儿，伤心之人也不会是我们。您说是吧，安老爷？”

顾昭鹤话里有话，听得安远山背脊发凉，也跟着站了起来。他手心发凉，竟然有些心慌，看着姜、顾二人转身就要往外走，也跟着跨了一步出去，急急问道：“你们去哪儿？”

顾昭鹤站定了步子，转头看了一眼，神情疏离又冷漠：“救你女儿的命！”

京城小红娘

鸳鸯楼开在汴京的时间不短，甚至比一线牵还要早些，可生意、口碑和名声始终比不过一线牵。当年一线牵的楼主还是姜萧的时候，就有不少人拿这两家来作比较，姜绥绥接管一线牵之后，不仅没败了她爹当年建立起来的名声家业，生意还越来越红火，说杜三娘一大把年纪了连个小姑娘都争不过这样的话更是甚嚣尘上，两家的关系也渐渐势如水火。

安远山跟着顾昭鹤和姜绥绥到鸳鸯楼的时候，杜三娘正在接待客人，听说安老爷和姜绥绥一块儿来了，这才走到大厅来。

“安老爷来了？”

姜绥绥分明站在安远山前面，可这杜三娘就跟没看见她似的直接略了过去：“您大可放心，安小姐的婚事我定会——”

“杜三娘，”姜绥绥的视线在鸳鸯楼里扫了一圈，却没看到安珑月的踪影，“安珑月人呢？”

“哟，这不是姜老板吗？你怎么贵步临贱地，到我这鸳鸯楼来了？”

杜三娘故作惊讶地用团扇捂嘴轻笑，视线不断游移，一会儿看看姜绥绥，一会儿看看顾昭鹤，还回头看了安远山一眼。

“还带上安老爷一起……”她笑了笑，“难不成是姜老板后悔了，跑我这鸳鸯楼来抢生意？”

杜三娘的年纪几乎都能当姜绥绥和顾昭鹤的娘了，可说话的时候眼神却一直勾在顾昭鹤那儿，也不知是有意还是无意，还特意朝他靠拢了些，身上浓烈的脂粉气熏得姜绥绥头都疼了。

姜绥绥有些压不住火气，扯住顾昭鹤没伤着的那只手，一把将人拉到自己身后：“杜三娘，趁我还能同你好好说话，你最好告诉我，孙湘亭到底把安珑月带到什么地方去了！”

杜三娘听见姜绥绥质问的话，整个人一惊，眼神下意识地闪躲，拿着团扇猛扇了几下，退回了先前的位置。

“姜老板好大的气派，还真把我这鸳鸯楼当成自家的一线牵了？作威作福也得看看地界才是，我这鸳鸯楼是给你撒野的地方吗？”

她没去看姜绥绥，反倒对安远山说道：“安老爷，您可别听这小丫头胡说。她啊，定然是担心我将安小姐和孙公子撮合成了，抢了她一线牵的生意，这才急急忙忙过来找麻烦的。连您也惊动了，实在是不该。”

“找麻烦？”顾昭鹤天生一副笑模样，平时不正经惯了，这会儿突然冷下脸来，周身竟萦绕着一股叫人腿肚子打战的肃杀之意，“老婆娘，你到底知不知道什么叫找麻烦？”

他随意将手放在一旁的小几上，话音刚落，那小几便四分五裂，顷刻间碎木横飞，有几块堪堪从杜三娘脸上划过。

“这才叫找麻烦！”

杜三娘只觉得脸上一凉，下意识伸手一摸，再看时指腹上竟染了血！

她的左脸瞬间出现三道血痕，就着脸上厚厚的一层粉，好一出白雪红梅。

杜三娘此人最是爱美，如今顾昭鹤又是唤她老婆娘，又是伤了她的脸，她怕是连杀了他的心都有了。

偏偏这人是个天不怕地不怕的性子，他揽过姜绥绥的肩膀就往外走，还不忘扔下一句：“我的人，什么时候允许你这种东西欺负了？”

被顾昭鹤这一套行云流水的动作给整蒙的姜绥绥这才回过神，听到他这话的时候很是惊讶地偏头望了过去，却只看到那人精致完美的下颌线。

“姜绥绥，你给我记着，今天这事儿咱俩没完！”

京城小红娘

杜三娘捂着自己的脸，看着二人离去的背影，眼神怨毒得像一条吐着信子的毒蛇。她说话的时候因为过于激动破了音，叫在场众人听得难受。

“你现在要带我去哪儿？”

姜绥绥出了鸳鸯楼才发现顾昭鹤的手竟还搭在自己的肩膀上，她刚想把他的手给扒下来，顾昭鹤便很是自觉地收了回来。

他低头去看身旁的姜绥绥，凝视了片刻后勾唇一笑，冲熙熙攘攘的大街扬了扬下巴：“带你去找安珑月。”

安珑月有些不好意思地咬了咬下唇，偷偷抬眼看了看与自己并行的人，那张精致的小脸有些泛红，越发显得她娇俏。

孙公子一表人才，父亲和祖父都是朝中重臣，当日又将她从一群地痞无赖的手中救了下来。

此刻她的眼睛都是亮晶晶的，不自觉地攥了攥袖子，若孙公子能成为她的夫婿，那她这一辈子都会很开心的。

安珑月正想着呢，旁边的孙湘亭却突然停了下来，她一时不察，自顾自地往前走着，刚走出两步手腕就被人握住了。

“安姑娘，我们已经到了。”

孙湘亭的指尖发凉，安珑月一个激灵猛地回过神，粉意未褪的脸直接落到了孙湘亭眼底，他握着安珑月的手不断收紧。

“孙……孙公子，你捏疼我了。”

安珑月从未和陌生男子有过这样亲密的接触，她虽然心中喜欢孙湘亭，可到底是大户人家的女儿，越矩的事情是不会做的。

手腕被捏得发疼，安珑月有些不舒服地往后抽了抽，可孙湘亭却握得极紧，她没能把手抽回来。

“安姑娘，你看看，可还记得这是什么地方？”孙湘亭空着的那只手指了指不远处的那条小巷。

她怎会不记得？

当日她和秋兰扮了男装偷偷溜出府，又被一群地痞无赖堵进了这条小巷，若不是孙湘亭及时出现救了她，那她如今怕是连命都没了。

思及此，安珑月挣扎的念头淡了些：“我记得的，当日……就是孙公子救了我，我很是感激……”

孙湘亭没有任何征兆地走进了巷子里，毫无防备的安珑月被他拽得往前一扑，差点摔倒在地。

“孙……孙公子，你不是说只是想和我上街转转吗，为什么要带我来这里？”

安珑月虽然是个性子纯善的，可现在也觉得事情有些不对劲了。她有些害怕地看了看空无一人的小巷，又看到带着诡异笑容的孙湘亭，怕得浑身的汗毛都立了起来。

“你对我很是感激，是不是就要报恩？”

孙湘亭一步一步把安珑月逼到了小巷尽头，他原本生了一张俊秀的脸，可在这忽明忽暗的小巷中却显得格外诡异。

“你不是说你要报恩吗？”

孙湘亭见安珑月想要出声呼救，一把捂住了她的嘴。

“不是对我一见倾心，挖空了心思要嫁给我吗？”

他弯下身子，凑近了安珑月，说话的时候轻轻嗅着，说完这话后还很是陶醉地闭着眼睛长叹了口气：“果然还是你这样娇生惯养的女人才有最好闻的女儿香。”

安珑月怕得浑身发抖，眼泪像断了线的珠子“啪嗒啪嗒”地掉着，她不断挣扎着，为了和孙湘亭见面而精心修剪过的指尖也在挣扎的过程中断掉了，指甲盖的一半都被掀了起来，鲜血滴了一地。

“等今日咱俩这事儿成了，那咱俩的亲事自然就板上钉钉了。”

孙湘亭从喉间发出一阵桀桀怪笑，凉得像冰块的手指从安珑月脸上划过，一直往下落到她的肩膀上，微微一用力便听见了一阵令人绝望的衣料撕裂声。

“唔唔唔……不要——”

安珑月双眼赤红，不断摇头想要阻止，却没起到丝毫作用。

她圆润白皙的肩头暴露在潮湿的空气中，眼前之景更是让孙湘亭兴奋得不像话，他甚至伸出舌尖在她肩头上画了个圈。

“这样的绝色，也没白费我这么多精力。”

孙湘亭笑得诡异，说话间巷子外面竟然走出来一群地痞瘪三——就是当日差点侮辱了安珑月的那群人！

“孙少爷，上次我们挨的那顿打可不算轻，您看……”为首的一个混混搓了搓手，看了眼被抵在墙头的安珑月，很是贪婪地咽了咽口水，面上的神情叫人忍不住犯恶心，“等你舒坦了，能不能让咱们兄弟几个也尝一尝？”

安珑月不敢置信地瞪大了双眼，绝望之中竟在孙湘亭点头说好的时候狠狠咬了一口他的手，正想冲出去却又被一把抓了回来，还没来得及有什么反应，就被一记耳光扇在了墙上。

“你居然敢咬老子！”

刚才那一口她几乎是用尽了全身的力气，把孙湘亭的手咬得血肉模糊，他痛得直甩手，一边还道：“要不是老头子不许我打你的主意，我才不会费这么多心思，你居然还敢咬我。”说完他啐了一口，“不识好歹的东西，赏给你们了！”

孙湘亭先前还想对安珑月做些什么，可手上传来的钻心痛意却让他彻底厌恶了她。他看了眼一脸急不可耐的混混，直接挥手像赏一件物件似的把安珑月交到了他们手上。

“可……孙少爷，她可是安远山的女儿……”

孙湘亭毫不在意地说道：“不过就是个商人的女儿，难道我还要不起了吗？出了事儿，自然有人替我解决。人都赏给你们了，还不快去！”

满脸鲜血的安珑月绝望地看着笑得一脸淫邪朝她走来的混混们，只恨自己当初错信了人，她是安家干干净净的姑娘，即便是死了，也不愿意受这种屈辱！

“你这个黑心烂肺的混账东西——”

就在她准备咬舌自尽的时候，突然听见一阵既熟悉又陌生的声音，安珑月迷迷糊糊地去看，依稀看见了姜绥绥。

她得救了。

今日上上下下折腾了一天，姜绥绥和顾昭鹤把浑身是伤的安珑月带回来的时候已是傍晚，安府上下几乎炸开了锅，恨不得直接把孙湘亭那个浑蛋给剁碎了喂狗。

他们虽及时把人救了出来，可带回来的时候安珑月已然晕厥，至今还没清醒。姜绥绥瞥了一眼和自己并肩而站的顾昭鹤，鼻尖始终萦绕着一股血腥味儿，皱了皱眉道：“安老爷，劳您给我一瓶金疮药。”

药很快就被送来了，顾昭鹤还以为她是哪儿伤着了，正准备问呢，却在听到姜绥绥话的时候愣住了。

“把外衣脱了，我给你上药。”

愣住了的不光是顾昭鹤，还有安府众人。

他们之前还因为顾昭鹤的态度心中有些不快，可如今得知他为了救自家小姐竟受了伤，哪里还敢有什么不痛快的，连忙又叫人去库房寻了更多的稀罕药来。

就在姜绥绥准备上药的时候，门口有个下人突然冲了进来，气儿都没喘匀就连声道：“老爷，孙家来人了！还把鸳鸯楼的杜三娘给绑了来！”

被姜绥绥压在凳子上准备脱去上衣的顾昭鹤眯了眯眼，刚要起身就又被压了回去。

“安老爷，我们稍后就过来。”姜绥绥淡声道。

安家还没腾出手来收拾孙湘亭，孙家的人倒是先找上门来了。

安府众人气得要死，听姜绥绥有要留下来做证的意思，一大群人便浩浩荡荡地去了正堂，屋子里瞬间安静了下来。

“里面这件也脱了。”

好在之前她替顾昭鹤重新上药包扎了一下，不然就刚才他揍那群地痞瘪三的几个大动作，他的手就别想要了。

“你受伤，是我连累你了。”

面对这样的姜绥绥，顾昭鹤竟然有些不习惯：“咳……是我自己受的伤，跟你没关……嘶——”

话还没说完呢，他的肩膀就被重重地一按，痛得顾昭鹤倒吸了一口凉气，脸色发白。

“我有法子自保，你以后不用为了护我再受伤。”

姜绥绥的声音有些闷，听见顾昭鹤的痛呼声后就收了手，稍微清理了一下伤口，打开那瓶金疮药，把药粉撒了上去。

顾昭鹤沉默了一会儿，良久才出声说道：“绥绥，我学的这一身本事，就是为了保护我在意的人。”

姜绥绥的手一歪，那瓶上好的金疮药竟撒了大半在桌面上。她稳了稳心神，装作没听到这句话，给他重新包扎好后便走到一旁净手。

“顾昭鹤，”姜绥绥背对着他，说话的时候还伴随着水流声，“你是不是一早就知道安珑月会被孙湘亭带到那条小巷去？”

她自诩是个有一双慧眼的聪明人，能看透众人，却独独看不穿他。

顾昭鹤听见她的话，脸上没有半分意外之色。他伸手拢了拢衣服，不想在这种事情上哄骗她：“我知道，却也不比你知道得早多少。我让我的人跟在孙湘亭身边，他见势头不对，这才用暗号通知了我。”

他抬脚走到姜绥绥面前，从怀里拿出一张干净的帕子，十分细心地把她的手给擦了个干净。

“我又不是什么神仙，如何能预知还未发生的事情？我虽不喜安家，却不会拿一个女儿家的清白来开玩笑。”

姜绥绥之所以问他，除了想知道顾昭鹤在这件事情里究竟扮演了什么角色之外，更想知道的是他的态度，好在这次他没有再瞒着她。

她心中有些微的喜意，一时竟也忽略了自个儿和他这过于亲密的动作——就像是已经习惯了似的。

“可还有一件事，我始终不明白。倘若孙湘亭当真喜欢安珑月，想娶珑月过门，大可再辛苦装一段时日。若是安老爷不肯听我的劝，铁了心思要由着安珑月的性子把她嫁进孙府，那他岂不是也能达成目的，为何还要多此一举？”

顾昭鹤像照顾小孩子似的把姜绥绥的手指一根一根地擦了个干净，又把人带回了桌边。他把刚才那瓶金疮药揣进怀里：“这可是好药，不能浪费了。”

他拉着姜绥绥坐下，又给她倒了杯茶，倒是半点不好奇孙家的人找上安远山到底想要做什么。

“原因其实很简单，孙家的长辈不肯应允这件婚事。”

姜绥绥有些疑惑地皱眉。

“你真当孙家的人都是傻子不成？孙家世代为官，自然清楚安家的本事。若当真由着孙湘亭将安珑月哄骗着娶进了府，只怕孙家这数十年来辛苦维持的体面顷刻间就会荡然无存。只这也就算了，安远山爱女胜过爱自己的性命，若知道自己的女儿被哄骗着跳进这么一个吃人不眨眼的火坑，只怕当场就能带人把孙府给烧了。孙家哪里肯冒这个险？可惜了，孙家出了孙湘亭这个孽障。他以为强占了安珑月的清白，家中就会松口，却没想到是他亲手在烈火上浇了一桶油。”

顾昭鹤捻了捻指腹上剩余的药粉，轻轻吹了吹：“实在是个蠢货。”

第六章

草菅人命，惨淡收场

JINGCHENG
XIAO
HONGNIANG

京城小红娘

安府正厅乌泱泱站了一大群人，安府众人因为安珑月差点遇险的事情脸色都十分难看，对上孙家来的人是半分好脸色都没有。

“孙昌海，这就是你孙家的孽畜干的好事儿！”

安远山素来心疼他的小女儿，孙家教出来的孽障害得安珑月差点没了命，这群人竟然还有胆子登他安府的门！

“安老爷误会了……”

说话的这位老大人名叫孙昌海，是孙湘亭早就辞去官职的祖父，已年逾古稀，身子算不得硬朗，本该有个安逸舒坦的晚年，如今却为了那个不争气的孽障，放下脸面称安远山作“老爷”。

“我女儿被你家的孽障诓骗坑害，险些丢了性命，如今人还躺在床上昏迷不醒，你竟说这是误会！”

“安老爷，我孙家世代为官，又都是读书人，我那孽子虽才学差了些，本性却不坏，是断断做不出伤害贵府千金的事情的。”孙湘亭的父亲急急开口道，字字句句情真意切，说得就像孙湘亭受了多大委屈似的。他这人无论才干还是谋略都比不过孙昌海，唯独长了一条见人说人话见鬼说鬼话的舌头，说完这话他眼眶一湿，硬生生挤了两滴眼泪出来，见安家无人搭理，这才作罢。

孙父抬手揩了揩眼角的泪，指着被五花大绑的杜三娘道：“今日之事都是杜三娘挑唆，否则湘亭是断断不敢做出这种混账事的啊！”

杜三娘一看就是被人强抓起来的，衣衫凌乱不说，脸上更是有一个清晰的巴掌印，又被孙父一脚踹翻在地，整个人看起来好不狼狈。

她听到这话的时候十分激动，嘴里不断发出“唔唔唔”的声音，挣扎着想要站起来。可押着她的是两个粗使婆子，她们干惯了粗活，气力本来就大，更是没有怜香惜玉的意思，用力一摁就又把杜三娘摁回了地上。

“你们实在是欺人太甚！以为推一个替罪羔羊出来，我就会放过孙湘亭那孽障吗？”

安远山又不是傻子,这杜三娘一看就是孙家为了救人找的替罪羊。杜三娘是帮凶，他自然不会放过，可孙湘亭这个始作俑者也别想讨到好果子吃！

“我告诉你，孙湘亭的命，我安家要定了！”

“你敢！”

沉默了许久的孙昌海突然开口，他双眼混浊，却泛着精明的光，拐杖在地上杵了两下，径直走到安远山面前，开口道：“安老爷，私自关押百姓，这可是触犯我朝律法的。”

安远山的脸色越发难看。

“就算我们今日要走，也一定要带着湘亭一块儿走！”

孙昌海这是宁愿和安家杠上也要保住孙湘亭的命了。孙家三代单传，到这一辈又只有孙湘亭一个孩子，若是孙湘亭折了，那他孙家的香火就断了！

他们刚才已经好话说尽，又推了个杜三娘出来，可安远山仍不依不饶，半点松口的意思都没有。

孙家已经渐渐显露出颓势来，若再保不住孙湘亭，那孙家就真的完了！

孙昌海咬了咬牙，眼中闪过一丝狠意：“事情真相如何自有顺天府的人来断定，还请安老爷把我孙子交出来！”

安远山大怒，直接拿起一杯已经凉透了的茶重重往地上一砸，茶杯顷刻间碎了一地。

看孙家这个态度，若是他们当真把孙湘亭接回去了，安家哪里能找得到人！到时候这位孙老先生进宫在皇上面前哭求一番，若是以命相挟，只怕这件事最后也只是个大事化小、小事化了的结果！

“孙昌海，你欺人太甚！”安远山哪里还能忍，他气得浑身颤抖，脑袋一阵发晕，伸手指着孙昌海的手一个劲儿直抖，“滚！你们全给我滚出去！”

孙昌海今天来之前便打定了主意要把孙湘亭给带走，便是拼着把安家上下都得罪个遍，也要保住他的命！

“我还当孙老先生是来给自家的孽障求情的呢。”

就在安、孙两家已然开始动起手的时候，正厅外突然传出一道慢慢悠悠的声音，音量不高，却像一柄利剑猛地划破厅中的喧闹。

“原来为了这么个混账东西，连自家的脸面都可以不要，啧啧啧。”

孙昌海作为孙家的家主，今日做这事情本就失了体面。如今那人不仅毫不掩饰地说了出来，最后啧啧几声更像是当众扇了他那老脸几巴掌。

孙昌海大怒，猛地回神去看说出这话的人，可就在看到来人的时候一下子噎住了，像是被人一把扼住了喉咙。

顾……顾昭鹤！

“怎么？”

顾昭鹤和姜绥绥一道走了进来，他看着脸色突变的孙昌海，脸上的嘲讽之色不减反增，还径直走到他面前，轻声道：“是我说错了不成？”

“顾……顾……”

孙父正等着自家父亲说话，却半天没等来后文，又见自家老父亲居然被一个看起来不过二十出头的年轻男子逼问，心中大怒，当即就要伸手去推人，可他刚伸出手就被顾昭鹤用折扇打歪，还被顾昭鹤似笑非笑地盯着。

孙父被盯得浑身不自在，四十多岁的人了，竟躲到自家老爹身后。

顾昭鹤和姜绥绥一出现，屋子里就安静了下来。刚才拼着和安家撕破脸也硬是要把孙湘亭接走的父子俩也安分了许多，正厅一时竟诡异得有些吓人。

顾昭鹤不喜人多的地方，他有些不耐烦地把两家的下人驱散开，拉着姜绥绥便寻了个舒服的位置坐下。

他这人一向懒散，没骨头似的坐在椅子上，右手撑头，有一搭没一搭地抬眼看着已经被气得脸色发白的安远山，还有自他出现后就神情复杂，再不敢过多言语的孙昌海。

“不过既然孙家两位大人今日都找上门来了，若是不亲眼看看那孽障，怕是轻易不肯走了。再说了，他们不是把杜三娘给绑来了吗？总得对一对口供才行，是吧？”

顾昭鹤一口一个“孽障”，听得孙家人脸色发黑，十分憋屈，却偏偏没敢出声反驳，比起刚才在安远山面前的放肆强势，如今就像被人上了枷似的，老实得很。

安家长子闻言，看了自家被气得连话都不怎么说得出的父亲一眼，见他略一沉思后挥手点头，这才走出去，准备亲自把孙湘亭这个畜生给带过来。

姜绥绥从进来之后就一直没说话，只偶尔看顾昭鹤一眼。

但凡是长了眼睛的人都看得出来，顾昭鹤出现后，孙昌海的转变到底有多大，他连安家都敢得罪，为什么会怕这个年轻人呢？

“绥绥，”兴许是姜绥绥的视线过于明显，原本撑着头闭目养神的顾昭鹤突然抬眼看了过来，“你这样看我，我会心动的。”

他生得俊美，抬眼时眼波流转，竟比花楼的花魁还要妖上几分，说完这话还轻眨了一下眼睛：“有什么咱们回家再聊。”

顾昭鹤太会撩了。

姜绥绥被他这言语动作搞得浑身一个激灵，赶紧收回视线端端正正地坐好，生怕旁人觉得她不是个正经人家的姑娘。

可就在她收回视线的时候，却突然瞥到了在她正对面的孙昌海。孙昌海在朝堂沉浮几十年，一双混浊却精明的眼睛似能看穿人心——总之，这种被上下扫量打探的感觉让她很不喜欢。

在她皱眉想要起身换个地方的时候，孙湘亭被带过来了。

顾昭鹤还真是半点都没留情啊……

姜绥绥抬眼看过去，只见孙湘亭的脸肿得像猪头，一双眼睛乌青发紫，嘴角还有未干的血渍，走路的时候右手一甩一甩的，竟是被打断了骨头，嘴巴还同杜三娘一般被一块脏兮兮的不知道拿来做过什么的破布塞着，能看见的地方没有一块好地儿，更别提看不见的地方了。

孙家人简直不敢相信，这个已经被打得看不出人样的人会是他们捧在心尖尖上的孙少爷。

“安远山！你竟然敢滥用私刑，我定要去敲登闻鼓，告诉皇上你所犯之罪！”

“都给我闭嘴！”姜绥绥忍无可忍，重重一巴掌拍在旁边的小几上，虽然手掌痛得发麻，可她面上却半点没显露出来，“我们找到安小姐的时候，这畜生正欲行不轨之事。”她语带嘲讽，“不痛打一顿，难不成还要八抬大轿把你家金尊玉贵的孙少爷请出来？”

明明是姜绥绥在说话，孙昌海却死死地盯着顾昭鹤，看得出来他已怒不可遏。

“既然人已经带上来了，安老爷还不赶紧问问？”

顾昭鹤对安家和孙家的态度都十分微妙，不说尊敬或是冷淡，却带着叫人无法忽略的嘲讽，仿佛十分乐得看这两家狗咬狗似的。

安远山虽然察觉到了这一点，如今却不是纠缠这件事的时候。他让人取下塞住孙湘亭嘴巴的破布，当着孙家人的面押着他跪了下来。

“我问你，是不是你诓骗了珑月，还险些污了她清白！”

破布被扯下来，众人才发现，孙湘亭的牙齿被打掉了几颗，原本还算得上一个俊秀公子，如今看来竟连个乞丐都不如。

“不过就是个富商的女儿，我便是欺辱了又如何？再说了，是她一门心思要嫁给我，我不过是把该做的事情提前给做了。”

这种事情，孙湘亭不是第一次做。但凡是他干的混账事，孙家都会在他屁股后面跟着收拾。即便这次挨了打、吃了亏，他仍没长记性，只觉得是安珑月那女人不老实安分，才害自己吃了这么多苦头。

他心中觉得憋屈，又看到了孙家来的人，底气自然足了不少。即便如今被人反绑着双手压在地上，他也半点认错的意思都没有，竟还冷笑几声，十分嘲讽地看着安远山道：“一个商贾出身的女子能嫁进我孙家，这可是几辈子修来的福气。”

不得不说，孙湘亭在作死这件事上真是极有天赋的，只他这两句话一出口，孙、安两家的人都恨不得冲过去撕烂他的嘴。

即便是孙昌海这个为了救他连脸面都不顾的老臣，听见这话都恨不得抽他一巴掌。这个孽障还嫌事情闹得不够大吗？

“大不了一顶小轿抬回府去，这已经是莫大的恩赐了。”孙湘亭还好死不死地又补了一句。

安远山的几个儿子闻言哪里还能忍得住，径直冲上去，沙包大的拳头雨点似的就招呼过去了。

孙湘亭登时就吓得往后撤，甚至还连声高呼“爹爹、爷爷、伯伯、婶婶”地把自家亲戚给喊了个遍。

“安远山，你竟然就由着你几个儿子滥用私刑——”

“孙昌海，护短可不是你这样护的！”

安远山也是汴京城中有头有脸的人物，孙湘亭害他女儿又如此欺辱，真当他安家是吃素的不成！

“我告诉你，你孙子的命，我要定了！”

安远山目眦欲裂，如同一头被惹怒的雄狮，径直走到了孙湘亭面前，一把揪住他的领口。孙湘亭刚才被安家几兄弟混合暴打了一顿，原本就肿得跟猪头似的脸越发青紫，口鼻处还流了不少血。

“就算你去告御状，孙湘亭也必须死！”

安远山说完这话，把人重重往孙家众人面前一甩，自己也气得胸口发闷，捂着倒退了小半步。

如今这局势，如何还能善了？

姜绥绥和顾昭鹤坐在旁边，像个局外人似的一直没说话，却始终注意着大厅里的情况。原本姜绥绥在听见孙湘亭那禽兽不如的话时就准备起身，却被顾昭鹤一把摁了下来，他伸手用食指压住她的双唇，轻“嘘”了一声，眼底带了几分复杂的笑意，然后微微冲正起着冲突的两家人扬了扬下巴，示意她继续往下看。

孙昌海脸色一沉，一双混浊的眼睛紧紧盯着脸色被气得发白的安远山：“安远山，你可别忘了，是你的女儿主动找上我家湘亭，也是你安家先表露出要与我府上结亲的意愿的。”他眼中划过一道精光，“安远山，说不定是你的女儿主动示好求爱，若是如此，也怪不得我家湘亭了……”

孙昌海哪里还有一朝老臣的样子，他说这话和地痞无赖又有什么差别？孙家的列祖列宗若是有灵，只怕会被这祖、父、孙三人气得直接从棺材里蹦出来！

“安老爷，大家都是男人，既然有女子主动投怀送抱，哪儿有往外推的理。你说是不是？”孙父还连忙添了一句，“分明是你教女无方，教出个轻浮不自爱的女儿，如何能怪到我儿子头上？”

这孙家父子俩读的圣贤书只怕是全读进狗肚子里去了，这种颠倒是非黑白甚至还带了几分恶心下流的话竟然都能说得出来！

安远山险些被气得当场昏厥过去，即便是强撑着一口气没倒下，那也是被气得说不出话来了。

就在此时，已然被人忽略了的杜三娘突然开始剧烈挣扎起来，也不知费了多少力气，竟把堵住自己嘴巴的破布给顶了出来。

“我知道，我知道造成这件事情的凶手到底是谁！”

杜三娘的嘴被堵了许久，连带着声音也有些沙哑，她的双手双脚都被绑着，只能像虫子一般在地上蠕动。杜三娘很是费劲地仰起头道：“这件事情是有人下了圈套！”

姜绥绥心中“咯噔”了一下，下意识地抬眼去看杜三娘，却正好对上她阴毒的视线。

杜三娘抬起自己被紧紧绑着的双手，略过众人直接指向坐在一旁的姜绥绥：“是她！这一切都是姜绥绥精心安排的！”

莫说是被杜三娘指着鼻子的姜绥绥，便是一门心思想要保住孙湘亭性命的孙家和怒急攻心、欲杀之而后快的安家，听到这没头没脑的一句话也都蒙住了。

这件事情跟姜绥绥又有什么干系？

“当日英雄救美的戏码是姜绥绥一手安排的，拒绝安珑月替她和孙湘亭拉红线也是姜绥绥计划中的一环。就连到后来安珑月找上我，这也在姜绥绥的计划之中！”

姜绥绥看了过去，只觉得荒唐得好笑。

她的安排？她的计划？她一天到晚是找不到事情做了吗？连这件事情都能往她脑袋上扣？

“对！就是她！就是她！”

杜三娘这一听就是信口胡诌为了给自己脱罪编出来的话，竟像是提醒了孙湘亭一般，兴许是他才挨了打，长了点记性，不敢再像刚才那样放肆，又忽然想起了什么似的，忍着痛用那只暂且还能动的手在怀里掏了掏，竟掏出一封染着鲜血的信来！

孙湘亭面上神情不似作假，他紧紧捏着手里的那封信，满脸恨意地看着姜绥绥：“当日分明是你给我写信，让我到鸳鸯楼去找杜三娘的！”

若只有杜三娘说这话，在场众人并不会信，可如今孙湘亭不仅说杜三娘所言不虚，甚至还拿了一份姜绥绥的亲笔书信来。

他们可以说假话，可信又作何解释？

姜绥绥脸上的笑意淡了不少，目光落在了那封至关重要的信上。

杜三娘说得没错，这的确是一个局。

可这个局要害的不是孙湘亭，也不是安珑月，布局之人兜了这么大一个圈，竟是冲着姜绥绥来的！

“你们若是不信，大可拿去看一看，这封信到底是不是姜绥绥的亲笔书信！”

那信上的内容极简单，只有短短几句话，大意是让孙湘亭去鸳鸯楼找杜三娘便可成事，还说什么后面的事情她自然会替孙湘亭解决。最后一句是让他阅后即焚。落款也很是简单，只有一个“绥”字。

杜三娘本想拉姜绥绥下水，却见她看信之后竟冷静了下来，不由得有些慌乱了。

孙湘亭手里的那封信是她寻来高手模仿姜绥绥笔迹写的，同她的亲笔根本别无二致，不可能有人看得出来，只要此事一成，一线牵就是她的了。

“这封信，不是我写的。”

杜三娘还没来得及往下想，姜绥绥就将信拍在了桌上：“我幼年学写字的时候贪玩不用心，总是容易在绞丝旁下面多加一点。”她的手指点了点落款的那个“绥”字，“这封信虽仿了我的字，却把这一点给忽略了。大人若不信，大可去一线牵找我过往的书信，一看便知。”

杜三娘脑中一阵轰鸣，生怕计谋败露，急急道：“谁知道你是不是故意少写一点的！”

“安老爷，这事儿只怕确有蹊跷。”孙昌海及时出声道。

杜三娘和孙湘亭口径一致，掉转枪头对准姜绥绥，倒是让他找到个机会。他们的目的是救孙湘亭，不管是拖杜三娘来当替罪羊还是让姜绥绥来当，只要能让安家放过孙湘亭，那便达到了目的！

孙昌海转了转眼珠子，不过片刻就分析出了利弊来，得罪一个只不过在京中稍有名气的红娘，自然是比与安家撕破脸皮要划算得多。

所以这件事不管是不是姜绥绥做的，为了保下孙湘亭，这些事情都必须是她所为！

孙昌海目光沉沉，犹豫再三后从怀中拿出了另一封信：“说到信，我这里也有一封。”

姜绥绥的脸色在看到那封信的时候登时大变，满脸不可置信地直接站了起来，便是她看到刚刚那封信，都没有现在这般震惊。

那封信怎么会在孙昌海手里！

“这是一线牵的下人送到我这里来的。”

这分明是姜绥绥写给安远山的信，里面提及的全是孙湘亭曾经做过的混账事！

孙昌海拿着两封信一对比，字迹分毫无差！若不是姜绥绥笃定自己根本没写过什么让孙湘亭去鸳鸯楼的信，只怕连她自己也要信了。

布局之人究竟是谁？其心思竟缜密若此！

安远山先前还不信，可这两封信皆摆到他面前的时候，竟也有些动摇了。

如果这真是姜绥绥自导自演的一场戏，是她挑唆孙湘亭害了安珑月，又在他面前出演了一场及时相助的戏码，岂不是把他安家上上下下都当成跳梁小丑了吗！

姜绥绥恨得咬了咬后槽牙，起身走到孙昌海身边，把那封信拿了过来：“这封信……”

她原本想拿给安远山看一看，这信原是她送给安家，让安老爷多长个心眼去好好调查一番的，却在快速翻阅后发现，这封信竟莫名多了好多内容。不仅多了许多连自己也不知道的孙湘亭的往事，言语间竟还多了几分威胁之意。原本她写这信是为了安珑月好，可如今这信中的内容却成了她知道孙湘亭过往所做的混账事，并以此来威胁孙家，要孙家同意孙湘亭求娶安珑月！

姜绥绥不由得背脊发凉，一股寒气从脚底板直蹿天灵盖，竟让她生出两分惧意来。

“姜老板，这两封信，你作何解释？”

孙昌海把信夺了回来，他想到两个时辰之前他在书房和孙父商议此事时，从窗外射进来的一把飞刀，刀尖上就钉着这封信，他们原以为有人想借此威胁，却在读信的时候发现是白鹿纸。

那位大人，只用白鹿纸。

孙昌海一直不知道这封信的用处，没想到这会儿却派上了用场，想来是那位大人料事如神，一早便帮他备好了这些东西。

只要能救下孙湘亭，死一个无关紧要的姜绥绥又有什么关系？

姜绥绥深吸了口气，微微抬了抬下巴，压下自己满腔的疑惑和些微的惊恐之意，十分冷静地对上孙湘亭的眼睛：“满汴京城谁不知我与杜三娘不合，为何会让你到鸳鸯楼去？是求财，还是求名？”她的声音平稳无波，不吵也不闹，问出来的话却直戳要害，“若是为钱财，那我大可在安家众人面前掩藏你的本性，出手助你和安珑月结亲，这岂不是更好？安家乃汴京首富，安珑月又是安老爷放在心尖尖上的爱女，若我应了他们的请求，他们可会在银钱上面苛待我？”

姜绥绥站直了身子，脸上瞧不见半分心虚，她坦荡的模样竟叫孙昌海微微眯了眯眼睛。

像，这个姜绥绥和当年那个人，太像了。

“若是为名，一个是汴京首富，百姓口中的大善人之女；一个是书香门第，世代为官的孙家公子。若我出手让他们二人成婚，又岂愁名声？”姜绥绥掀起眼皮，面上虽看不出什么情绪波动，眼底却酝酿着一场暴风雨，“更何况，我又为什么要在信中威胁你们孙家答应孙湘亭求娶安珑月的事？若我真想如此，一早应了安老爷和安小姐的请求不就成了？何必多此一举，要孙湘亭去鸳鸯楼找素来就与我不合的杜三娘？又和他们一起伤害安小姐？这于我又可有半分好处？”

姜绥绥所言有理有据，倘若这个局当真是她布下的，那她所做之事根本就是自相矛盾，怎么圆都圆不起来。比起害了自家女儿还毫无悔改之意甚至仗势欺人的孙家，安远山听了这有理有据的辩驳后自然是更信她的，他脸色难看，只觉得孙家和那杜三娘沆瀣一气，就是为了让姜绥绥来背这口黑锅，好叫他们把孙湘亭给放了。

“来人啊！”安远山重重地在身旁小几上一拍，“把他们给我……”

“你要给你爹娘报仇，因为你是——”

杜三娘看准了时机正要说话，一柄淬了剧毒的飞刀竟从大敞着的正厅门外飞了进来，直冲她的咽喉扎去。杜三娘还没能把最后一句话说出来，就被封了喉，鲜血溅了安远山和孙湘亭一身，场面一度混乱，根本没人注意到离安府不远的一棵老树上蹲着个看似肥胖、动作却极其灵巧的人，不过眨眼的工夫便没了踪迹。

“到底是什么人，竟敢在我安府行凶！”

安远山起身，赶紧吩咐府中侍卫搜寻，又派了更多的人去安珑月屋外守着，还叫几个儿子赶紧去看看。

安家和孙家都不是什么等闲之辈，如今这两家人同处一室，竟然有人敢在他们前面当众行凶！

杜三娘死之前还在指认姜绥绥，难道这二人还有别的什么关系？

孙昌海能想到的安远山自然也能，这两位家主都下意识地朝被顾昭鹤护得好好的，连半点血腥都没见到的姜绥绥看了过去。

姜绥绥心中有些发慌，这件事情处处都透露着诡异。杜三娘为什么会莫名其妙地指认她，那两份模仿她笔迹的书信又是从何而来，还有……

给爹娘报仇，她娘生她的时候难产而死，爹爹又活得好好的，正在外游历。报仇？她报什么仇？

姜绥绥心中“咯噔”了一下，只觉得自己眼前隔了一层浓雾，明明真相就在离自己不远的地方，可她却根本看不清楚。

她咬了咬下唇，强忍着恶心稍稍扳开顾昭鹤捂着自己眼睛的手，从指缝中匆匆瞥了瞪大眼睛、一脸迫不及待正要说什么的杜三娘一眼。

她到底要说什么？又为什么会招来杀身之祸……

姜绥绥只觉得头痛欲裂，安远山和孙昌海怀疑的视线她不是没看见，可不仅是他们，连她自己也想不出合理的理由来解答这个问题。

那布局之人正一步一步地逼着她往深渊里跳，她要如何应对？

“安老爷可还记得之前绥绥告诉你，她曾写了一封信送到你府上，你却未能收到？”

安府的下人动作极快，很快便拿了块白布把杜三娘的尸体遮盖起来，又有几个下人去了顺天府，就在所有人都因为杜三娘突然遇刺而人人自危的时候，顾昭鹤却没头没脑地提起了信中的内容。

“安老爷大可看看，左右你府中的下人也去请顺天府尹了，到时候也好直接把人给带走。”

顾昭鹤看见杜三娘的尸体已经被遮盖好，这才放下一直挡在姜绥绥眼前的手，又看见孙昌海准备把信给藏起来，便抬脚走到他跟前，不由分说地夺了过来。

“既然孙老先生说这封信是姜绥绥写给你的，刚才又一直拿这封信中的内容做文章，那咱们这些与此事有关的人，自然也该看一看。”

孙昌海的脸色极其难看，在看见安远山已经开始翻阅起信件时，他便思考着要如何把信中所说之事往外推了。

安远山原本没打算看，可顾昭鹤不由分说地把信扔到自己面前，又似笑非笑地看着他，他竟有些抑制不住地开始往下看，越看脸色就越差，等看到最后的时候已然是怒发冲冠，把那几张纸往旁边重重一拍！

“好你个孙家，竟然如此包庇孙湘亭！”

抛开信中以姜绥绥口吻所威胁的种种，里面讲的全是孙湘亭这十多年来犯下的混账之事！此人之坏，根本是坏到了根儿里！

不过七八岁时，就因为房中一个下人不小心打碎了他的玩具，他便硬是把人给打死了；十多岁的年纪就开始在女人堆里游走；十五岁的时候强占了房中一个小丫鬟，最后还活生生把人给折磨死了。最最可恨的是，他分明没有娶亲，府中却已然有了二十多个通房，连女儿都四岁大了！

这桩桩件件，便是把孙湘亭杀了剐、剐了杀，死上数百回都不够！

枉他孙家还自称是读书人，这些事若是传到天下读书人的耳朵里，只怕都要羞愧而死！

安远山一想到自己差点听那杜三娘的话把安珑月嫁给孙湘亭就一阵后怕，孙家根本就是一个虎狼之窝，安珑月若当真嫁了过去，哪里还有命活！

相比起安远山的愤怒，孙昌海倒是冷静多了。

孙昌海原本想把信抢回来，却被顾昭鹤截和。那封信被顾昭鹤夹在指间，便是孙昌海再如何恼恨，也不敢直接从他手里抢走。

毕竟眼前这位，即是当今圣上也要让着几分。

“安老爷，这信中内容又怎可轻信？倘若我家湘亭真是这种人，那这么多年来，怎么一点风声都没传出？”孙昌海轻笑一声，脸上也没有什么情绪起伏，“想必安老爷在此之前就派人查过，连您都查不出来的事儿，姜绥绥一个小丫头又是怎么知道的呢？”

顾昭鹤等的就是这句话。他轻笑了一声，扬了扬手里的几张纸。

孙昌海便是再怎么奸猾，到底是上了年纪，比不上他们年轻人。他还当自己刚才那套说辞已然是天衣无缝了，却在看到顾昭鹤那张似笑非笑的脸时才意识到，他犯了个致命的错误！

“既然孙老先生说这信中的内容是假，那些事情不可信，那怎的又一口咬定这信是姜绥绥写来威胁贵府的呢？既然是假的，不理会不就行了？倒是难为孙老先生时时刻刻都把信带在身上，还得费心记着这事儿了。”

顾昭鹤这人懒洋洋地说话的时候就自带嘲讽，偏偏此时还在漫不经心地捏脖子，又抬眼斜睨了孙家父子俩一眼：“先前孙大人说孙湘亭只是被杜三娘和姜绥绥挑唆，又是在安家小姐引诱之下才做了错事，把自个儿的儿子择得干干净净。如今孙老先生又说信中之事都是胡编乱造的，反倒让人觉得孙湘亭才是受委屈的那一个。这话都被你们说了，可还有天理了？”

“你——”

“孙老先生别急着生气啊，更让人恼怒的事儿还在后面呢。”

顾昭鹤从小就是被宫中那几位宠着长大的，比孙昌海年纪更大、地位更高的臣子他也气过，还能被这人给吓到了？

顾昭鹤完全没把孙昌海放在眼里，更不想再看他那吹胡子瞪眼的老模样，扭头就对上安远山的眼睛：“我知道安老爷对孙家之事不感兴趣，可你们两家到底是差点成为亲家，再加上……”

姜绥绥像是意识到什么似的，抬头朝顾昭鹤看了过去，正巧对上他的眼睛。

“你先前不听绥绥之言，又对她多番无礼，所以这件事，你不想听也得听。”

顾昭鹤这话说得很是狂妄无礼，却又叫人生不出什么反感来，倒是害得姜绥绥莫名其妙地脸一红，总觉得像是在给她出气。

不等安远山说什么，顾昭鹤就拍了拍手：“把人带进来吧。”

众人纷纷朝门外看过去，只见来人穿着一身粗衣麻布，皮肤黝黑，一看就是个老老实实、和在场众人格格不入的乡下汉子。

“冬生？”

就在众人都摸不着头脑的时候，姜绥绥突然开口喊了一声。虽说当年她年岁尚小，可还是依稀记得冬生模样的，只不过眼前之人更苍老，也更颓废了些，没了以前的少年模样。

顾昭鹤上午才说要帮她找人，可没想到这么快就把失踪多年的冬生找了回来。他到底是什么人，竟有如此本事？

那汉子有些木讷，见到姜绥绥这个曾经的主子也没多说什么话，只红着眼圈闷闷地喊了声“姑娘”。

当年他在一线牵当差的时候，不管是楼主还是姜绥绥，对他们这些下人都极好。尤其是在发生了那件事之后，不仅没辞退他，还给了他不少银钱。

“姜老板，这是什么人？”

安远山刚问完话，门外就一阵喧闹，原是顺天府尹带着人过来了。

孙昌海没想到安家的下人当真把顺天府尹给叫了过来，下意识地有些心虚，盘算着待会儿要怎么护住脸面。可就在他刚抚着脑袋准备以身体不适这个理由先走一步的时候，却被顾昭鹤给盯上了。

“孙老先生可别在这个时候说自己身子不舒服啊。”

孙昌海脸色一僵。

“顺天府尹刚过来，您这样岂不是明摆着心虚吗？”

顾昭鹤笑眯眯的，不知道从哪儿摸出两枚泛着寒光的银针来：“若孙老先生当真身体不适，我倒是可以给您扎几针——对了，一百两银子一针，概不还价。”

“不劳你费心了！”孙昌海恨得咬牙切齿，最叫他憋屈的是这人他偏偏还惹不起！

“周大人来得正好，先前……”

安远山刚迎过去要说什么，就被顺天府尹周大人给打断了。这位周大人今年刚好四十岁，天生一张刚正不阿的黑脸，素来是个不会讨好人又软硬不吃、油盐不进的性子，所以当今圣上才放心让他坐上顺天府尹的位置。

“发生的事情我已经知道了。”周大人说话也硬邦邦的，从里到外都跟个石头似的。

顾昭鹤听见动静，下意识朝门口一看，突然瞧见了一张很是熟悉的脸，他眼皮子抽了抽，动作极快地往旁边一歪，生怕被那人看见。

姜绥绥觉得有些奇怪，顺势看过去也没看见什么奇奇怪怪的人，清一水儿的男人，不过……这周大人身后跟着的那人，怎么好似一直在盯着顾昭鹤看？

“本官此次过来，除了处理杜三娘被害一事，还有就是为了孙湘亭迫害安珑月之事。”

周大人挥了挥手，示意手底下的人去验尸，自己则径直走到正厅中央，看样子是要把此处当成公堂。

一看到周大人，孙家人脸上纷纷显露出几分着急之意来，便是先前不可一世、无法无天的孙湘亭也有些露怯，一个劲儿地往后躲。

可他没躲多久，就被衙役押过来跪下。那些个衙役都随了周大人的冷脸，唬得孙湘亭腿肚子打战，竟害怕起来。

周大人此番前来是为了办案，自然得公事公办，他冷眼瞧了瞧姜绥绥，半点怜香惜玉的意思都没有："宣疑犯姜绥绥上堂。"

顾昭鹤闻言忙转过头来，正想说什么，却被姜绥绥摁住了。

她没做过那些事儿，行事坦荡，自然不怕审。

"姜绥绥，本官问你，杜三娘被害一案与你可有什么关系？"

姜绥绥挺直了腰杆，毫无惧色："无关。"

"本官再问你，你是否指使孙湘亭迫害安珑月？"

"没有。"

"分明就是她——"

姜绥绥话音刚落，与她并排跪着的孙湘亭猛地出声，很是激动地挣扎了起来，伸手指着姜绥绥。

"放肆！"

孙湘亭还没挣扎起身就被衙役们叉着趴在了地上，他被周大人这声呵斥吓得一惊，浑身一颤，哪儿还说得出话来。

周大人为官二十年，从未审错过一桩案件，更是没人能躲过他的眼睛。他问话的时候姜绥绥眼神澄澈，与他对视时也不曾心虚闪躲，倘若当真是她做了这些事情，那这位小姑娘委实可怕了些。

不过……

他又看了姜绥绥旁边神情依旧激动的孙湘亭一眼，目光落在一脸担忧却又十足十心虚的孙家父子俩身上。

比起姜绥绥，孙家这几个人的嫌疑实在太大了些。

孙昌海有些心疼地看了自己孙子一眼，又见堂上的周大人根本没把姜绥绥当成真的嫌犯，刚才问的两句话无非就是走个过场，他心中有些不舒坦：“姜老板否认得倒是快，可这两封信又作何解释呢？”说完还故意看了看顾昭鹤，把众人的注意力引到了他身上。

顾昭鹤倒也不说什么，老老实实地把手里的信递了上去。

“孙大人活了七十多年，不会不知道这世上有人极善于仿人笔迹吧？技艺高超者仿出来的笔迹甚至连本人也很难分辨清楚。”顾昭鹤挑了挑眉毛，又斜睨了站在一旁看好戏看得正起劲的安远山一眼，“想必这件事情，安老爷是很清楚的。”

安远山突然被喊了一声，下意识地对上顾昭鹤那双眼睛，这个人分明在笑，可眼底却一片冰寒，叫人觉得后背一凉，那件久远得已经快遗失在他脑海中的往事竟然又浮现了出来。

安远山有些心慌地往后退了小半步，再抬头去看时却见顾昭鹤已然收回了视线，刚才那令他窒息的压迫感才总算是稍减了些。

周大人听完自然更是偏向相信姜绥绥的，他又有心要吓唬吓唬孙湘亭，于是让姜绥绥起身在旁候着，然后让人把冬生带了上来。

“堂下何人？”

刚才冬生进来的时候姜绥绥并没注意到，此时他被宣了上来，她才发现冬生竟瘸了一条腿！这又是怎么回事？

“草民冬生，青阳县人士，数年前曾是一线牵的护院。”

“你今日来可是有什么冤屈？”

冬生很是痛苦地闭了闭眼睛，这些年来他吃的苦、受的冤屈在这一刻统统涌了上来。他吐出一口绵长的气，抬手猛地指向仍旧被衙役叉在地上的孙湘亭。

“草民要告签书枢密院事之孙、中散大夫之子孙湘亭强抢民女、草菅人命、仗势欺人和企图杀人灭口之罪！”

孙昌海闻言直接起身，满脸不可置信地看了过去。

孙湘亭做过许多混账事，其中十有八九都是孙父去处置的，他只插手了一件事，在听见冬生所言后瞬间想起了当年之事。

这个人不是已经死了吗？他怎么会出现在这里？

孙昌海这个反应有些反常，在场众人的视线纷纷落到了他身上。

冬生说完，脸上满是无法抑制的恨意。

“草民本是青阳县人士，十五岁时和自幼便定下亲事的未婚妻宝荷一同来到汴京。草民因幼时跟着猎户学了几分拳脚功夫，便进了一线牵当了护院，宝荷则进了孙府当丫鬟。”

这件过了快十年的往事被冬生重新提起，带了几分让人无法忽视的压抑。

“我们本想攒点银子回乡下成亲，可就在我准备向姜老板辞行的时候，却收到了宝荷送来的求救血书。信中说，孙府的少爷风流成性，要逼着纳她做小妾。宝荷抵死不从，孙湘亭那混账便敲晕了她，逼着对她行了……”

冬生有些哽咽，眼睛红得吓人，他缓了两口气，颤抖着手从怀中把当年那份求救血书掏了出来，因为时日太久，血书已然有些泛黄，可上面的血迹却不曾消退。

周大人表情肃穆，亲自接了过来，一目十行地看了数遍。

“孙湘亭害了宝荷，却在几日后就彻底厌弃了她。宝荷见孙湘亭不再来寻她，便决定寻死，却又挂念着我，便在寻死前求了一个同她交情甚深的姐妹将信送来了我这里。可宝荷让人送信之事被孙湘亭发现，他竟然活生生用鞭子把宝荷鞭打至死！连那个替宝荷送信的姐姐也受了牵连，被孙湘亭打断了两条腿！”

冬生所说的每一个字似乎都带着淋漓的鲜血，又像是一双手揭开了被孙府藏着掖着这么多年的令人作呕的真相。

周大人把血书放到一边，神情冷厉地看着堂下红了眼睛，不知何时已经满脸泪痕的冬生问道：“这些事情，你是如何得知的？”

“我如何得知？”冬生仰头笑了一声，“我收到那封信便找到了孙府，可孙府众人不仅把我痛打了一顿，孙湘亭得知我来的消息后竟直接把我绑到了宝荷面前，让我亲眼看着宝荷是如何被鞭打至死的，甚至连宝荷的尸体我都没办法带走，还亲眼看着他把宝荷推进了孙家的荷花池！”

听见“荷花池”三个字的时候，孙家人的反应都有些奇怪。周大人眯了眯眼睛，默默地叫来了几个衙役，悄声安排了下去。

冬生攥了攥自己的左腿：“我已经把血泪咽进了肚子，可孙家的人还是不愿意放过我们，竟在深夜派人烧了我和宝荷家人的房子，整整十七口人，竟无一人生还！若非老天怜我，让我捡回了一条命，只怕这些冤屈早就化作灰烬了！”

之后，冬生不再说话。莫说是姜绥绥，便是原本对孙家所做之事毫不关心的安家人也忍不住后怕。

孙父脸上的汗在听到冬生说的第一个字后就没有消失过，待冬生把那件掩藏了近十年的事情始末说完之后，孙父的手脚已然冰凉，后背早就被汗浸湿了。

“父亲……”他本就是个无用的，遇到这样的事情更是六神无主，只能依托自己年迈的老父亲。

“周大人，此人所言纰漏极多，大人切切不可尽信。”

孙昌海也没比孙父好到哪里去，只是他面上并看不出什么来，唯有他自己知道他心中已然没了主意，只能强撑着不肯承认。

“事情过去了这么多年，为何这位……冬生，是吧？为何冬生这么多年不告，偏偏在今日想了起来？此其一。”

孙昌海到底是当了几十年官的人，很快又镇定了下来，开始逐字逐句地找冬生言语里的漏洞。

“再者，倘若我府上真如冬生所说如此不堪，那为什么这么多年从来都没一个人到大人你这儿来告状？我不过是一个告老还乡的从二品官员，我那不中用的儿子更只是一个区区的从五品，哪儿来的通天的权势，能压下这么多的言论？”孙昌海轻笑了一声，情绪已然稳定了下来，“你太看得起我孙某人，也太看得起我孙家了。”

他所言虽然有为自己辩驳之嫌，可指出的两点却也十分有道理，并非无理之词。

周大人略微沉思了一会儿，刚要说话，一道声音横插了进来。

“孙老先生没这权势，可您背后之人手中的权势的确算得上是滔天了。”

始终坐在一旁的顾昭鹤像是等了许久似的，在孙昌海说完这句话想稍作喘息之时，便不急不缓地吐出这么一句来。

就像是原本松开了的手在转眼间又猛地掐住了他的脖子，孙昌海闻言呼吸一窒，搭在扶手上的手一下子收紧，他指尖发白，周身的血液像凝固了一般。

从踏进安府至今，这是最让孙昌海惊恐的一句话。顾昭鹤的身份他比谁都清楚，他更知道当年究竟发生了什么事情，从顾昭鹤口中说出刚才那句话，他如何能不怕？

孙昌海压下心头的慌乱，有些勉强地笑了笑：“顾公子在说什么？什么背后之人？我们这种朝中官员，仰仗依靠的自然是圣上，哪里还有旁人？”

当今圣上虽然年轻，手腕比起先皇却是有过之而无不及，圣上又是亲眼见识过党争的人，对朝中抱团成队的风气更是厌弃。顾昭鹤今日的话若是传到皇帝的耳朵里，只怕他那不争气的儿子区区的从五品官职也保不住了。

更何况……比起皇帝，那位把持着朝中大局、杀伐果断的丞相才最叫人害怕。

“孙老先生，希望过些时候您还能像刚才那般巧舌如簧。”顾昭鹤一句话便让孙昌海没了心思。

刚才被周大人派出去的那些个衙役也回来了。

“大人，卑职等奉大人之命前去孙府搜查，在孙府的荷花塘内打捞出数具女尸，还请大人移步孙府详查！”

完了，这下真的完了，孙昌海瞪大了眼睛，脸上血色尽褪，双腿一软竟直直朝前倒下去，他的眼前发黑，耳朵一阵嗡鸣。

“爹！”

孙昌海梗着一口气，死死抓着冲到自个儿眼前的儿子：“去！趁一切还没有成为定论的时候，去找大人——”

“孙老先生，您聪明了一辈子，怎么到现在还没明白过来呢？”

孙昌海的话还没说完，顾昭鹤就蹲了下来，在他耳边低声说着什么。不等孙昌海反应过来，他只觉得虎口一痛，上面已被顾昭鹤扎了一根银针，整个人竟清明了许多。

“孙昌海，这都是你的报应……你还没亲口尝到你自己种下的苦果，可不能就这样死了。”

第七章

夜来晚风，十里暗流

JINGCHENG
XIAO
HONGNIANG

世世代代吃皇粮、均为天子朝臣的孙家竟在一夕之间全都下了狱。那日，顺天府的人从孙府的荷花池内一共打捞起二十二具完整的女尸，其中一半都已经成了白骨，剩下的一半除了几具还依稀能辨认出相貌，其他的也已经不同程度地腐烂了。

并且在审问的过程中，孙家还交代了他们是如何解决那些女子家人的——或用银钱收买，让他们从此背井离乡，不许再回汴京；若死活不要银钱，还扬言要把孙家的所作所为告知所有人，那等待他们的就只有一场突如其来的大火，或者不知何时就会找上门的土匪贼寇。

孙家造的孽，便是孙家所有人都死个成百上千次，也没办法抵消!

有关这件事情的消息不知为何不到一日就传遍了整个汴京城。城中群情激愤，竟有不少百姓自发到顺天府门前，要求周大人上书皇上，定要严惩孙家。

这辉煌了近百年的孙家竟只落得个惨淡收场。

入秋后的天气渐渐凉了起来，鸣了一整个夏日的蝉顷刻间便没了踪影，到夜间竟安静得让人觉得有些不大习惯。

“大人，皇上今日下了圣旨，三日后将孙家满门抄斩，我们可要提前……”

一间看似普通的屋子里点着一根不大亮堂的蜡烛，穿了一身丝绸长袍的男子正拿了本书就着这昏暗的灯光看着，他跟前是一个上了年纪的管家模样的人正躬身回话。

那管家说这话的时候带了几分颇为熟练的狠辣，怎么看都不像是第一次替自家主子做这种事情。

靠在椅背上的男子翻了页书，连眼皮都没抬一下，只轻声说了句：“不用。左右也只有三天可活，若是此时动手，反倒容易被人盯上。”

“如此，那我就去打一声招呼，好叫人在吃食中放些哑药，省得他们管不住自己的嘴。”

“嗯。”

男子的声音带着一种不符合年纪的温柔，连随口应下的一个字也多了几分缱绻的意味。他本就上了年纪，再加上烛光过于昏暗，看得眼睛有些酸痛，便放下手里的书，揉了揉有些不太舒服的眼睛，动作间烛火晃动了几下，投在墙壁上的影子也随着烛火左右摆动。

“大人，其实我还有几件事不太明白……”管家正准备退下去的时候却突然停住了脚，犹豫再三还是没忍住开了口，“大人一开始不是想对付安家的吗，如今咱们却把孙昌海搭了进去……”

男子放下书之后就用手撑着头，开始闭目养神，有些花白的头发散了下来，听见管家有此一问，倒是很温和地答道：“我的目的可不光只有安家。”

“您的意思是……”管家跟了这位大人几十年，如今只是稍加提点，脑筋便转过弯来，“孙昌海对大人不是一直忠心耿耿的吗？大人为何要舍弃这颗棋子？”

屋内的烛光跳了跳，烛心又猛地炸开，发出“噼啪”一声响来。那蜡烛点的时间太长，烛光也渐渐弱了下来。

男子睁开眼睛，抬手指了指书桌上的蜡烛。

“棋子没了用，那就只是一颗碍眼的石头。有些东西在发挥完最后一点价值后，就没有必要再留下了。就像这根蜡烛，烛心燃尽之后，就只能落得被扔掉的下场。孙家对我而言，就是这根蜡烛。”

管家顺着大人手指的方向看了过去，一言不发地走到书桌前重新点了一根崭新的蜡烛，伸手把先前那根已然没了任何价值的蜡烛扔了出去。

屋子里稍稍亮堂了些，那位大人仍旧坐在椅子上，他换了个更舒服的姿势，不紧不慢地说道：“我原以为若是孙湘亭强占了安珑月，这两家必定会斗得你死我活，两败俱伤，没想到中途却叫顾昭鹤插了一脚进来。那两家也没一个中用的，我还特地截了那封信，后来还重新做了手脚，却不想还是被一个乳臭未干的毛头小子和一个黄毛丫头害成这样。”

说到此处，他摁了摁太阳穴，显然是因为这事儿有些头疼。

“那……大人，我们这次没能动得了安家，连杜三娘也赔进去了，可要另外在城里安插眼线？”

安远山这些年实在是赚了太多的银子，整个汴京城又只有他一家皇商，他将上面赚钱的门道堵得死死的，自己的手哪里插得进去？

安远山挡了他的财路，他自然得想办法。

至于杜三娘……他要掌握朝中权贵的动向，自然少不得需要些眼线。

只是可惜了，这次不仅没能达到他的最终目的，还险些暴露了自己的踪迹。也是了，那位少年郎骨子里流淌着的是老临安侯的血，是他小瞧了。

原以为杜三娘是个聪明人，却没想到也如此不中用。可她的死倒是有些出乎意料，到底是什么人有这个本事，能在他眼皮子底下杀人？

“杜三娘的死究竟是何人所为，去查一查。”

他没有回复管家之前的问话，反倒是用食指一下一下地轻轻点着椅子扶手，嘴里哼着不成调的小曲儿，半晌才吐出一句话来。

管家拱手应了下来，正准备往外走，突然又被叫住。

“顾昭鹤一直守着的女人可是叫姜绥绥？”

“是，大人。”

男子轻笑一声，用食指一圈圈地缠着自己有些花白的耳发，翻身的时候正好迎上从窗外泼洒进来的月光。那人的头发虽白了大半，可脸上却半分皱纹也没有。那是张极其俊美——俊美到有些雌雄难辨的脸，鼻尖还生了一颗极其勾人的小痣。

“竟然也姓姜？”

他有些惊讶，嘴角虽然微微上扬，可眼角眉梢却带着冰冷的狠辣，手下微微用力，被握住的扶手处竟多了一条不甚明显的裂纹。

“天底下哪里有这么巧合的事情，去查一查吧。”

“姑娘，安家又来人了。”

孙家那些个畜生前几日就被推到菜市口砍了脑袋，安家人虽没去刑场看，却没少让人去打听。

多亏了姜绥绥和顾昭鹤，安珑月这才算是捡回了一条命。为了表达感激之意，安远山接连好几日都派人往一线牵送这送那的。刚开始姜绥绥还会收下，到后来送的东西一天比一天多，便是她这个脸皮堪比城墙厚的人也有些不好意思了。

“昨天不是转告了安家的下人，让他们别再往这儿送东西了吗？怎么又来了？”

姜绥绥好不容易得了空，本想好好歇一段时间的，可庞管家近来不知道怎么回事，连口喘气的时间都不给她留，前几天居然直接把账本抱到她房间里，说要她自个儿理理一线牵这几个月来的账目。她虽然对赚钱很感兴趣，可一看到账本就一个头变成了八个大，看着眼前成摞的账本，索性把笔一扔，整个人扑在桌上哀号了一声，心里盘算着再招个账房回来。

“姑娘，今天您怕是得亲自去一趟了。”

姜绥绥的哀号声戛然而止，视线从一摞一摞的账本中间穿过。

“安老爷今日不仅亲自来了，还跟着周大人一块儿，说是给您带了点东西来。”

姜绥绥有些好奇地皱了皱眉头，嘴里念念叨叨地就往外走。刚走出去两步，她突然想到了什么似的，偏头问庞管事：“对了庞叔，顾昭鹤人呢，这几日好像都没怎么见到他。”

庞管事一愣，姜绥绥这么一提醒，他才发现最近好像是很少看见顾昭鹤在自家姑娘身边晃悠。他摇了摇头，也不大清楚：“兴许是有旁的什么事儿吧。”

一线牵的门前里三层外三层，被前来看热闹的百姓围了个水泄不通。安远山和那位依旧黑着脸、双唇紧绷的周大人正坐在厅内喝茶，生怕好事的百姓闯进来，还派了好些衙役在门口拦着。

大厅正中还有个小衙役端端正正地站着，手里捧着一个雕着祥云纹的盒子。

这阵仗不小，有周大人在的地方又自带了几分肃穆，不晓得的还以为一线牵犯了什么事儿。

姜绥绥一到就被眼前的场景吓了一跳，心中又“咯噔”了一下，心想难不成是一线牵的账目出了什么问题，顺天府的人来拿她了？

“哎呀呀，姜老板，您可算是出来了。”

安远山对待姜绥绥的态度比起之前几乎是来了个大转弯，先前姜绥绥去他府上，这位安老爷连杯茶水都不给，如今倒是殷勤得很，一看到人就迎了上去。

“安老爷客气了，您今日和周大人来我这一线牵，可是有什么要紧事儿吗？”

姜绥绥虽然不大喜欢安远山的性子，可她毕竟是个生意人，面子功夫自然也是一流。她笑着和他打了打哈哈，又绕过他走到周大人跟前。

比起那位安老爷，姜绥绥宁愿和周大人说话。

“哦，对了，大人，不知杜三娘遇害一事，可有什么线索了吗？”

庞管事正端了几杯茶过来，听到这话，手微不可察地颤抖了一下，却很快又被掩饰了起来。奉完茶后，他就老老实实地站在姜绥绥身后，像一个极其坚实的依靠。

孙家的事算是告一段落了，可杜三娘到底是被何人所杀，又是因何而死，至今仍旧困惑着众人。

不提这事儿还好，一提起，周大人本就黑黢黢的脸又沉了几分，他放下手中的茶杯，冷声道：“那飞刀是从正对安府大厅的一棵树上射来的，刀上又没有什么明显的痕迹。只知道对方武艺高强，功夫了得，其他的……还需要时间追查。”

“还请周大人近来多劳累些，免得这件事情拖得久了反叫姜老板被旁人猜疑。”

姜绥绥没想到安远山竟会帮她说话，挑眉有些惊讶地看了他一眼。

不过安远山这次开口八成是有自个儿的私心在的。

自从杜三娘死在他府里，又从周大人那儿得知让杜三娘毙命的飞刀是从离安府不远的一棵大树上射过来的，他吓得赶紧命人直接去把那树给砍了。可周大人说案情还没查明，那棵树不能砍，他也就一直提心吊胆地过到现在。

若是这案子再没个了结，只怕他就得考虑移府的事儿了。

周大人其实不太喜欢安远山这个过于精明的商人，也就没怎么搭理他。正准备说正事的时候，他瞥了瞥姜绥绥的身边，发现今天站在她身边的只有一个中年管事，于是他微微皱了皱眉头："不知往日和姜老板同进同出的那人今日可在？"

姜绥绥愣了一下，不知道周大人怎么突然就问起了顾昭鹤。

她抿了抿嘴，摇头轻笑道："他前段时间受了伤，近几日都在屋子里调养身体。"说完又对上周大人的眼睛，用笑掩盖着眼底的试探，"不知大人找他可是有什么要紧事儿？"

周大人的年纪比姜绥绥大了一轮还多，这小丫头在想什么他自然能看出来。他错开视线，起身走到捧着盒子的小衙役面前，亲手把盒子接了过来。

"姜老板仗义出手救下安小姐，圣上得知此事后甚是欣慰，挥毫写下一幅字，特命我给姜老板送来。"

姜绥绥刚端起茶杯喝水，听见这话，一口水没咽下去，还把自己呛得满脸通红，手忙脚乱地起身，还差点把杯子给砸了。

这可是皇上亲笔！当今圣上写的字儿，到时候装裱起来挂在一线牵的大厅，她倒是要看看还有谁敢来捣乱。

周大人揭开盖子，里头安安静静地躺着一幅字：

民之勇者。

“圣上的字可真是笔走龙蛇、苍劲有力！看看这字，藏锋处微露锋芒，露锋处亦显含蓄，垂露收笔处戛然而止，似快刀斫削，悬针收笔处有正有侧，或曲或直。实在是好字啊，好字！”

姜绥绥乐得都快开花了，笑眯眯地就把这幅字收了下来，自然也没忘给远在皇城的皇帝谢恩。

“庞叔，将圣上的御笔裱起来，找个最显眼的位置挂起来。”

送走了周大人带来的一大波人，姜绥绥喜笑颜开地回到正厅，盯着那幅御笔看了许久才喊了庞管事一句，毕竟这是御笔，整个汴京城有几个人得到过此番殊荣？

“庞叔？”

姜绥绥等了半天没等到庞管事回话，有些疑惑地偏头去看，却见庞管事入迷似的盯着那字，好半天没动静，便又喊了一声。

庞管事这才如梦方醒，脸色看上去不大好。

“庞叔，你最近是怎么了？没休息好吗？”

庞管事最近反常得很，老是出神就算了，帮着姜绥绥打理一线牵以来一直就没出过错，可最近却频频犯错。

姜绥绥看了一眼刚才呛到了自己的那杯茶，轻叹了口气，她素来是不喝苦茶的。

庞管事眼神闪躲，撑着自个儿的包子脸强笑了几下，又挥了挥手：“兴许是年纪大了，不中用了。”

姜绥绥闻言笑眯眯地上前，很是殷勤地给庞管事捏了捏肩膀，小嘴儿甜得就跟抹了蜜似的：“庞叔，您瞧瞧您这头乌黑亮丽的秀发，再看看您这一点褶子都没有的脸，哪儿就上年纪了？”她的眼睛滴溜溜转了几圈，把捏肩改成捶背，“要不您最近多歇会儿？咱们再另外招一个账房先生？庞叔，您是知道的，我一看见账本就发蒙，真让我管账，一线牵会关门的。”

没等庞管事说话，姜绥绥就委屈巴巴的，又是求饶又是撒娇，哪儿还有个老板的样子？

庞管事打小就宠姜绥绥，见她如此，哪儿还有什么办法，只能无奈地笑了笑：“罢了罢了，姑娘若是实在不想亲自管账，就再招一个账房吧。不过咱俩可说好了，管账的事儿你也不能落下，还是得跟账房先生学。”

“行行行，庞叔说什么就是什么。”

姜绥绥乐得直蹦跶，连忙就要吩咐招账房的事儿。

“请问，贵店还招人吗？”

姜绥绥的话正好卡在嗓子眼儿，刚要说话，门口突然来了个人。

只见此人挺身而立，背脊打得直直的，说话的时候薄唇微抿，显得有几分冷硬，一对剑眉斜飞入鬓，虽然看起来年岁不大，却颇有几分不怒自威的架势，再加上他又身着一身玄色长袍，往那儿一杵，活生生一个黑面阎王。

哪里像是来找活儿的，分明就是个来找事儿的啊！

姜绥绥先是愣了一下，很快又拿出老板的架势，冲杵在门口那人轻笑了一声，柔声道：“这位小哥，我们这儿不招护院，也不招管事了，你还是去别家看看吧。”

那人猛地一皱眉：“你们先前不是在说要招账房吗？”

姜绥绥：“嗯？”

“我此来，是来当账房先生的。”

身高八尺、一身腱子肉的账房先生？怎么看怎么觉得奇怪啊。

而且这人……她怎么觉得好像在哪儿见过？

兴许是觉得姜绥绥和庞管事的神情都有些奇怪，那人稍稍收了收情绪，原本冷硬的线条看起来柔和了不少。他稍微考虑了一下，还是抬脚走了过去："若姜老板不信，大可以考考我。"

姜绥绥嘴角抽搐了两下，这人刚才离得远还好，如今一凑过来就跟一座大山似的，搞得她压力突然增大，没忍住，往后挪了小半步。

等会儿！

这人不就是上次跟在周大人身后的人吗？怎么，现在衙门的日子也不好混了？

庞管事见那人离姜绥绥有些太近了，微不可察地皱了皱眉头，竟然从身上直接抽出一本账本举到那人眼前："我给你一炷香的时间，把这账本里算错的账目找出来。"

这账本得有两指厚，一炷香的时间能看完就不错了，更别提还得把错找出来了。

姜绥绥瞥了一眼，暗戳戳地走到庞管事身后，刚要低声说什么，却被庞管事抢了先："这账本原本是给你准备的。姑娘若是要招人，自然也得让我放心。"

此话一出，姜绥绥立马闭嘴，要她看账本不如直接给她一刀。

庞管事此举显然是有些刁难人了，姜绥绥本以为那人不会应的，没想到他竟然真的接过来一页一页地翻阅着，连算盘也没要。

这人翻账本的速度太快，要不是偶尔会拿笔圈一圈，姜绥绥都以为他是来捣乱的了。

不过……

上次在安家，这个人也一直盯着顾昭鹤看来着，这两人难道认识？而且还偏偏都来了她的一线牵，姜绥绥怎么想怎么觉得不对劲。

“好了。”

姜绥绥想得多了便有些犯困，刚打完一个呵欠准备先眯一会儿，那人竟然放下了手里的笔，拿着账本走过来，把她的瞌睡都给吓没了。

这才过去半炷香的工夫，他竟然就看完了？

庞管事有些将信将疑地接过账本，结果越看越惊讶。这人不仅找出了错处，还都给改了过来，整个账本看下来，居然一处没漏，也一处没错。

“庞叔，您说这人行不行？”

姜绥绥算账的本事不行，可看人还是在行的。她一看庞管事的脸色就知道这小子不一般，连忙挪过去小声问了一句。

“我不仅会管账，还会一些拳脚功夫，当个护院也绰绰有余。”

庞管事点了点头，还没来得及说话，那人就一个字一个字地蹦了句话出来，说完还把自己的拳头捏得嘎吱作响。

“虽然我不喜下厨，可我厨艺也还尚可。”

姜绥绥竭力按捺住自己那颗想省银子的心，奈何招一个人做三份工，怎么想都是赚啊！

“姜老板觉得如何？”

姜绥绥就差把头点成小鸡啄米了，完全可以啊！不仅能把账本管了，要是再有人来闹事，光是看这人的体格就能一口气撂倒十个，而且居然还会做饭！

有得赚！

“可以，那我一个月付你……二十五两银子？”

京城小红娘

姜绥绥虽然一心想多赚点银子，却也不是个黑心的老板。一线牵四个小管事每个月的工钱是三十两，这人说要来当账房，原本一个月十两银子便足够了，她如今多加了十五两银子给他。

那人皱眉，姜绥绥一惊，难不成是觉得工钱太少了？

“我用不着银子。”

“嗯？”

“管吃管住即可。”

世上竟还有这种人？一个人干了三个人的活，不要求多给银子就算了，竟然还说不要工钱。

即便是姜绥绥这个做老板的也给惊着了，下意识以为他是嫌钱太少，说反话来刺激她。

“要不我每个月给你三十两？”

“我不要银子。”

“三十五两？”

“我不要工钱。”

“四十两，不能再多了！”

“我不要……”

天地良心，这还是她第一次主动给钱结果对方死活不肯要的。

“什么事儿这么热闹啊？”就在两人扯皮扯得口干舌燥的时候，先前不知道跑到哪儿去了的顾昭鹤突然摇着扇子慢慢悠悠地晃了进来，“我也想听——”

顾昭鹤的视线先是落在姜绥绥身上，待看见她跟前站了个个子不低的男子时眉毛一挑，又微微眯了眯眼睛，“哗啦”一声收了折扇，阔步走上前，待看清楚那人后，要说的话被卡了半截在嗓子眼儿里。

他怎么来了！

顾昭鹤虽很快回过神来，可到底没逃过旁人的眼睛，姜绥绥来回看了看两人，情绪有些复杂地捏了捏自己的小拇指，暗想他们俩肯定认识……

“姑娘正和我商量着要招一个账房。”庞管事把眼前三个年轻人的反应看在眼里，见气氛突然有些尴尬，便主动开口打破了僵局，“这人是过来应聘的。”

顾昭鹤气得肝疼，狠狠瞪了那人一眼，随后很快变了脸色笑嘻嘻地冲姜绥绥说：“绥绥何必再招一个账房，不就是算算账嘛，我也会的。”

姜绥绥越看顾昭鹤这样，就越好奇他与那人的关系。

看模样呢，他们长得不像，应该不是兄弟。顾昭鹤看到那人后虽下意识地躲避，眼中却不见惧色，想来也不是仇家，可若说是朋友，他又为何一副见了鬼的样子？

“绥绥何必每个月多花一份工钱呢。”

姜绥绥想了半天都没想明白，又见顾昭鹤明摆着不想让她把这人招进一线牵，反倒生出点逆反心理来。再说了，现在不清楚这二人的关系，等以后日日在一线牵看着，迟早能看出来。

她打定主意，合掌一拍，压根儿就没搭理顾昭鹤，倒是扭头对那男子说道：“一线牵包吃包住，你先来试几天，若是不行……我这儿可不养闲人。”

说到“闲人”二字的时候，姜绥绥将视线一下子就挪到了顾昭鹤身上，就差用眼神在他身上刻一个大大的“闲”字了。

“若是姜老板不满意，我随时走人。”那男子说道。

姜绥绥看了看顾昭鹤憋屈的眼神，心里乐开了花，面上却半点没显露出来，闻言轻轻“嗯”了一声：“对了，说了这么久还不知道你叫什么。”

男子闻言恭恭敬敬地行了个叉手礼：“我姓宋，名挽风。”

顾昭鹤看了看被摊开放在书案上还未干透的画，随手把笔往旁边一搁，起身想舒舒服服地伸个懒腰，结果他刚把手举过头顶，就拉扯到了肩上还没好全的伤口，疼得他倒吸一口凉气。

过几日便是许阿玉和宋子清的婚事，昨天宋子清又亲自登门邀他们二人参加婚宴。

姜绥绥左思右想都想不出送什么贺礼好，便央着顾昭鹤给许阿玉和宋子清二人作了幅夫妻美满的画，打算在他们大婚之日送上。

“肩上的伤，怎么来的？”窗外冷不丁地传来了一句话，是宋挽风。

顾昭鹤倒是半点都不意外，揉完肩膀又开始揉脖子：“不小心被几只臭老鼠抓伤了，小事儿。”

宋挽风来到一线牵已经有几日了，在众人眼中，一线牵的顾画师很不待见这位账房先生，每天碰面都不带笑的，大家都在猜这两人是不是有什么别的恩怨，包括姜绥绥也很是好奇。

此刻，宋挽风冷着一张脸，那脸绷得跟石头似的，偏偏从窗户跃进来又背着光，活像一个来索命的黑无常。顾昭鹤最头疼的就是他这副模样，明明年纪还比他小一些，偏生一副老头子的做派，分明小时候是那么一个软乎乎的小家伙，长大后怎的就变成这样了？

他生怕宋挽风再说什么，连忙给宋挽风倒了杯茶，试图把他的嘴给堵上：“你没事儿怎么突然到这儿来了？”

宋挽风正想喝茶，一听这话火气就上来了，他冷着脸把茶杯往桌上一搁，怒视道：“皇上命我一个月之内必须把你带回去，否则就要摘了我的脑袋。”

这也就算了，偏偏当今圣上是个最会折腾人的，顾昭鹤瞒着朝堂上下突然没了踪迹，皇上找不到，就拿他来撒气，今天派他去东边寻什么刻了字的石头，明天又让他去西边找吃了能延年益寿的草药。他再怎么说也是个将军，这一日日地竟为了给皇帝找这找那，还不到一个月整个人都瘦了一圈。

宋挽风心里苦啊。

顾昭鹤讪笑了一声,很识趣地往后找了个离他最远的位置坐下:“我不是让惊蛰送信回去了吗？”

宋挽风不想在这种小事儿上和他扯嘴，手指沾了点刚才不小心从杯里溢出来的茶水，百无聊赖地在桌面上划拉着，发出轻微的响声来。

“这一次是孙家，那下一次呢？”

宋挽风见顾昭鹤不说话，他叹了口气，面上浮现出几分复杂之色来：“我知道你一心想查明当年之事，可临安侯战死沙场之事乃是侯爷的亲信拼着最后一口气回京亲口说的。这么多年了，你为何还是揪着此事不放呢？”

宋挽风和顾昭鹤从小便相识。

他是镇北将军府的庶子，母亲身份低微，他自幼不得父亲宠爱，日子一度过得艰难，甚至连府里稍稍体面些的丫鬟和小厮的日子都比他要好过些。当年他被府中嫡子欺凌，在寒冬腊月被推到河里，若不是顾昭鹤跳入水中把他给捞起来，只怕这世上就没有宋挽风这个人了。

救命的恩情他始终记着，自然不愿意见顾昭鹤沉溺于一件过去十多年的往事。

当年的临安侯爷和以武林盟主为首的诸位武林高手为了朝廷稳固，为了护住这诸多百姓，提枪上阵，却战死沙场的事，朝堂上下谁人不知？顾昭鹤到底听到了什么，为何始终抓着此事不放？

顾昭鹤脸上的笑意淡了淡，他抬眼看了看窗外高悬的月亮，眉目被月色勾勒得有些冷淡："挽风，若当年是有人逼着他们战死沙场，此事……又当如何呢？"

宋挽风瞪大了眼睛，本来在桌上随意划拉的手一歪，将旁边的茶杯碰了下去，只听见安静的屋子里响起一阵破碎声。

"恭喜恭喜啊。"

"祝百年好合，早生贵子！"

宋子清今日迎亲，整个府上都喜气洋洋的，连下人们都因这喜庆的日子换上了新做的红衣裳，来往众人的脸上都带着十足的笑意。

"多谢多谢，今日若有什么地方招待不周，还请各位包涵。"

宋子清穿着一身新郎官的衣裳同府上几个兄弟站在门口迎接客人。宋府人口简单，关系也算不上复杂，虽说在这遍地都是贵人的汴京城中不太能排得上号，可胜在父慈子孝、兄友弟恭、妯娌和睦。许阿玉嫁进宋家，又有宋子清护着，自然是不会受欺负的。

"姜老板，顾先生！"宋子清老远就看到了朝宋府走来的姜绥绥和顾昭鹤，眼睛一亮便朝他们跑了过去，"子清还以为二位有事来不了了。"

一线牵的名气一日日地增大，来参加此次婚宴的人又都知道这婚事是姜绥绥一手撮合的，还听说新娘子原本其貌不扬，去了趟一线牵后就跟完全变了个人似的。他们本就对姜绥绥和顾昭鹤感到好奇，奈何一线牵的生意实在是太好了，平日里很难见到这两个人。

今日有不少人除了是来参加婚宴，还是为了借这宴会和姜绥绥搭搭话，就算不给自个儿求个好亲事，也要为了自家儿女多留心留心。

如今见宋子清朝马车迎过去，众人也纷纷看向那有些来迟了的马车。

就连辅国大将军的夫人也不例外。

姜绥绥今日特意起了个大早收拾这收拾那的，结果没想到临到出门的时候才发现葵水竟然来了，还不小心染到了衣裙上。若不是顾昭鹤明里暗里提醒着，又愣是把她拉回院子，她今儿可就别想要脸了。

思及此，她有些尴尬地笑了笑："你和阿玉成婚，我怎么可能不来呢。"她来了葵水身子有些不舒服，偏又强撑着精神硬是要来，"对了，这是恭祝你二人喜结连理的贺礼。"

姜绥绥察觉到顾昭鹤扫在她脸上的视线，生怕他嘴巴不严会说些不该说的话，连忙开口转移了话题，又从庞管事手里接过一个做工精致的盒子："祝你和阿玉两姓联姻，一堂缔约，良缘永结，匹配同称。"

她话音刚落，顾昭鹤就很是配合地把手里的那幅画卷给展开了，只见宋子清和许阿玉跃然纸上，男子潇洒俊美，女子娇羞可爱，好一对璧人。

这二人本就有八分颜色，被顾昭鹤以笔触润色，精致得如同从天上走下来的仙童仙女，煞是好看。

姜绥绥看到众人眼里的惊艳，很是满意，还偏头冲顾昭鹤眨了眨眼睛，又伸手把画接了过来递给宋子清："今日既是你与阿玉成婚的日子，那不如就叫人把这画挂起来，好让大家都知道宋家公子和许家姑娘乃金童玉女的一对璧人，这姻缘乃是上天注定的！"

刚才的那一番举动很是奏效，姜绥绥一入席就被好些夫人拉着问话，明里暗里地想要她帮着给自家儿女寻一门好亲事，也有不少夫人觉得自家孩子在相貌上有些不足，旁敲侧击地想知道他们到底是怎么把许阿玉变得如此好看的。

毕竟先前张元安那浑蛋因为许阿玉的相貌直接叫人把一线牵给砸了的事情闹得尽人皆知，这其中还有小部分人是见过许阿玉之前样貌的，可刚才去闹洞房的时候瞧见了如今的许阿玉，若不是名字、身份都一样，只怕谁都会以为这根本就是两个人。

姜绥绥的本事，她们可不敢轻视了去。

“姜老板，我府上的菊花开得正好，您瞧您什么时候有空来我府上赏赏花？”

“姜老板，菊花年年都有，我府上有一瓶窖藏了百年的寒潭香，若是品酒闲聊，岂不快哉？”

姜绥绥菜没吃两口，耳朵倒是片刻都没歇着，那位夫人说完另一位夫人又紧跟着来了，这架势就跟要把她给撕碎了，一人扯一块去。

好在她也是见识过大场面的人，应付起来倒也不困难：“多谢夫人们好意了。不过绥绥实在是分身乏术，若当真挨个儿去夫人府上叨扰，只怕无暇处理一线牵的杂事。”

她见那些夫人又要开口，连忙又道：“不然待过些时日由我做东，请夫人们来府上小聚，这样可好？”

这自然是再好不过了。听说姜绥绥手里有不少郎君和姑娘的信息，若是直接去一线牵，一旦看到信息里有中意的就能安排见面的事儿了。

“届时我提前让下人给夫人们送帖子，夫人们可要赏脸才是。”

饭桌上总算是安静了下来，姜绥绥也缓缓吐出口气，到时候把这群夫人聚在一块儿，说不定她们内部都能凑出好几对，如此一来倒也省了劲儿。

她有些小得意，正伸筷子想吃点东西填饱肚子，忽然察觉到一道盯在自己身上的视线，和其他夫人们好奇的视线不同，这道视线充满了打探的意味，叫她很是不舒服。

姜绥绥的手顿了下，她放下筷子抬头一看，却正好对上坐在自个儿对面的那位夫人的眼睛。

这位夫人她是知道的，当朝辅国大将军唐正的妻子，开府仪同三司之女。她的父亲官居一品，夫君又是正二品的大将军，不光是这一桌人中，只怕是所有来客中身份最尊贵的一位。

也不知道宋子清和许阿玉成婚，她为何会来。

“夫人若是不嫌一线牵门户破落，届时我差人给您送一封请帖可好？”

姜绥绥虽知道她，可从未和这位夫人有过什么交集，自然不知道她为何会用这样的视线来打量自己。

那位夫人的视线在桌上众人身上滑了一遭，突然嗤笑了一声。她虽没说话，可其中的意思再明确不过了，今日来参加婚宴的不过都是些小门小户出身的，身为将军夫人的她哪儿看得上她们？

“你姓姜？”

就在气氛一度尴尬的时候，唐夫人倒是主动问了姜绥绥一句：“江河的江？”

她说话的时候微微抬着下巴，半眯着眼睛，用鼻孔对着正好坐在她对面的姜绥绥，言语神情皆自觉高人一等，叫在场众人心里很不舒服。

姜绥绥脸上的笑意淡了几分，从心底里有些抗拒这位高高在上的将军夫人。

她有些冷淡地说道：“孟姜的姜。”

唐夫人眼神微变，右手轻轻抚了抚左手手腕上戴着的玉镯：“你爹娘……叫什么名字？”

姜绥绥没想到她会突然提及自己的爹娘，先是愣了一下，很快又回过神来，脸上堆着虚情假意的笑容，跟这位不知目的的唐夫人打哈哈：“夫人这话吓我一跳，莫不是绥绥犯了什么事儿？”

这唐夫人一上来就自觉高人一等，言语神情里对姜绥绥更是半点尊重都没有，如今又跟审犯人似的问了一些莫名其妙的问题。

唐夫人到底比姜绥绥大了那么多，再加上又是这么个身份，如何能听不出她言语里旁的意思来？不过姜绥绥只是个生意人，身份又算不得尊贵，即便是听出了其中的不喜，唐夫人仍没当回事儿，竟又盯着她仔仔细细地打量了一番。

长得虽是有些像，可想来应该也不是那人的女儿，毕竟那一家子当初那么惨，没听说有谁活下来了。

就在姜绥绥眉头紧蹙准备起身的时候，唐夫人突然开口道：“我听说你在给人说亲这事儿上颇有几分本事。”

不等姜绥绥说话，她又自顾自地说道：“既然有这个本事，那我就把我儿子的婚事交给你。”

想来这位唐夫人指使人指使惯了，完全把姜绥绥当成了自家丫鬟，吩咐起来得心应手的。她一边伸手看了看自己的指甲，一边掀起眼皮在桌上扫了一圈，言语轻蔑道：“要进将军府当儿媳妇，家世自然是要相匹配的，不仅要门当户对，还得家世清白。这点你可得记下了，莫要给我找那些小门小户的丫头，上不得台面。

“其次便是要样貌端正。我儿子模样不差，自然不能娶一个长相拿不出手的妻子。更何况我家老爷深得皇上宠爱，日后进了府，进宫赴宴是常有的事儿，若是生得难看，岂不是丢了我唐家的脸面？”

唐夫人说完这话觉得有些口干，端起面前的茶杯喝了两口茶，润了润嗓子后又继续往下说。

“再者，孝敬公婆、侍奉郎君，这是为人儿媳、为人妻子的基本要求，若是性子娇气的，你也不用考虑了。”

不仅家世清白，还得是高门大户；既要孝敬公婆，又要侍奉郎君，还得打不还手、骂不还口。

唐夫人那儿子是金子打的还是玉石砌的？对未来儿媳提出的这诸多要求，就不怕说这话的时候闪到舌头？哪户人家脑子出了问题才会愿意把闺女送到这个虎狼窝去。

“好了，我的要求便是这些，若你寻到什么合适的，就把画像送到我府上来吧。”

唐夫人颐指气使，吩咐完便起身出了宋府，不仅没给姜绥绥面子，连宋家人的脸面也没给。

姜绥绥差点被这恬不知耻的话给逗笑了，她看着唐夫人悠悠离去的背影，动了动嘴皮子，发现自己居然被气得说不出话来了。她来葵水的时候身子本就不舒服，再加上唐夫人字字句句都在挑战她的底线，这一气之下小腹竟传来一阵又一阵的绞痛，疼得她脸色发白，身子竟然也有些颤抖。

这边的动静引得旁边几桌纷纷侧目，虽说今日男女分席，可男客和女客中间不过就隔着一道镂空的屏风。顾昭鹤本就不是真的想来参加这婚宴，从出门开始就一直记挂着姜绥绥的身子，透过人群瞧见她过于苍白的脸色时，他眉心紧蹙，思考着是把人抱回去呢，还是直接扛回去。

挨着姜绥绥的夫人察觉到她有些不对劲，连忙低声问她是不是不舒服。

姜绥绥揉了揉小腹，摇头说了句“没什么”，今日是宋子清和许阿玉的大喜之日，她不能给人家找晦气。她吐出几口气，把从小腹传来的绞痛强压了下去，扭头冲刚才那位夫人一笑，又道了谢。

“姜老板也莫要生气，我们这些小门小户的人家一向是入不了唐夫人的眼睛的。”

同桌的几位夫人原本因为姜绥绥打算设宴一事很是欢喜，可被唐夫人打了个岔，哪里还能乐得起来？

坐在姜绥绥身边的夫人也叹了口气，又左右瞧了瞧，然后凑到她耳边低声道：“姜老板若是不想自毁招牌，唐夫人所托之事，能推掉便不要再沾手了。她那儿子……可不是什么好东西。”

姜绥绥一愣，看了过去。

“那位唐少爷男女不忌，在此事上更是手段百出，每个月从唐家运出去的尸首起码有这么多。”

姜绥绥看见夫人伸出手比画的数字，心下一惊，后背竟出了一层薄汗。

那位夫人见状，叹了口气，脸上多了几分无奈之色：“那些丫鬟都是从人牙子手里买来的，又白纸黑字签了卖身契。即便是被折磨致死，唐家随便寻个由头就遮掩过去了。毕竟……也没人会在意大户人家家里的小丫头到底是怎么死的。”

姜绥绥越听越觉得可怕，从小腹传来的绞痛延伸至四肢百骸，她素来滚烫的身子竟有些发凉。

“如今朝中无良将，唯有辅国大将军和镇国大将军家的宋小将军是可用的，所以即便唐家的少爷做出这诸多混账事，也无一人敢上报朝廷，还要帮着在顺天府尹周大人跟前遮掩。”

唐夫人今年四十三岁，和辅国大将军成婚数年后才有了唐承柏这个儿子。唐夫人自幼长在深宅大院，最是知道其中的手段。她嫁给唐正的前几年因无所出，所以主动给唐正纳了好几房妾室，一度让人觉得她宽和懂事，再加上她后来给唐家生了个男孩，在唐家的地位就更是难以撼动。可不知为何，唐家这么多年下来就只有唐承柏这一个孩子。

一个朝中得力大将的独子不小心弄死几个丫头，这又哪里算得上是大事儿呢？

第八章

情愫暗生，往事浮现

JINGCHENG
XIAO
HONGNIANG

自从姜绥绥听来这些事情后，脸色就一直没好过，孙湘亭的事情才过去多久，又让她知道了一个唐承柏。也不知道是不是小腹疼得太厉害了，她竟然觉得脑袋也有些钝痛，像是有人拿斧头一下一下往她头上砸似的。

回去的路上，姜绥绥一路都闭着眼睛，一会儿揉揉小腹，一会儿按按太阳穴，后背早就被冷汗给浸湿了，马车突然停下的时候，她只觉得眼前发黑，差点晕过去。

“姑娘，到了。”

车夫撩开帘子，姜绥绥正撑着车壁准备起身下去，忽然觉得身子一轻，直接被刚才在马车里从头到尾一言不发的顾昭鹤给抱了起来。

“你做什么？”

她下意识地挣扎了两下，却害得小腹一阵汹涌，疼痛像浪似的朝她扑过来，叫她没了说话的力气。

顾昭鹤紧了紧双手，抱着人直接从马车上跳了下去，进了一线牵。

虽说这会儿入夜了一线牵没有客人，可管事和伙计都在呢。姜绥绥被他这么大摇大摆地抱着，硬是生出几分羞臊来，借着痛意把脸埋进顾昭鹤的胸口，生怕被人看到。

“去烧几桶热水，再灌个汤婆子来。”

顾昭鹤就跟进自个儿家门似的，熟门熟路地就抱着人回了院子，又使唤起姜绥绥的贴身丫鬟绿芙来。

“你放我下来。”

姜绥绥嘴巴都疼得发紫了，也不知道这丫头每个月是怎么熬过来的。

顾昭鹤没和她争，老老实实地把她放回床上。绿芙手脚倒也快，不多时就把汤婆子送了过来。

“顾公子，汤婆子来了。”

顾昭鹤接了过来，手刚攥上被角就愣住了，耳朵尖有些发红地重新把汤婆子递给绿芙，自个儿从床边起身，然后背过身子道：“你把这汤婆子隔一层薄被放到你家姑娘小腹上。”

“我不要……”

绿芙刚应声打算去放，姜绥绥就有气无力地拒绝了。她这人素来怕热，若是在她身上放一个滚烫的汤婆子，那她如何受得了？被热死或被疼死，她选择后者。

“姑娘，您还是听顾公子的吧，否则多受罪啊。”

绿芙是贴身伺候姜绥绥的，知道自家姑娘每月都要来这么一遭，往日都是硬撑过去，每每一结束，姑娘人都得消瘦一圈。

“反正……反正我不要。”姜绥绥脾气倔得厉害，说不肯就是不肯。

顾昭鹤眉心都皱得打结了，他转身看着已经疼得满头大汗的人，眼中划过一丝心疼。

“你先出去吧，要是水烧好了就让人送过来。”

顾昭鹤让绿芙出去，又把汤婆子往桌上一放，抬脚走到床边，看见她揪着被子死活不肯放的手，既无奈又好笑地摇了摇头，突然抬手隔着那床被子寻到了她的小肚子，将内力蕴至掌中，力度适宜地给她揉了揉。

“顾昭鹤，你你你——”

姜绥绥浑身僵硬，原本苍白的脸上突然就有了血色，她抓着被子的手猛地攥紧，平日里的三寸不烂之舌竟在这个时候打了结，说话磕磕巴巴的，还差点咬到舌头。

“要么用汤婆子，要么就闭嘴。”

顾昭鹤嘴上虽没半点温和，可手下的动作却十分温柔。隔着一层被子，姜绥绥却能感受到从他手掌传来的温度。还不到半盏茶的时间，她的疼痛竟减轻了许多。

“今天本来就让你在宅子里休息，你非要去。”顾昭鹤安静了一会儿，到底是有些没憋住，“去了倒好，被那老女人气成这样，也不知你图什么。”

姜绥绥有些迷迷糊糊的，差点睡着的时候突然听见这话，她浑身一个激灵，迷迷瞪瞪地看了过去：“你听到了？他们家那个唐承柏比孙湘亭还要混账，我定不会推姑娘家进火坑……”

小腹的疼痛缓解了许多，她如今只觉得周身乏力想睡觉，越说声音越小，眼睛也慢慢闭上了，偏偏嘴皮子还一动一动的：“我还要……还要告诉周大人……”

话没说完，她的呼吸就渐渐平稳，已然睡了过去。

顾昭鹤这才慢慢收手，擦了擦额头的薄汗，缓缓吐出口气。他坐在床边看着姜绥绥略有几分憔悴的睡颜，歪头喃喃道：“抱也抱了，亲也亲了，怎么就是不开窍呢？”

他刚嘀咕完，耳朵就动了动，连忙起身把床帘给放了下来。

“你这一身的内力就是用来给姑娘暖肚子的？”宋挽风神出鬼没

的，站在窗边黑着脸问出这句话来。

宋挽风对姜绥绥没什么过多的感觉，可顾昭鹤肩膀上的伤是为了救她来的，如今她不过是稍稍一点疼痛，顾昭鹤竟然就浪费了这么多内力。

虽说自己从不读那些话本，可还是知道一个词——红颜祸水。

顾昭鹤被宋挽风看得浑身不自在，他抬手摸了摸脖子，视线飘忽，又突然想到什么似的，脸一拉说道：“谁让你来这儿的？你不知道姑娘家的闺阁是不能乱闯的吗？”

宋挽风看着他一脸揶揄。

顾昭鹤轻咳一声，宽以待己、严以待人地说道：“我……我这是光明正大地走进来的，跟你不一样——”话音刚落，门外就传来一阵脚步声，他收起脸上的神色，冲宋挽风使了个眼色，走到门口把门打开，差点被那绿芙给撞上。

“顾画师——”

“嘘！”

顾昭鹤生怕把姜绥绥吵醒，他用食指抵在唇间做了个噤声的动作：“绥绥睡着了，你给她换衣服擦身的时候小心些，别吵醒她了。”

绿芙眨巴了两下眼睛，又探头看了屋内一眼，“扑哧”一下笑出声，又连连点头说自己知道了。

顾昭鹤被看得有些不大好意思，装模作样地轻咳了两声，摸着耳朵就往外走，却在拐角处碰到了庞管事，他脸上的表情一变。

“昭鹤啊，姑娘怎么样了？可要请大夫？”庞管事很是关切地问了一声。

“绥绥已经睡着了，况且这事儿还是得慢慢调养，有我就够了。”

“既然是这样，那我就放心了。”

庞管事闻言轻笑一声，言罢便转身打算回屋子休息，却突然因为顾昭鹤的一句话而浑身僵硬。

“庞叔，你说绥绥的身子怎么会这么差呢？”

庞管事没回头：“姑娘是夫人早产生下来的孩子，大夫也曾说过姑娘胎里不足，所以身子是要比常人……”

“庞叔，杜三娘……是你杀的吧。”

庞管事的眼睛其实一直都很小，却在听到这句没头没脑的话时突然瞪大，却很快又恢复如常，甚至回过头诧异地看了顾昭鹤一眼。

“你这是什么话？我一个糟老头子，如何能杀得了杜三娘？再说了，我杀她做什么？”

顾昭鹤看着他，袍子被突起的夜风吹得猎猎作响。

“当然是为了继续藏住那个秘密。可是现在已经藏不住了。

“紫面郎君，庞柯——”

姜绥绥醒过来的时候小腹还有些酸痛，可比起昨天那叫人头脑发蒙的疼痛，已然好很多了。

她昨天在宋府跟那群夫人说了近日要筹备一场宴会，自然得早早地提上日程，便吩咐手底下的人赶紧准备起来。

“庞叔呢？怎的没见他人。”

姜绥绥捧着一杯温水，一路从后院走到正厅都没瞧见庞管事的身影，觉得有些奇怪。

庞管事是一线牵最大的管事，平日里哪儿哪儿都能看见他，怎么今天突然就不见了？还有顾昭鹤，他怎么也不见了？甚至连刚来没多久的宋挽风也不知道上哪儿去了。

怎么回事儿，集体罢工吗？

“庞管事？今日天还未亮的时候他就出门了，姑娘不知道吗？”

天不亮就出门了？姜绥绥有些疑惑地皱了皱眉，觉得此事有些奇怪。往日庞管事就是出门遛个弯都会叫人来知会她一声，难不成今天遇到了什么急事？

“姑娘，给各家夫人的请帖都送过去了，只是……”就在姜绥绥正纳闷的时候，负责送请帖的伙计突然走了过来，犹豫了一会儿才道，“辅国大将军府上，可要送？”

姜绥绥和唐夫人闹了点不愉快，这事不知道为何突然传了出来，小伙计不敢贸贸然地把请帖送过去，万一姑娘压根儿就没打算请唐夫人，那他不就是自作主张了吗？

不过这回他倒是没猜错，姜绥绥昨天被唐夫人那一番不要皮、不要脸的话气得浑身难受。虽说她是个生意人，可银子她早就赚够了，一线牵的名声也日渐响亮，一个辅国大将军的夫人，得罪便得罪了吧。

“不送——”

话音刚落，门外就传来一阵窸窸窣窣的声音。姜绥绥下意识抬头去看，正好瞧见他们刚才还在谈论的唐夫人正大摇大摆地进了一线牵的大门，身后还跟了七八个丫鬟和侍卫。

当真好大的排场。

“姜老板，昨儿交代给你的事儿，你可办妥了？”

这唐夫人把一线牵当成了自家的后院，一进来就寻了个顺眼的位置坐下，一边理着袖子，一边睨着姜绥绥问话：“我今天过来，就是打算来选人的。”

还真是开门见山，半点都不拖泥带水。

选人？

唐承柏是有皇位要继承还是怎么的？这架势都快赶上皇帝选妃了，还真把自己当个人物了。

姜绥绥把手里的茶杯往伙计手中一放，转身走到正位坐下，也有样学样地照着唐夫人的模样理袖子。不过今日她穿了束袖，就装模作样地抠了抠袖口的花纹，总之就是没去搭理唐夫人。

唐夫人没等到回话，有些不耐烦地看了过去，结果瞧见她毫不在意地正抠着袖子上的花纹，心里一下子就不舒坦了。

“姜老板是眼睛不好使还是耳朵不好使？我同你说话，你没听见？”

“哎呀呀，这不是唐夫人吗？您是何时来的？”

唐夫人脸色登时就垮了下来。

姜绥绥面上故作一副惊讶之色：“刚才瞧见有人进来，我还以为是我家不懂事的伙计从外边忙完回来了，连招呼都没打一声，哪儿能想到是夫人您呢。”

唐夫人自然听出了这话里的言外之意，本就不太好看的脸色这会儿更差了。她身边跟着个很是会察言观色的丫鬟，见自家夫人这副表情，刚要替唐夫人出头，就被狠狠一眼给瞪了回去。

“既然你刚才没听到，那我就再问一句。昨天交代你给我儿寻的姑娘可选好了？”唐夫人伸出手，指甲上染着鲜艳的红色，“把名册拿给我瞧瞧。”

“呵……”姜绥绥轻笑一声，歪歪斜斜地坐在椅子上，左手支腮，眼中带了几分嘲讽之色，“夫人是不是来错了地方？要给唐少爷找姑娘，万花楼和快意阁多的是，这里既不是花楼，我也不是人牙子，您来我这儿找什么姑娘？”

这话可真是半点不客气，就差直接扇唐夫人的嘴巴子了。

她这一线牵做的是替人拉红线求姻缘的生意，又不是专门给这些个纨绔子弟海选媳妇的，这唐夫人把她当成什么人了？

“你好大的胆子！”唐夫人脾气自来不好，闻言哪儿还忍得住，重重拍了拍扶手，直接起身指着姜绥绥的鼻子怒喝道，“你知不知道你在和谁说话？”

姜绥绥来着葵水身上没什么劲儿，她不喜欢这位唐夫人，自然不想花心思来应付她，仍旧懒洋洋地靠着椅子，偶尔还闭着眼睛养养神。

“知道啊，辅国大将军的夫人嘛。”她说完这话，不等唐夫人开口便睁开眼睛，锐利的目光直直逼了过去，“你家那儿子祸害了多少姑娘，竟还敢要我帮着把人往火坑里推。哪怕你是天王老子，我不愿意做你的生意，就是不做。”

姜绥绥声音虽不大，气势却十分逼人，说话的时候还指了指上面，又起身走到唐夫人跟前：“唐夫人，你看到我身后挂着的那幅字了吗？你还有没有把我朝律法放在眼里？旁人怕你，我可不怕。”

唐夫人没想到姜绥绥这么一个小小的黄毛丫头竟敢当着这么多人的面顶撞她，还直接把唐承柏所做之事给抖了出来。她心下大怒，右手高高举起就要招呼过去。她的指甲又长又尖，要是这一巴掌扇了过去，姜绥绥的脸怕是都不能看了。

“绥绥，你怎么什么人都往里放啊？”

唐夫人的手突然僵在了半空，她被一片阴影笼罩着，抬头看去，只见顾昭鹤很是嫌弃地隔着衣服用两根手指捏着她的手。旁人看不出顾昭鹤使了多大的劲儿，她却疼得汗都出来了。

姜绥绥看她那样竟没忍住，“扑哧”笑出了声，又担心自己这嘲笑的意思太明显，连忙收声轻轻咳了咳，正色道：“我怎么知道这位夫人一言不合就要动手。”

唐夫人的手还被顾昭鹤捏着，这二人居然就开始在她面前聊起来了。这可不光是疼不疼的问题了，还关乎了这位辅国大将军正妻最最看重的面子。

“你们都是死的不成？还不给我动手！”她怒喝一声，跟来的那群侍卫这才如梦方醒，纷纷拔剑朝顾昭鹤攻去。

顾昭鹤是什么人，这几个角色如何能在他身上讨到好？他不仅没松手，甚至连手都没怎么动，光是靠脚就把那群中看不中用的侍卫给踹翻在地。其中还偶尔夹杂着姜绥绥的“仔细我的红木桌”“当心我的古董花瓶”的话。

唐夫人见自己带来的人竟打不过一线牵的一个小小画师，当下便有些慌神了，却仍是强撑着想留下最后一点颜面。她忍着痛扬着下巴用鼻子对着顾昭鹤，言语里充满嚣张：“你……你知道我是谁吗，你今日敢这样对我，我日后定要——”

“定要如何？杀了我全家？”顾昭鹤冷笑了一声，“我全家早就死光光了，你若是想动手，就得先劳烦你下去找一趟。”

姜绥绥乍一听见这话有些发蒙，眨了两下眼睛偏头看过去，她从未过问过顾昭鹤的家事，却也不曾想他竟是个孤儿……

顾昭鹤言罢便松了手，那唐夫人原本正铆足了劲儿想把手扯出来，却没料到顾昭鹤竟然说松就松了，害得她整个人往后一倒，很是丢人地摔了个屁股墩儿。

厅中窸窸窣窣地传来一阵嘲笑声，唐夫人此来赔了夫人又折兵，里子面子都丢了个干净。她这个人最看重脸面，今日之事只怕过不了几个时辰就会传遍整个汴京城。

“你！”

唐夫人被几个丫鬟扶着起身，她身上沾了灰尘，显得有些狼狈，一会儿伸手指着顾昭鹤，一会儿又指着姜绥绥，很是有几分气急败坏地说道：“我告诉你，只要有我唐家一天，你这破店就别想开下去！”

前段时间孙家也是这样说的，可他们的下场是什么？被满门抄斩。

姜绥绥再怎么说也是见识过大场面的人了，唐夫人这话吓唬吓唬小孩儿还成，若是用来吓唬她，那可真是失算了。

她拉住顾昭鹤的手臂把人护在自己身后，伸出食指指着高悬于正厅的那幅御笔道：“唐夫人，这可是天子脚下，你今日说了这话，但凡我一线牵有任何损伤，那我就全算在你脑袋上了。我今日就当着这么多人的面告诉你，但凡是跟你那混账儿子相关的事，我绝对不接手！”

唐夫人带着人狼狈离去，这事儿总算就这么过去了，围在门口看热闹的百姓们也被姜绥绥的伙计给驱散了。

姜绥绥还抓着顾昭鹤的手。

她盯着看了会儿，虽然发现了，不过还是当自己没看到：“你……”

“你……”

两人先是对视了一眼，又被突如其来的默契支使着同时开了口。

厅里不光有一线牵的伙计，还有好几个上门拿名册的客人，一看这突然默契的二人，纷纷捂嘴轻笑。

一线牵的老板和画师，这事儿老早就传遍了，倒也没几个人觉得意外。

看的人当热闹，倒是把姜绥绥弄得有些不大好意思，她正准备把手收回来，却被顾昭鹤反握住了，又把她往后院带，可以明显地看出他耳朵尖有些泛红。

“咳，你刚才想问什么？”二人来到后院，随便寻了个石凳坐下，顾昭鹤这才把手收回来，略有些不好意思地问道。

“那个……昨日之事，多谢你，还有刚才，也谢谢你出手相助。”

姜绥绥是个知恩图报的人，虽然她昨天疼得有些神志模糊，可顾昭鹤替她揉肚子的事儿却是清楚记得的，受人恩惠自当言谢。

顾昭鹤还以为她要说什么呢，原来是为昨日之事，他一时竟说不上来心中是个什么滋味，半是失落又半是不大好意思的——毕竟男女有别，他们二人的关系也不曾明朗。

“你这‘谢’字我都听过多少次了。”

他偷偷给自己鼓了鼓劲儿，觉得男人就应该主动出击。他起身前倾，毫无征兆地凑到了姜绥绥面前，拿自己这张脸当武器，说话时温热的呼吸一下一下地打在她的脸上：“喂，姜绥绥，你什么时候才肯面对自己的心意？”

“嗯？”

这进展速度未免也太快了些吧，刚才还是稍稍有点动作就红了耳朵的纯情公子，这会儿怎的就热情似火了？她有点没回过神来。

“那……那个……你知不知道庞叔去哪儿了？”

姜绥绥从脑门儿红到脖子以下，被顾昭鹤突如其来的一句话搞得心神不宁，半天不知道怎么回答，偏偏这人今天又不肯让步，她只得拿庞管事的事儿来转移话题。

“庞叔回乡下去了。”顾昭鹤也不好再逗这小姑娘，便很是乖巧地答道。

姜绥绥见状，这才松了口气，可心口的位置却一个劲儿地跳个不停，“咚咚咚”地就跟要从嗓子眼儿里跳出来似的，隔了一会儿才勉强平复了下来。

“回乡下？庞叔没事回乡下做什么？”

这十多年来，庞管事基本就没怎么离开过一线牵，更没听他说起过什么乡下的，这次怎么走得这么着急，连同她说一声的工夫也没有吗？

“说是他家人的坟地出了点事儿，所以赶着就回去了——我也是正好在门口遇到他，这才知道的。”

顾昭鹤没能从姜绥绥那儿得来一个明确的回复，有些提不起劲儿地拿指甲盖在石桌上轻轻磨着，硬是叫他磨出一层白灰来：“我不放心庞叔一个人去，就让宋挽风陪着他回去了。”

姜绥绥虽觉得这事儿有些蹊跷，可也没多想，见顾昭鹤居然还在磨自个儿的指甲盖，她飞速地弹了他的手背一下。

“你这手还得留着给我画画还债呢，若是伤着了，你欠我的银子什么时候才还得清？”

“我本就不想还清。届时我把欠你的银子给还清了，哪儿还能寻个什么理由留下？”

姜绥绥不过随便找了个理由，结果又被这人给扯回来了，心里竟觉得有些甜丝丝的，可面上却半点都没显露出来。

“罢了罢了，你有事儿再叫我吧。”

顾昭鹤挥了挥手，有些失落地转身准备回屋子继续给他的姜老板画画还债，可刚走没两步，身后就传来一阵响动，小姑娘略带羞涩的话顺着风传到了他的耳朵里。

“顾昭鹤！你急什么啊，咳……再给我点时间呗。”

他嘴角一弯，扭头的时候脸上带着一抹得逞的笑意，跟刚才失魂落魄的模样判若两人。

“既如此，那绥绥可要快些哦。”

“席面都要摆好看些，瓜果点心也都赶紧准备出来。”

几天过去了，庞管事还没回来，她少了个帮手，就把顾昭鹤一个当三个用，可怜顾昭鹤明明身份尊贵，在姜绥绥跟前就跟个小伙计似的。

“顾昭鹤，你去库房把我之前准备好的那些小礼物拿出来，等宴会结束了得送给各位夫人的。”

今日来参加宴会的夫人们都是为了给自家儿女寻一门好亲事的，自然早早地便来了。姜绥绥生了颗七巧玲珑心，在这些个夫人跟前周旋对她而言实在是再简单不过了，宴会开始到现在过了两个多时辰，这些夫人们的嘴笑得都快合不拢了。

“绥绥啊，你看你年纪也不小了，怎么没给自己寻一门亲事呢？”

姜绥绥为人机灵，嘴巴又甜，那些个家里有儿子的夫人自然容易把主意打到她身上：“我那儿子虽说呆板了些，可胜在为人老实，又是个轻易不肯将就的。若是绥绥……”

一直在大厅角落里站着的顾昭鹤闻言眉心一跳，突然生出几分危机感来。那位夫人话还没说完呢，他就急急走了过去，一边走还一边从袖子里掏出一个跟他巴掌差不多大的精致木盒来，直接把东西递到姜绥绥面前。

“绥绥，这是上次咱们一起出游的时候你多看了一眼的簪子，也不知道你喜不喜欢，等宴会散了，戴上让我看看吧。”

好一副柔情似水的深情模样。

姜绥绥咬了咬牙，太阳穴一涨一涨地跳动着。

她什么时候跟他一起出游了？又什么时候多看一眼这簪子了？

姜绥绥抬头对上顾昭鹤的眼睛，嘴唇微动，无声地说了句：“待会儿再和你算账！”面上却始终带着温和的笑意,伸手把盒子接了过来。

在场的夫人个个儿都是人精，哪儿能看不出这两人之间的关系。刚才说话的那位夫人眼中闪过一丝可惜，倒也很识趣地没再提自己的儿子了。

席上正热闹着呢，大厅外突然传来一阵嘈杂声，众人闻声看去，竟瞧见周大人穿着官服带着一队人马来了，身边竟还跟着唐夫人。

姜绥绥见状，心中“咯噔”一下，不知为何有种不祥的预感。她脸上的笑意淡了些，和顾昭鹤一道走到周大人面前：“周大人，这是怎么了？可是哪儿出了什么事儿？”

周大人冷着一张脸，完全一副公事公办的样子。他还没说话呢，跟在他身后的唐夫人就红着一双眼睛伸手指着姜绥绥，声音尖厉得叫人头皮发麻：“周大人，就是她，一定是她杀了我儿子！”

姜绥绥闻言一惊，唐承柏竟然死了？

唐夫人的声音刺耳，连周大人也没忍住皱了皱眉头，他抬脚走到姜绥绥跟前，开口道：“姜老板，本官怀疑辅国大将军唐府少爷之死与你有关，还请姜老板跟本官回一趟顺天府。”

也不知道姜绥绥今年到底是得罪了哪路神仙，点儿怎么这么背。这才短短一个多月，她竟跟这位冷面的周大人打了三次照面，这一次居然还被带到顺天府来了。

她看了看高坐在堂上的周大人，又看了看正跪在自己身旁哭得几度晕厥的唐夫人，还有冷着一张脸，仿佛自己杀了他全家，似乎随时都要冲上来杀了她的辅国大将军唐正，实在是头疼得厉害。

好在顾昭鹤也一道跟了过来，姜绥绥见了他，一颗心总算还能稳下来。

“姜绥绥，本府问你，昨夜你在何处？”

“回大人，自然是在屋内休息。”

“可有人证？”

“一线牵上下皆是人证。”

这话她都来回说好几遍了，偏偏还在问，姜绥绥颇有几分无奈，却仍耐着性子一遍又一遍地回答着：“且不说昨夜我不曾踏出一线牵半步，便是我人不在一线牵，也没这个本事入辅国将军府杀了唐承柏啊。”

唐承柏昨夜死在府上，是被人用刀子直接从前胸扎了进去，听说当场便没了气息。仵作去查探的时候发现他手里还紧紧攥着一块女子衣裳的布料。也不知道怎的，唐夫人愣是一口咬定，非说唐承柏之死跟姜绥绥有关。

周大人虽觉得此言不甚可信，可实在受不了唐夫人多番哭闹纠缠，便亲自把人带回了顺天府。

“本府听说，你前不久与唐夫人在一线牵起了冲突，还动了手。”周大人并不相信姜绥绥会动手杀人，可该问的还是得问清楚，免得那唐家人不依不饶，“可有此事？”

“确有此事，不过是我不愿接手唐承柏的婚事，唐夫人心生不悦要动手打人，这才有了后面的事。”姜绥绥有些无奈地叹了口气，抬手摁了摁太阳穴，“周大人，我是个生意人，生意之事有分歧谈不拢，实在是再正常不过了。若因为这种事情我便要杀人，未免也太可笑了。再者，绥绥只是一介女流，又半点武功都不懂，如何能只身进入那守卫森严的将军府？”

姜绥绥挺直了身子，偏头去看哭晕后又清醒过来的唐夫人：“唐夫人，你痛失爱子心中难受我了解，可实在没有你这么攀咬人的。”

从昨晚事发到现在，短短几个时辰，唐夫人就像苍老了整整十岁，保养得宜的脸上出现了明显的皱纹，又因为哭了太多次，眼睛也肿了起来。她听见姜绥绥这么说，撑着丫鬟勉力起身，步履蹒跚地走过来，只见她双眼赤红，眼中布满血丝，衬得本就苍老了几分的脸越发没了血色："就算不是你，还有他！他武功高强，杀人岂不是犹如囊中取物！"

唐夫人喷了姜绥绥一脸唾沫星子，手却猛地指向站在一旁还未听从传唤的顾昭鹤："你们这对不知廉耻的狗男女，还未成亲就终日厮混。若是你想要我儿子的命，他岂会不帮你！"

姜绥绥的脸色瞬间沉了下来，也不管这是不是公堂，抬手便打掉了唐夫人正指着顾昭鹤的手，那一记脆响就像是打在唐夫人脸上，便是连周大人也被吓了一跳，差点没回过神来。

一直站在唐夫人身后的唐正见状，脸色越发难看。唐夫人是他的正妻，是他堂堂辅国大将军的妻子，竟被一个毛都还没长齐的小丫头当众打脸，姜绥绥此举，岂不是连带着下了他的面子？

他掀了掀袍子，作势正要说话，却被对面的一道视线吸引，唐正下意识偏头对了过去，发现与姜绥绥同行之人竟是顾昭鹤！

唐正刚才一门心思全放在了杀他儿子的姜绥绥身上，丝毫不曾察觉这位被接进皇宫便甚少露面的小侯爷竟然也在此处！

顾昭鹤正盯着他，虽不曾言语，那通身叫人无法忽视的威严竟叫他动作一僵，哪里还敢责难什么？

可为什么顾昭鹤会跟姜绥绥在一起，还卷入了关于他儿子的凶杀案？

"唐夫人，饭可以乱吃，话不可以乱讲，即便你儿子昨日不死，迟早也会因为他的所作所为遭报应。”

姜绥绥神情冷漠，就跟换了一个人似的。

唐夫人死死地盯着她，却越看越觉得眼前的姑娘和当年那个人过于相像。她又惊又怕，身子一软，差点摔倒，好在被丫鬟扶住了。

当年她也插了一手害死了那个人，如今……如今她的女儿是来报仇了吗？

唐夫人的眼前似乎出现了那个人的身影，她被吓得一口气憋在嗓子眼儿里出不来，眼前发黑，差点又厥过去。她浑身颤抖得厉害，呼吸也粗重了几分，却仍想着找姜绥绥的麻烦：“你……你……”

“够了！”周大人见势不对，猛地一拍惊堂木，命人把她们隔开。

他沉着脸，看着唐夫人问道：“你说是姜绥绥命人趁夜进了将军府，那我问你，姜绥绥有何动机，她为何要冒险杀人？”

唐夫人似是有些神志不清了，她将全身的力气都压在丫鬟身上，双眼迷离不知到底在看什么，就连嘴唇也苍白干裂，甚至渗出了丝丝血迹。她的神情有些怪异，不光是周大人和姜绥绥觉得唐夫人前后转变有些异常，便是她的夫君唐正也察觉出几分异样来。

唐夫人听见周大人问话的时候舔了舔嘴唇，喃喃道：“她是来报仇的……她是来给她爹娘报仇的——”

原本站在一旁的顾昭鹤闻言猛地抬起头，目光直直落在姜绥绥身上，垂在腿侧的双手下意识地攥了起来。

与此同时，唐正也突然想到了什么，伸手就要去拉唐夫人。可唐夫人此刻已经近乎疯魔，他如何快得过她的嘴。

“姜绥绥，你是来给你惨死的爹娘报仇的！”

唐夫人话音刚落，顾昭鹤便抬脚走到了姜绥绥身边，猛地攥住了她的手腕，且不自觉地收紧着。他知道这件事不可能再继续瞒下去，却也没想过姜绥绥竟会在这种场合下知道。

“你……你到底在胡说些什么？”

姜绥绥突然有些心慌，连手腕上传来的疼痛也被自己忽略了去。

她要给爹娘报仇？

这话杜三娘说过，如今唐夫人竟又提及此事。

姜绥绥方寸大乱，一时竟不知道该如何是好，只能紧紧抓住顾昭鹤的衣裳，像是抓住了最后一根救命稻草。

“你给我住嘴！”

唐正的脸上露出了极其明显的紧张之色，甚至动作粗暴地一把将唐夫人拉到自己跟前，还想动手去捂她的嘴。

“唐将军！此乃顺天府！”

周大人看得一阵心惊肉跳，只觉得自己是不是无意中窥探到了什么不得了的往事。他压下心中的惊讶和疑惑，手握惊堂木重重一拍，彻底将这伪装了十余年的平静打破。

唐正怒不可遏，眼睛一瞪就要同周大人对上，他又惊又怒，一张脸通红，越发显得下巴上的那颗黑痣明显。可唐夫人却像是因为唐承柏之死彻底魔怔了一般，她用力扳开了唐正的手，红着一双眼睛伸手要去抓姜绥绥："姜不辞和水云柔死了，为什么还要留下你？若不是你，我的儿子又怎么会死？”

姜绥绥看着半点仪态也没有的唐夫人，整个脑袋就像被人用铁锤重重捶打了数次似的，痛得她眼前发黑。依稀间，她竟然看到冲天的火光，还有那块被烈火烧了一半，只大概能看见一个“姜”字的匾额直冲她砸了下来。

姜绥绥脑袋发蒙，不自觉地往后退了小半步，又伸手死死抓着顾昭鹤的衣袖，似乎都能听到衣料破碎的声音。她心下虽然震惊，面上却硬撑出一抹笑来。

“我爹分明是一线牵的老楼主姜萧，这是尽人皆知的事实，唐夫人为了陷害我，连我的身份都给改了，还凭空捏造出一个姜不辞来。”她吐出一口长长的气来，声音竟有些连自己都不曾发觉的颤抖，“你到底存着什么心思？”

唐夫人扯着嗓子喊出之前那句话，她的眼神怨毒，像随时都要缠上姜绥绥脖子的一条毒蛇，趁她没有防备的时候，张大了嘴巴用带着毒的獠牙狠狠扎进她的血肉里。

“你是来报仇的，是替你爹娘索命来——呃！”

唐夫人的手似乎下一刻就要掐上姜绥绥的脖子，她的声音沙哑，却仍旧奋力吼出这句话来。只是话还未说完，整个人就晕了过去，那半截未能说出来的话也一道咽了下去。

唐正神色诡异，眼中还带着极其明显的不安和惶恐。他走到堂中间冲周大人道：“周大人，此事全都是内人胡闹，与姜老板没有半点瓜葛。先前所言皆是内人因痛失爱子伤心过度而说的胡话，眼下她已然晕厥，我这就带她回府医治。”

不等周大人答允，他就自顾自地抱着唐夫人往外走，待走到脸色苍白的姜绥绥身边时不自觉地停了一下，然后脚步匆匆地离去。

这件案子像闹剧一般开头，如今又以一个闹剧的结尾收场，周大人高坐在堂上，看着唐正离去的背影，脸色黑得能滴下墨来。

好一个辅国大将军，好一个国之栋梁，把他的顺天府当什么地方了？想来就来，想走就走，难不成他这个顺天府尹就是拿来给他唐正处理家事的吗？

周大人气得心口发闷，正要一巴掌拍在桌上，就看到底下已然失了神采的姜绥绥。

他的手悬在半空，没能落下去。

即便唐夫人看似行迹疯魔，可唐正为了不让她继续说下去，竟然使手段把人给弄晕了，这倒让人对唐夫人所说多了几分深思。

姜绥绥这二十年都认为自己的亲爹是姜萧，今日却突然得知是一个名为姜不辞的男人。

姜不辞……

周大人心中“咯噔”一下，突然想起了什么似的猛地抬头。

姜不辞，竟是当年的姜不辞！

“周大人，既然唐将军亲口承认此事与我无关，我如今……可以走了吧？”

周大人震惊的表情落到姜绥绥眼底，她不知该作何反应，竟笑了一声抬头去问高坐在堂上的人。

“你……此事……唐将军也说了此事与你无关，那你……”

姜绥绥双耳轰鸣，她看到周大人张嘴在说什么，可没有一个字进了她的耳朵，不等周大人说完，便有些跌跌撞撞地转身，仿佛她的双脚虚浮，像踩在泥潭之上，一个不注意就会跌进去。

“绥绥……”

姜绥绥刚转身没走两步，就被顾昭鹤抓住了手腕，但很快就被她硬生生地扳开了。

姜不辞……

若她的亲生父亲真的是姜不辞，那为什么她会被姜萧收养，为什么这么多年从来没人告诉她这些事情。姜不辞又是怎么死的，她为什么要给他报仇……

这一桩桩一件件染着鲜血的往事争先恐后地从被唐夫人撕开的裂

缝中钻了出来，迫切又蛮不讲理地摆在了自己眼前。

她脸上血色尽失，似乎感觉脚下的石阶在不断延伸，长得根本看不到尽头。

“绥绥——”

只见姜绥绥双目无神地跨了一步出去，一脚踏空，整个人直直往下扑去。顾昭鹤大惊之下高喝一声，飞身扑到她跟前，急急把人护在自己怀里。

二人滚至石阶之下，顾昭鹤一脸担忧地看着怀中之人。姜绥绥落地的时候额角碰到石阶，破了皮，鲜血正不断地往外涌。她双目紧闭，脸上除了额角那点鲜血，竟不见半分血色，已然昏厥了过去。

第九章

古来英雄，各归山河

JINGCHENG
XIAO
HONGNIANG

“按照这个方子去抓药，拿回来我亲自煎。”

顾昭鹤把半干的药方递给了绿芙。他脸上有些许疲惫之色，下巴上也长出了不少胡楂，就连身上穿的衣服也没来得及换，身上还沾着不少灰尘。

他这个人素来讲究，何时这么狼狈过？

“顾先生，姑娘她到底怎么了？”

绿芙还不知道发生了什么事情，只知道自家好好的姑娘莫名其妙被顺天府的周大人拿去问话，回来时竟一脸病容，额角还受了伤。

“难不成是顺天府用了刑？”绿芙打小就伺候姜绥绥，一向把她当自家妹妹，如今妹妹莫名其妙受了伤且昏迷不醒，她自然着急，“我这就去顺天府给姑娘讨说法去！”

“你给我回来！”顾昭鹤本就因为当年之事身心俱疲，偏偏这丫头还火上浇油，他的脸当即冷了下来，冲着绿芙的背影怒喝一声，“你只管去抓药，旁的事情我自会处理。”

绿芙浑身一僵：“我和姑娘一同长大，你惦念着，我自然也关心。”

顾昭鹤头疼得厉害：“此事与顺天府无关。你就放心吧，有我在，不会让她出事儿的。”

绿芙闻言抹了把泪，没再多说什么，拿着药方急急就出了门。

京城小红娘

顾昭鹤抬脚走到门外，视线漫无目的地落在院子里，风吹起他的头发和衣裳，也把他那道不甚明显的叹息给吹散了。

他折回姜绥绥的床边，这姑娘睡得并不安稳，即便是昏睡中也紧紧蹙着眉头，脸上还布了一层密密麻麻的汗水。她额头的伤已经简单包扎了一下，血虽然止住了，可纱布上还是留下了血迹。

顾昭鹤在她床头坐下，看着姜绥绥满脸的汗，原本是想用自己的袖子给她擦汗的，可想了想又觉得有些不大干净，便抬手用自个儿干燥温热的手掌动作轻柔地擦着。

“我本不希望你这么快就知道这件事情。”他的手指从姜绥绥的眼皮划到鼻梁，“可那人却等不及了……”

姜绥绥像是梦到了什么，头微微一晃，才擦干的汗水竟然又冒了出来。她像是做了个噩梦，脸色苍白得不像话，双唇微动，像是在说什么似的。

“爹，娘……爹！”

姜绥绥一把抓住顾昭鹤的手，猛然瞪大了眼睛，头发都汗湿了不少，一绺一绺地贴在脸上。她刚醒来，眼神还有些涣散，有些蒙地盯着床顶，抓着顾昭鹤的手也不断收紧，手心里全是汗。

“这可是你自己喊的，不能怪我占你便宜。”

顾昭鹤素来嘴贱，可姜绥绥这次却没心思跟他计较，待她稍稍清醒后发现自己还捏着他的手，这才松开，撑住床准备起身：“什么时辰了？”

顾昭鹤一愣，脸上贱兮兮的笑意淡了下来：“巳时三刻，你若还是觉得身子疲乏，就再睡一会儿，我让绿芙抓药去了。”

姜绥绥的脸色很难看，身子也有些轻微的颤抖，却跟没有听见他说的话似的硬要下床。顾昭鹤眉心紧蹙，又见她推开自己伸过去的手，连鞋子都没穿就要往门外去,他的脸色竟少见地对着姜绥绥沉了下来。

“唐正已经把人带回了将军府，你以为凭你一人之力就能闯进去吗？”

姜绥绥闻言一滞，脚下的动作却不停，仍是倔着性子没回头，一门心思要往外走：“我要去找他们问个清楚，什么血海深仇，什么家破人亡，我要找他们统统问个清楚——”

顾昭鹤的脸漆黑如墨，一言不发地快步走到她身后，一把将人扛了起来并扔回了床上，自己给她精心调养了数月，好不容易把往年的亏损补了点回来，怎能由得她这般折腾。

姜绥绥仰躺在床上，瞪大了双眼紧盯着床顶，似乎能从中看出什么答案来。

“顾昭鹤，”她开口道，声音嘶哑得不像话，“你让宋挽风把庞叔带到什么地方去了？”

顾昭鹤瞬间僵住。

“你是不是早就知道了，我不是爹爹的亲生女儿？你到底……是什么人？”

顾昭鹤身份成谜，来得也十分蹊跷，他不为财也不图人，若不是有一件非要在此处查清楚的事情，又怎么会到一线牵来？她以前不知道为什么，如今却明白了。

只怕那件所谓的当年之事，同他也有说不清的关系。

顾昭鹤稳了稳心神，给姜绥绥倒了杯水，却闭口不谈自己的身份：“谈不上早就知道。”他把水递到她唇边，“只比你知道得要早一些。”

姜绥绥猛地握住他的手，杯子里洒出来的水浸湿了自己的衣裳。

“为何不告诉我？”

她双眼泛红，眼中隐约可见泪光，攥着顾昭鹤的手不断收紧，连指尖都开始泛白了。

“绥绥，”顾昭鹤语气温柔，用另一只手将杯子接过放到了一边，“之前若是我告诉你，你可会相信？”

若是之前有人告诉她，说她不是姜萧的女儿，只怕她会直接把那人给轰出去，更别说她现在也是不敢完全相信的。

姜绥绥手上的力气渐渐松了下来，又由着顾昭鹤把她扶起来靠坐在床头。

“姜不辞……我爹，到底是个什么样的人？”

顾昭鹤闻言沉默了许久，他偏头看向窗外，看着枯叶从树上飘落，又慢悠悠地躺在了地上，成了这棵树的肥料，只等着来年开春之际的重生。

“他是个英雄，一个举世无双的大侠。”

十几年前。

西川国边界不安，蛮族常举兵烦扰边疆，朝局黑暗混乱，朝中争权夺利之气蔓延，外忧内患，西川国民不聊生，百姓苦不堪言。

时年三十二岁的临安侯爷为了边界安定，奉命领兵出征蛮族，与之同行的还有当年的武林盟主姜不辞及一众武林高手。

江湖与朝廷本互不相犯，当年却因为朝中无良将，养出来的兵士也不堪重用。朝中并无可用之人，只得向江湖侠士求助。

当年的武林盟主姜不辞是剑宗座下唯一的弟子。他初入江湖便凭着一招青出于蓝而胜于蓝的飞花逐月崭露头角，其后又在武林大会中一举夺下武林盟主的头衔，成为了历届之中最年轻的盟主。

姜不辞在武学上极具天分，更是有一颗无人可及的侠义之心。他虽年轻，却凭借一己之力解决了江湖中残留多年的问题，再加上他为人侠义赤忱，整个武林无人不服。

当年的西川国，外有蛮族欺辱，内有朝局动荡，百姓们处于水深火热之际。朝中派人前来商谈，希望武林势力能暂时与朝中势力结交，共同组建一支军队来对付对西川国虎视眈眈的蛮族。姜不辞一片碧血丹心，见蛮族如此嚣张早就难忍，如今朝廷又有心招揽，他不为权势名利，只为了百姓。虽说当时也有不少对朝廷不满的忠义之士，却都在他的劝说之下信了朝廷一次。

可偏偏就是这一次，他们那些去了的人再也没能回来。

临安侯爷领二十五万大军，又有一众武林高手从旁协助，虽说蛮族势力盘根错节，可他们那么多人对付一个小小的蛮族本该轻而易举，可此役却打得格外艰难。先是将士们水土不服，那二十五万大军里头除了临安侯爷自己操练多年的五万将士，剩下的二十万人全是娇养惯了的皇朝军。那些皇朝军根本吃不下这个苦，整日叫唤着要回去，军心涣散不说，甚至到后头还渐渐出现了逃兵。再到后来天气突变，将士们穿的衣裳根本不足以御寒，可朝中的军需装备却迟迟未到，二十五万大军竟活活冻死了好几千人。

待两军对战时，西川国将士势如破竹，眼看着深入蛮族腹地，却不知为何突遭暗算，损失惨重，但仍旧拼着最后一口气将蛮族逼退。

临安侯爷在此战中不幸战死，连作为军中副将的武林盟主姜不辞也没能活下来。此战西川国虽胜，却伤亡惨重，去时整整二十五万大军，回来的竟不足百余人，当年为了百姓出战的江湖侠士们更是纷纷葬送在了边界苦寒之地，连一具完整的遗骸都没能带回来。

西川国这近二十年来的祥和安定是用这二十五万大军的骸骨铺就而成的。

京城小红娘

“姜不辞，就是这么一个人。”

顾昭鹤原本拿在手里的茶杯不知道什么时候已经滚到了地上，他说话的时候盯着半敞的窗，依稀看到了当年血战沙场的姜不辞和临安侯爷，还有那些将士和一心为了百姓而信了朝廷的江湖侠士。

这件事情已经过去了十多年，可再次提起的时候却仍是血迹斑斑，其上的血迹鲜红滚烫，时时刻刻都提醒着自己不能忘，当然也不敢忘。

“绥绥，你的爹爹是当之无愧的大侠。”顾昭鹤的音量不大，却足够让她听得清楚，“临安侯爷也是……”

姜绥绥听完这件鲜血淋漓的往事，嗓子就像是被一团棉花给堵住了，她眼睛酸痛得厉害，却不能痛痛快快地哭一场。

“顾昭鹤，”她的声音颤抖，像是在粗粝的墙面上划过，“你为何会知道这些？”

窗外突然起了风，庭院里枯黄的树叶被秋风卷起，裹挟着一丝凄凉之意飘进了屋子。

顾昭鹤看着慢慢悠悠荡到地上的枯叶，右手食指指腹轻轻抚了抚袍子上的绣花道：“我的爹娘也因那场战役而死。”

姜绥绥一愣，抬眼对上了他。

“我出生那年就有相士给我批命，说我是百年不遇的天煞孤星。”顾昭鹤微微低着头，很是认真地观察起自己衣服上的绣花纹饰来，“是克父克母、注定孤寂一生的命。”

他的衣服上绣着忍冬纹。忍冬越冬不死，象征着灵魂不灭、轮回永生。他娘将忍冬纹视作祥纹，他所有衣服上都被绣着这样的纹饰。

那相士的确没说错，他的爹娘在他出生后没几年皆死了，身边亲近之人也始终没能落一个好下场。倒是他，兴许因这永生不灭的忍冬纹，活到了现在。

顾昭鹤微微扬了扬下巴，靠在床头，带了几分寒意的秋风从窗缝中钻了进来，他散落在脸侧的几绺头发随风轻轻摆动着，竟生出几分孤寂来。

姜绥绥越过床头的一层薄纱看他，顾昭鹤这个人，初见时便是个不要脸皮、厚颜无耻的家伙，再到后来虽偶有正经，可多数时候看起来还是个油嘴滑舌、不怎么着调的，她没想过他会有这样的身世。

兴许是觉察出那道视线太过灼人，顾昭鹤突然撩开那层粉色的薄纱，一下子凑到了床前："绥绥是觉得我可怜吗？我的确挺可怜的。"

姜绥绥一口气被他噎在喉咙里上不来下不去。

"我失了双亲，从小就尝遍了人生酸甜苦辣，自是可怜的。"

听着他这话，姜绥绥莫名脑补出一个穿着破烂不堪，可怜兮兮的小孩子,花着一张脸被拥挤的人潮推着走,又在形形色色的人堆里长大,最后长成眼前之人的模样。她的思绪还没能彻底从自己的想象中抽离,那人的呼吸就扑到她脸上来了。

顾昭鹤的眼睛很好看，像是漫天的碎星都落到了里面，姜绥绥猝不及防的紧张模样清晰地倒映在他的眼睛里："不过能和绥绥相遇，便是我此生莫大的幸事了。"

他眉眼一弯，又胆大包天地伸出一根手指挑起她的下巴，半真半假地说道："你说，我们的爹娘当年会不会为我们订下了娃娃亲？"

饶是姜绥绥脸皮再厚，也被这话说得脸色绯红，她伸手推开了顾昭鹤，手指停在他的肩膀上："你让宋挽风把庞叔带回来，有些事情，我要亲自问清楚。"

自她有记忆起，庞叔就始终在自己身边，当年的那些事情，他定然是清楚的。

“不可。”顾昭鹤想都没想一口便否了这话，“我让挽风带走庞叔，是为了护他的命。若贸然回京，只怕会被人盯上。”

眼下京中局势尚不明朗，当今圣上虽登基多年，可朝政却被丞相紧紧把控着。朝中又多是挟势弄权者，可堪重用之人甚少，当年之事影响极大，朝中稍稍有些权势的臣子也大部分是那件事的受益者。如今顾昭鹤掀开这件血淋淋的往事，便是要从他们嘴里抢肉吃。

他们怎么肯？

只怕那位权倾朝野的丞相大人已经急红了眼吧，否则，那群文着黑色火焰文身的黑衣人怎么会如此迫不及待地想要他的命，还有跟了那人那么多年的孙家，又怎会在一夕之间被满门抄斩，还将安家和唐家牵连了进来。

借刀杀人，不就是他惯用的手法吗？

“顾昭鹤！”

姜绥绥喊了好几声才把他的魂儿给喊回来：“既然不能把庞叔带回来，那就带我去找他。”

一辆不大扎眼的马车在官道上不紧不慢地行驶着。顾昭鹤穿着一身利落的窄袖窄身交领长袍，为了方便赶车，他把衣服塞进了腰带里。他一条腿曲起，拿着马鞭的手搁在膝盖上轻轻晃动着，另一条腿则随性落在外边，嘴里还叼着一根不知从哪儿扯来的青草，好在有一张不错的脸，倒是越发显得干净、潇洒。

“顾昭鹤，你干吗把我打扮成这样？怪不自在的。”

马车里的人猛地掀开轿帘，探了一个脑袋出来。

那人生得玉雪可爱，偏偏把头发束成了男子模样，瞧着男不男女不女的，委实有几分怪异，说话时还刻意压着嗓子，听起来多了几分粗嘎。

姜绥绥不会梳头，这头发还是顾昭鹤给她梳的。

“绥绥，出门在外自是男装行走更方便些。”

顾昭鹤扭过头去说话，嘴里叼着的狗尾巴草不小心扫到了她的脸：“再说了，你着男装，咱俩还可以兄弟相称，若着女装……那你我只能夫妇相称了。”

“怎就不能以兄妹相称了？”姜绥绥狠狠瞪了顾昭鹤一眼，“再说了，你为何不换上女装，咱俩以姐妹相称不就行了？”

顾昭鹤被她这话一噎，竟觉得也有几分道理，但他拍了拍胸口，又摸摸自己这一身硬邦邦的肌肉，偏头似笑非笑道：“好妹妹，哪家姑娘能魁梧成我这样？”

一句“好妹妹”把姜绥绥整了个大红脸，拉着轿帘呆愣了半晌，一句话没说连忙钻回了马车，又把轿帘关了个严丝合缝。

顾昭鹤看着她这模样笑了，又转身挥着马鞭抽了一下马屁股。

“顾姐姐，还有多久才到？”

这声“顾姐姐”从马车里面传出来，听得顾昭鹤差点一马鞭抽到自己手上。

“顾姐姐？”

姜绥绥在马车里憋着笑，等了半天没等来回话，便又喊了一声，比刚才还要乖巧。

顾昭鹤照样闭口不应。

她撇了撇嘴，觉得没劲：“顾昭鹤，到底还要多久啊？”

“称呼错了。”

姜绥绥何等聪明，自然晓得他想听什么。她偷偷撩开一条缝看了出去，却正好看到他立体的侧脸，日光从旁打了过来，却被高挺的鼻梁挡了许多。

姜绥绥的心像是突然漏了一拍，见顾昭鹤的脸微微一动，有要偏头朝她看来的趋势，连忙又藏了回去。

“顾大哥，还要多久？”她的声音闷闷的，显然不大情愿。

顾昭鹤瞥了瞥微动的轿帘，很是畅快地扬鞭道：“再有半个时辰就到了，绥妹。”

他们在官道走了没多久便拐到了一条人烟稀少的小道上，小道崎岖，姜绥绥在马车里被晃来晃去，人都被甩得晕晕乎乎的了。

顾昭鹤在外面喊了两声没人答应，掀开轿帘一看，才发现那姑娘已在马车里睡得七倒八歪，好不容易束好的头发也松得差不多了，歪歪扭扭地顶在脑袋上。

“你要再不醒，我可就抱你进去了啊。”顾昭鹤喃喃道。

兴许是这几日过于劳累，姜绥绥睡得极熟，被抱下马车的时候半点感觉也没有。

“来得这么——”

“嘘！”

宋挽风听到动静出来迎人，刚开口就被某人打断了：“一切等绥绥睡醒了再说。”

顾昭鹤轻轻掂了掂怀里的人儿，又低头看了一眼她的睡颜，将人抱进了竹屋。

宋挽风看着两人的背影，无奈地摇头，又叹了口气。

姜绥绥这一觉直接睡到了晚上，她醒过来的时候还有些没回过神来，在床上愣了许久，待稍稍清醒，听到不远处传来的谈话声后才起身顺着光走到了前堂。

顾昭鹤正和庞管事说话，宋挽风则抱着把剑就着烛光轻轻擦拭着，桌上还搁着一个小炉子温着酒，酒香顺着风就飘了过来。

“姑娘醒了？快进来吧，外边凉。”

庞管事听见动静看了过去，看见睡眼惺忪的姜绥绥，笑着冲她招了招手。不过一段时日没见，庞管事的头发竟全白了，就连素来被姜绥绥调侃的肉包子脸也消了下去，瘦了整整一圈。

“庞叔，你……”

姜绥绥有些惊讶，走到桌边坐下，看见庞管事花白的头发，鼻子竟有些酸酸的。

庞管事取下小炉子，倒了杯温酒递过去：“这是昭鹤特意泡的药酒，喝了对身子有益。”

竹屋的灯光有些昏暗，烛光随着他的动作微微晃动着。姜绥绥觉得庞管事变了，却又说不上来到底是何处变了。

“人上了年纪，头发自然是要白的，你别看昭鹤现在年轻，等再过个四五十年，就和我这糟老头子一样了。”庞管事仿佛看出了姜绥绥的心思，淡淡地说道。

姜绥绥双手捧着酒杯，却没心思喝，她有太多想问的问题了，也有太多想知道的往事，可真到要问的时候却不晓得如何开口了。

“当年之事，想必昭鹤也与你说了些。”

小炉子里的酒被喝得差不多了，庞管事又重新倒了些进去。他拨弄着炉子里的炭火，飘了些火星出来，可还没溅到身上，火星便灭了。

“你自小便唤我庞叔，却从不知晓我叫什么。”他放下手中的小铲子，看着里头燃得正旺的火，“我姓庞名柯，当年有幸被人称一句紫面郎君。你别看我现在其貌不扬，我年轻的时候可比这两个小子还要俊美几分。当年但凡是我外出，姑娘们扔的香囊就能把我给活埋了。”

炉子里冒出不少的白烟来，姜绥绥透过白烟去看庞管事的脸，竟依稀辨出几分他年轻时候的模样来。

一个意气风发、鲜衣怒马的少年郎，街道两旁尽是朝他扔香囊、甩手帕的姑娘。

“我出身剑庄，是庞家的独子，在当年的年轻一辈里以我的剑术最高，却没想到横空出来个姜不辞——便是你的爹爹。

“姜不辞模样好，剑术也好，他初入江湖便夺了我的风头。我那时候年轻，正是最争强好胜的时候，且他的师父与我爹又是同门师兄弟，当年我爹输了他半招，我想着我这当儿子的总不能再输了吧，便隔三岔五地给姜不辞下战帖。

“谁想到姜不辞的武学造诣更高，我牛高马大一号人，差点被打得哭着回家找娘。”

庞管事说到此处时，忍不住笑出了声，似乎看到了年轻时候自己的傻样：“可我偏偏不肯服输，输一次我便再打一次，这一来二去，和你爹爹打出感情来了，到最后竟还拜把子成了兄弟。你爹被称作天下第一剑客，我这第二当得也心甘情愿。”

坐在姜绥绥身边的顾昭鹤一直没有说话，只推了杯酒到庞管事跟前。庞管事端起酒杯一饮而尽：“再到后来，就遇到了你娘。你娘叫水云柔，是玄清台掌门最疼爱的小女儿。玄清台的武功不似我们这种外家功夫，他们仅凭泛月摘星的独门轻功，便在武林立于不败之地。

“你娘生得好看，却偏偏是个不谙世事的性子，刚入江湖便被当时称作武林臭虫的五鼠盯上，他们又使了下作手段妄图对她行不轨之事。其后便是话本里都写烂了的英雄救美了。

“一个是后起之秀，被称作天下第一剑客的武林盟主，另一个是名门大派娇俏可人的千金小姐。郎才女貌，金童玉女，江湖上无人不艳羡。

“后来你爹娘成亲，一年后又怀上了你。我整日烦你爹娘，说要当孩子的干爹，还非要把当时还未出生的你定下来。可惜我晚了一步，当时的临安侯爷趁你爹喝醉了，便给你和他的儿子定了娃娃亲，我知晓后还不乐意了好一阵子。当年那段日子，是我这辈子最快活的时光。”

顾昭鹤闻言嘴角轻勾，就着火炉的微光看向姜绥绥。

“只可惜天不遂人愿。”庞管事苦笑了一声，把手中的杯子放回桌上，“当年蛮族三番五次侵扰西川国边界，京城中一时竟涌来无数难民，偏偏朝中不作为，竟还下旨把难民挡在城外。不辞本就有一颗侠义之心，见此情形如何能忍？便拿出银子搭了不少粥棚赈济难民。可他一个破剑客，哪儿有这么多银子，即便有玄清台和其他侠义之士，所需的银子也远远不够，好在当时还有个临安侯爷。”

宋挽风闻言看了顾昭鹤一眼，却见他不知在想什么，手指轻轻在桌上划拉着。

“临安侯爷是先帝的胞弟，他当初还是皇子的时候就素有贤名，在得知此事后，朝中又只有他一人愿意救济百姓。临安侯和不辞志趣相投，性情合拍，又在面对蛮族侵扰之事上想法一致，不多日便成了知己好友。”

说到这里的时候，庞管事脸上的笑意尽失，他侧身望向外面，眼前似乎已然出现了当年之景。

那一年，姜绥绥不过才一岁多，刚刚办完周岁宴不久，还在抓周宴上一手抓了金子一手抓了柄短剑，当时所有人都说，这姑娘长大了肯定有本事。

可惜了，姜不辞和水云柔并没能看到姜绥绥有本事的那一天。

“皇帝给了临安侯二十万兵力，让他领兵讨伐蛮族，再加上临安侯自己操练多年的五万兵士，虽足足有二十五万人之多，但大部分人单拎出来是根本不够打的。因朝中无人可用，不辞便集结了一众武林高手同临安侯爷一道奉命出征蛮族，可这一去，便再也没能回来。”

庞管事闭上眼睛，仿佛又看到了当年那场血流成河的战事，边疆的雪似乎都被战士们的鲜血染红了，放眼望去只有一片鲜红之色。

临安侯被一支长枪从前胸扎通后背，从他背后穿出的枪头上的血都凝结成冰，已然被鲜血染透的姜不辞在他身边死死撑着他的身体，不断重复着拿刀击退来人的动作。

庞管事自己则被一群蛮族打扮的人围攻着，根本无法靠过去，鲜血、汗水、雪水混在一起，已经分不清脸上流的到底是什么东西了。

他看到一个顶着那张熟悉脸孔的人高高举起剑朝姜不辞砍去。

那一年的冬天似乎格外冷。

“啪——”

姜绥绥脸色苍白地捂着心口，杯子不知何时被碰到了地上，碎成了无数片。

顾昭鹤双唇紧绷，伸手把她揽入怀中，又从袖子里掏出一个瓷瓶，倒了颗白色的药丸出来，直接喂到了她嘴里，用自己的那杯温酒给她送服。做完这一切，他正要松手，却突然被姜绥绥抓住。

“我的身子又是怎么回事儿？”

她的体温自幼就比常人要高，顾昭鹤来后明里暗里给她送药，她心中早就生了疑，在听完庞管事讲述那段鲜血淋漓的往事后，便越发笃定……

顾昭鹤动作缓慢地把瓷瓶放到桌上，先是看了看庞管事，然后才低头对上姜绥绥的眼睛：“是毒。当年既然有人狠了心思下杀招，又如何会留下后患。”

电光石火间，姜绥绥猛地回过神来：“我娘难道也……”当年跟着一道出征的只有她爹，为何连她的娘亲也……

“我亲眼看着你爹爹和临安侯爷双双遇害，自己也身受重伤，逃命之际滚下悬崖，命悬一线。兴许是老天觉得我命不该绝，竟被一个采药的医女给救了下来。”庞管事继续说道。

当年他受了重伤，几乎是大半个身子都已经进了鬼门关，那医女妙手仁心，竟硬生生把他给救了回来。他清醒之后便要回京寻水云柔和姜绥绥，却因为伤势实在太重，经脉受损导致武功失了大半，莫说是回京了，便是走出医庐都十分困难。

尽管如此，他还是撑着一口气赶回了姜府。可他看到的却是漫天的大火和姜府遍地的尸首，还有尚且留着一口气的水云柔。

短短数月内，先是亲眼看着结拜大哥被奸人迫害而死，又有一直视作亲姐姐的嫂子在他怀中断气，他当下便呕出一口黑血来。

姜绥绥此时已经泣不成声，顾昭鹤揽过她的身子，慢慢安抚着。宋挽风也在一旁沉默不语。

庞管事拿起手边的酒抿了一口，继续道：“后来我带着你娘去了姜府的密道，却不想早已有一个黑衣人等在那儿了，手中还抱着你。那人满口荒唐言，说什么我们锋芒太过，挡了朝廷的路，还说百姓只能臣服于朝廷、只能相信辛大人。可我们明明只想救百姓于水火之中，哪里曾想过要与朝廷作对。”

辛大人……顾昭鹤眼睛一眯，那人口中的辛大人想必就是辛阙了。辛阙是两朝丞相，在当时把控了整个朝局，也深得皇帝的信任，甚至一度被奉为仙人。

“我当时已经被愤怒冲昏了头脑，只想着要把绥绥你抢回来，便奋不顾身地冲了上去。那人为了自保，竟直接把你扔了过来，好在我接住了你。接住你之后，我深知不是他的对手，赶紧从密道的另一个出口出去了。”庞管事抬手摸了摸姜绥绥的发顶，这个当初他好不容易救下的小娃娃现在已经长成大姑娘了。

“我抱着你冲出了火海，却在逃命的途中体力不支晕了过去，醒来之时才知道是被姜老板——也就是姜萧所救。

“姜萧其实本姓江，江河湖海的江，曾受过不辞的恩惠，在决定收养你之后，为了报恩，能让绥绥你顺理成章用本姓，不顾反对改姓了‘姜’。他本出身于医药世家，因执意改姓而脱离了家族，来到这汴京城开起了一线牵，就为能让你平平安安长大。直到你及笄那年，姜萧把一线牵的所有都交给了你，这才放心地去外游历了。

“后来姜萧在替我疗伤的时候发现我中了毒，虽想替我解毒，可那毒性太猛，加之我原本就重伤未愈，即便是清理了七七八八，体内也残存了一些。”庞管事低头轻笑了一声，又看了看自己肉乎乎的手，“虽是保住了一条命，身形和容貌却也大改，便是连武功……就连你，也被灌了毒。好在大嫂提前给你喂了保命的药，这才没伤了根本，可体温却一直比旁人要高一些，身子也比旁人更弱。”

“庞叔……”

姜绥绥从不知道这些，更不知道自己这条命是庞管事拼死保下的，也不知道抚养她长大的父亲为她放弃了那么多。她如今看着庞管事英雄落寞的样子，只觉得眼中酸涩，嗓子像是被一团棉花堵着，低哑得不像话。

“好了，都过去了。”

庞管事闭了闭眼睛，把那些过往悉数压了下去，再转身的时候又变成了那个一直陪在姜绥绥身边，从小就十分疼爱她的庞管事。

“还没有过去。”

沉默了许久的顾昭鹤闻言突然开口，他起身走到庞管事跟前，脸色微沉。炉子里燃得正旺的炭火爆了一下，火星溅到地上变成黑点。

“当年的真相还未查明，害了那么多人的凶手还未伏法，临安侯、姜盟主、二十五万大军……还有那么多条人命，他们的鲜血至今都还滚烫着，如何能过去？”

顾昭鹤冷漠的神情下藏着十分的沉痛，当年之事，用二十五万人的尸骨铺垫了西川国往后这十余年的安生日子。那蛮族不过一方小国，饶是易守难攻，可那二十五万大军中有五万是临安侯爷亲自操练了多年的精兵，还有那么多以一敌百的武林高手助阵，那场战役怎会落得一个如此惨痛的收场？

“庞叔，你当日为何杀了杜三娘，难道不记得了吗？”顾昭鹤继续逼问道。

姜绥绥猛地看了过去，是庞管事杀了杜三娘？可他不是武功尽失了吗？

“若不是因为安远山和孙昌海在场，你又怎会冒险动手！”顾昭鹤进一步逼问道。

姜绥绥只觉得眼前一片混沌，虽知道真相就在眼前，却拨不开笼罩着真相的那一层层迷雾。

庞叔为什么会杀了杜三娘，这件事为什么又会牵连出安远山和孙昌海，还有之前顾昭鹤对安、孙两家人的态度……这一个个无解的问题像是从天而降的巨石砸在她脑袋上，让她头痛欲裂，茫然不得解。

“好了！”

在顾昭鹤提及安远山和孙昌海的时候，庞管事的脸色大变，竟直接开口喝住了：“当年已经流了太多的血，你们……不要再追查下去了。绥绥，你是姜大哥唯一的血脉，我希望你好好地活着，这样就够了。”说完这话他便直接走了出去。

姜绥绥看着庞管事的背影，不知为何，总觉得自己能和他相处的时日不多了。

“我也回去睡了。”屋内安静了一会儿，就连炉子里的火光也渐渐弱了下来，都快把剑给擦秃了的宋挽风此刻察觉到自己的多余，挽了个剑花将剑入鞘后便走了出去。

天已泛起鱼肚白，山野里偶尔还响起几声鸡鸣，竹屋内只剩下姜绥绥和顾昭鹤二人。

“还有酒吗？”姜绥绥强撑着笑了一声，问完这话又探身想去揭开盖子，可刚要碰上就被握住了手腕。

顾昭鹤握着她的手往下滑，倒了杯冷酒出来，又用指尖碰了碰杯壁，杯子里不多时就冒出了一阵热气。

“只能喝这一杯了。”

姜绥绥接过，却握在手里没急着喝：“顾昭鹤，明天就回去吧，回汴京城。”她轻轻晃了晃杯子，看着里面荡起一圈圈的涟漪。

“庞叔不愿意说，那我就自己回去查。”

她抬手喝了小半杯酒，又将杯子放在了桌上：“我的爹娘，你的家人，可不能白白失了性命。”

顾昭鹤没说话，过了许久才端起面前的杯子，将剩下的酒一饮而尽：“好。”

第二日天还未亮，姜绥绥和顾昭鹤就收拾好了东西准备回京，待走到马车边上才发现宋挽风竟抱着剑站在那里，也不知等了多久。

宋挽风看到他们来了，很是自如地坐到了马车外边，又冲他们耸了耸肩：“他让我跟你们一起回去。”

姜绥绥闻言往院子里看了看，没见到庞管事的踪迹。他如今失了武功，虽说此处隐蔽，但难保不被人发现，若是宋挽风跟他们一起回去，那他怎么办？

“先进去吧。”

姜绥绥换回了女装打扮，却因这两日心情不佳脸上失了血色。她张了张嘴刚要说话，就听顾昭鹤道：“我还安排了其他人护在庞叔身边，既然他不想有人跟着，就让挽风一起回去吧。”

他们来时心情尚且还算得上轻快，可如今知晓了那么多往事，哪里还能玩闹起来。偏偏宋挽风又是个三棍子打不出一个响来的性子，回去的路上便只能听到“嘚嘚”的马蹄声，就连平日里不让他说话比不许他吃饭都还难受的顾昭鹤也一声不吭。

“咳，那个，一月之期就快到了，不然你先随便给我个信物让我回去交差？”

便是宋挽风这种少言寡语的人也实在受不住眼下这个气氛了，竟破天荒地开起玩笑。可瞬间他脸色猛然一变，握着佩剑的手一紧，和顾昭鹤对视了一眼。

原本还好好的马突然不听使唤，扭着马蹄想往回跑。狂风骤起，林间的树叶被吹得哗哗作响，不少还被卷到了空中。

“发生……”

“进去！”

姜绥绥也察觉到了不对劲，正伸手撩开轿帘想探个究竟就被顾昭鹤给塞了回去。

林间杀气极重，顾昭鹤从腰间取下折扇，宋挽风的佩剑也隐约发出了低鸣声。估计是双方都有所顾忌，竟在此处僵持了许久。

咔嚓——

直到一声枯枝被踩断的响动打破了这个僵局。

寒光乍现，顾昭鹤和宋挽风往马车上一拍便腾空而起，林间突然钻出了许多手持利剑纷纷朝马车方向冲去的黑衣人！

那群黑衣人出招布局都十分有章法，又仗着人多势众，一时竟将顾昭鹤给困住了。他们虽来势汹汹，却像是心有顾虑，连分毫也不曾伤到他，那一招一式只为了将其挡住。至于要人性命的招数竟全往姜绥绥身上招呼了去。

这一次来的黑衣人，竟是为了姜绥绥！

宋挽风和那群黑衣人来回几十招后脸上竟多了几分惊讶之色，急急看向顾昭鹤，却见他硬生生地撕出条口子来，又取下一直别在腰间的软剑。黑衣人像是生怕伤到他似的，只躲不攻，一群人好不狼狈。

“不管你们是听了谁的吩咐来的，若再不住手，我现在就要了你们的命！”

顾昭鹤声音沙哑，说话的时候手下的招式也不停，他眼底藏了一簇火光，竟是盛怒。

黑衣人的武功原本就不及顾、宋二人，即便人多，可他们又不敢真的伤了这两位爷，万般顾忌下如何还能得手，见刺杀姜绥绥无望，犹豫再三还是纷纷撤了。

宋挽风见状要追，却被顾昭鹤喝住：“继续赶路，今日之前务必回汴京！”

一直在马车里的姜绥绥闻言撩开了帘子，却正好对上一双满含怒气的眼。她是个聪明人，刚才打斗的时候她也能看出来黑衣人始终不敢对他们二人下狠手，再看顾昭鹤如今的反应，只怕背后之人，他不仅认识，兴许与他还有不少瓜葛。

宋挽风仍旧震惊：“刚刚的黑衣人难不成是皇上派来的？”

“整个西川国除了他，还有谁能调动执金卫！”

即便顾昭鹤压低了声音，也能听出其中的恼恨和不可置信。他不是没有怀疑过，当初那件事兴许和皇宫里的人有关，可每每查到那一层的时候，总是有其他证据指向别处。

可是为什么，为什么他要在这个时候派执金卫来刺杀姜绥绥！

“皇上会不会是被人蒙蔽，以为你是被美色所诱，才会……”

这话宋挽风说出来自己都不信，现在的皇上登基之时虽年幼，可他渐渐长成，便一步一步地把手中的权势收了回来，他是个聪明的帝王，不会像他父皇一样受朝中小人蒙蔽。

“一切，等回京再说。”

第十章

心有所慕，心向往之

JINGCHENG
XIAO
HONGNIANG

他们一行人回到汴京的时候正值黄昏，可灯市街依旧人头攒动，到处都是吆喝的小贩，还有上街玩乐的少爷、小姐。

“欸，你们听说了吗？辅国大将军府的唐夫人，今天早上没了。”

“没了？之前不还好好的吗？听说还在顺天府同周大人好一通吵闹呢。怎么说没就没了？”

“还不是因为她那儿子。她一直以为是有人害了她儿子，可昨天晚上唐府有个小丫头冒死跑到周大人府上，把唐承柏到底因何而死全说了出来。”

街上人多，三五成群上街买胭脂、买首饰的妇人们聚在一起，都在说那位不可一世的唐夫人突然得急病去世的事儿。

一直在说话的妇人说到此处时左右看了看，然后压低了声音：“说是在行那事的时候总是喜欢用一些新奇玩意儿，结果活生生把自己给……你们说说，丢不丢人？”

“那唐夫人本就好面子，先是儿子突然死了，后又得知死得如此不体面，一口气没上来，竟猝死了去。唐将军为了保全府上名声，只得说她是因为痛失爱子忧思过度，得了急病而亡。”

“我儿子同窗好友他爹的同乡的侄子就在唐府当下人，这事儿就是他传过来的，可信得很。”

在马车里的姜绥绥听完了这群妇人的话，她离京不过两三日，唐夫人竟然就没了，连唐承柏的死因也查了出来，这事儿未免太蹊跷了些。再想到当日唐正的神情和反应，姜绥绥总觉得此事不对劲。

“绥绥，到了。”

她眼下思绪有些混乱，也想不出什么原因来，只能先下马车。她刚走到一线牵门口，一团粉粉嫩嫩的东西就直直从里边冲了出来。

“是姜老板回来了吗？”

待那人走近，姜绥绥才看清楚，原来是个十足娇俏的小姑娘。那姑娘眉眼生得好看，脸上还有两个酒窝，从里头冲出来的时候眼睛亮晶晶的。

“你就是姜绥绥吗？”

那姑娘看见姜绥绥时整个人都愣住了，她盯着看了许久，耳朵还莫名其妙地红了：“你比我想象中的要好看欸！”

姜绥绥猛地被一个姑娘这么夸了一下还有点不大好意思，刚准备开口询问对方的来意，就被顾昭鹤压了压肩膀。那姑娘先是看到姜绥绥，然后才顺着看到她旁边站着的顾昭鹤，看见他的时候就跟看到鬼似的，吓得连忙往后退了一步。

“你们——堂……堂兄，你怎么在这里啊！”

她的反应就跟顾昭鹤是什么洪水猛兽似的，连忙埋着脑袋作势就要开溜：“既然今日已有缘得见姜老板一面，那咱们日后再细聊，堂兄再见，我们有机会再聊啊！”

“顾宝珮。”顾昭鹤面无表情地开口道。

那姑娘本就被吓得不轻，她不敢走顾昭鹤那边，绕到另一边的时候却发现宋挽风居然也在，害得她下意识往看起来最无害的姜绥绥身后躲，现下又突然被喊了名字，她竟浑身僵硬，动都不敢动。

“谁允许你出来的？”

顾昭鹤在姜绥绥面前总是嬉皮笑脸没个正行，可对着顾宝珮的时候却板着一张脸，就跟个大家长似的。

“皇……哥哥同意我出来，我就出来了啊。”

也不晓得宋挽风和这个姑娘有什么恩怨，她说完这话后顾昭鹤还没搭腔呢，他便双手抱胸看着她，难得开口道：“顾小姐，您是什么性子，您的兄长还能不清楚？又怎会放您出来？”

顾宝珮闻言狠狠瞪了宋挽风一眼，扭头对上顾昭鹤的时候便换了一副嘴脸，可怜兮兮地讨好道：“反正我是出来了，若是现在回去少不得又是一顿打。”她松开姜绥绥的袖子，小跑到顾昭鹤跟前拉住他的衣裳甩来甩去，“堂兄，你就饶我这一次吧。”

姜绥绥看到二人这般亲昵的行为，心里有些不舒服，不自觉地磨了磨牙，眼睛盯在那双白嫩嫩的手上。

“我出来就是为了和这位姜老板交个朋友，她之前的那些事情都传到宫……咳咳咳——都传到家里了，我听了好奇，就想来看看她，好不好嘛，堂兄？”她又拉了拉顾昭鹤的袖子，姜绥绥的眼皮跳了跳。

“一次，就这一次！”顾宝珮伸出食指晃了晃。

顾昭鹤被她烦得头疼，拎着她的后领像是拎一只小鸡仔似的把人扔到宋挽风跟前：“这段时间，你看着她。”

正在一旁看戏看得不亦乐乎的宋挽风突然接了个烫手山芋，脸色瞬间就变了，可没等他拒绝，一只白嫩的手就连鼻子带嘴把他给捂住了。

“是是是，堂兄放心，我这段时间一定乖乖听挽风哥哥的话！”言罢，她还很是可爱地冲宋挽风笑了笑。

若不是她眼中威胁的意味过于明显，宋挽风都要信了。

姜绥绥看完这场莫名其妙的认亲，心情有些复杂，半是恼怒半是莫名地瞪了顾昭鹤一眼，跨着大步便走进了后院。

“堂兄，姜老板怎么了啊？”

顾昭鹤看着姜绥绥气冲冲的背影，之前因黑衣人带来的火气竟散了大半，听到顾宝珮的问话，竟好言好语地回答道：“估计是酸的东西吃多了，有点闹心。”

姜绥绥的确是挺闹心的，当年之事还没能查清楚，如今一线牵又莫名其妙多了个不知道哪里来的堂妹。堂兄妹和表兄妹一样，那可都是青梅竹马、两小无猜的情谊……

越想心里就越是不痛快，她晃了晃脑袋，不想再去纠结这些事情，如今最重要的是查明当年的真相，找出幕后真凶。

她寻了纸笔，在纸上画着。

顾昭鹤说庞叔杀杜三娘是冒险之举，却仍旧在安远山和孙昌海跟前把人给杀了，是担心她的身世被安、孙两家的人知道了吗？可即便是知道了，又跟他们有什么关系？

难不成……当年之事和他们也有关系？

还有回京途中的黑衣人，为何会刺杀她？

这接连几个问题想得姜绥绥脑袋疼，她揉了揉太阳穴，试图从这一团乱麻之中理出一点头绪来。

“你要是再发呆，这白衣服都要被染成黑衣服了。”

姜绥绥握着毛笔一直没动，笔尖的墨眼看着就要滴在身上了，她闻言连忙放下笔，墨汁却不小心甩到了脸上。

顾昭鹤见状，没忍住轻笑了一声，抬脚走过去，动作轻柔地帮她擦着脸上的墨点。

“谁……谁要你帮忙了，我自己会擦。”

姜绥绥愣了一下，待男人的指尖触到她脸上时才回过神来，连忙挥开他的手，结巴着就用手去擦，结果脸上登时出现了一条长长的墨迹。

顾昭鹤拿她没办法，只能擒住她的下巴，从怀中掏出一张帕子来：“刚才那姑娘叫顾宝珮，是我的堂妹。”

姜绥绥被禁锢着动弹不得，很是有些不乐意地撇了撇嘴，不用正眼瞧他：“你跟那姑娘是什么关系，与我有什么相干？”

顾昭鹤给她擦脸的动作突然一顿，猛地低头对上她的脸，二人鼻尖相抵，他扣在她下巴上的手也微微用着力气：“绥绥，当真跟你无关吗？”

他的唇离姜绥绥只有一线，若再近一些便要碰上了：“我和旁的姑娘到底什么关系，当真与你无关吗？”

温热的呼吸扑洒在姜绥绥脸上，原本有些泛凉的鼻尖也突然暖了起来。她的双颊透出一股红来，眼前更像是笼了一层雾气，越发显得眼睛晶亮。

“绥绥，回答我。”

“我……”

“哥，刚才门口那个……啊！”

姜绥绥刚张嘴要说话，顾宝珮突然从门外闯了进来，还发出一声短促的尖叫来。

“你你你……你们在干吗啊？”

顾宝珮是皇上的胞妹，打小受尽万千宠爱，是个从小到大就没吃过苦的主儿。这日子过得舒坦了，闲来无事的时候她就总会让人淘点戏文话本来。如今她乍一看自家堂兄和名气已然传到宫中的传奇人物这般亲密，早就脑补出一段荡气回肠的爱恨情仇了。

堂兄瞒着皇兄出宫，又多番置皇兄的诏令不顾，难不成就是为了姜绥绥？

思及此，顾宝珮的眼睛都亮了。

她最爱看这种了！

“你来做什么？”

顾昭鹤眼看着都快问出心上人的心意了，却叫顾宝珮这不懂事的丫头给打断了。他脸色微沉，见姜绥绥有些不大好意思，不动声色地将人挡在了自己身后。

“我就是无聊，想找绥绥姐聊天嘛。”

她这称呼倒是改得快，先前还是姜老板，这会儿就改成绥绥姐了。

提及此，顾宝珮的兴致一下子就起来了，下意识地想伸手去拉顾昭鹤的袖子，但想到刚才看到的景象，很是懂事地把手收了回来。

“你出宫这么久不知道，绥绥姐的名气老早就传到宫里来了，连皇兄都派人问过好几次呢，我这不是好奇吗？”

顾宝珮颇有几分得意忘形，又是在顾昭鹤面前，说话的时候压根儿没过脑子，该说的不该说的全说了。

被顾昭鹤挡在身后的姜绥绥越听越觉得不对劲，什么出宫，什么宫里，还皇兄的？

顾本就是皇姓，这位小姑娘言语里又不自觉地吐露出这几个词来。

顾昭鹤当日也曾说过，他的爹娘也是因当年之事而死的，当年参战的皇族，最能叫人记得的可就只有临安侯了！

“哦，对了，堂兄若是近来得空，最好给皇兄……呃……”

顾宝珮说话本就快，刚才顾昭鹤没来得及阻止，如今见这丫头丝毫不曾察觉，还说得起劲，眼珠子都快给瞪出来了。顾宝珮见他这样才惊觉自己是不是说错了话，连忙捂住嘴，先是怯生生地看了自己堂兄一眼，又小心翼翼地探身瞧了瞧姜绥绥："我是不是……又说错什么话了？"

顾昭鹤头大如斗，脑袋一阵儿一阵儿疼得厉害，眼下他连发怒的力气都没了，只无力地挥了挥手，示意她哪儿凉快哪儿待着去。

顾宝珮自知说错了话，也不敢多停留，捂着嘴巴一溜烟地就跑了，刚跑到门口还不忘回头提醒了一句："兄长好像因为你偷偷离家的事挺生气的，近来常常和那位白头发怪人丞相商议什么呢，堂兄你自求多福吧。"

顾昭鹤闻言一怔，突然想到早上他们遇到的黑衣人。皇上已经开始派人追查绥绥的身世了，只怕这事儿已经被辛阙知道了，所以那群黑衣人，到底是皇上所派，还是辛阙派来的？即便是先皇时，辛阙也不能调动执金卫，若真是他，他如今的权势已经大到连皇帝亲卫都可以随意差遣的地步了吗？

就在顾昭鹤出神之时，姜绥绥突然起身要往外走，在经过他身边的时候惊得他回了神，下意识地一把抓住了姜绥绥的手。

姜绥绥扭头看他，却没有顾昭鹤以为的冷漠神色，反而呆呆的，有些惊讶。顾昭鹤道："绥绥……我不是有意要骗你的。"

顾昭鹤见她不怒不恼，反倒慌了起来，很是着急地就要解释："我身份特殊，若不隐瞒身份，有些事情不好追查。我也知道我之前有的是机会告诉你，可我担心你知道我的身份之后以为我有所图谋。总之，我……"

顾昭鹤本就生了一条三寸不烂之舌，论嘴上功夫，从小到大没有谁能占他的便宜，可眼下他却急得连话都说不清楚，这着急解释的模样倒是把姜绥绥给逗笑了。

姜绥绥憋着笑指了指地上的一个香囊："刚才顾……顾宝珮？她走得太快，东西不小心掉了，我正打算先捡了，过会儿再还给她。"她弯腰把香囊捡了起来，一边拍灰一边说道，"再说了，你给我说这么多做什么？"

"因为在乎你。"

姜绥绥拍灰的动作一僵。

"因为喜欢你。

"绥绥，我喜欢你。"

姜绥绥没料到顾昭鹤会突然说这话，她被打了个措手不及，手中的香囊一下子落到了地上，她慌忙要去捡，却碰到了男人故意伸过来的手。她的手被反握住，顾昭鹤掌心滚烫，那温度穿过皮肉透到了骨血，叫她如何能忽视了去？

"你把手撒开。"

"不撒。"

"撒开！"

"不撒！"

"撒……唔！"

顾昭鹤是个直截了当的性子，和姜绥绥推拉了几下，便一把揽住她的腰，将人带到怀中，低头便朝她的唇压了去。

他们不是第一次接吻，可这次却是在两个人都清醒、顾昭鹤主动的情况下。姜绥绥的心似乎都快从嗓子眼儿里蹦出来了，她被箍在怀中，若当真要推开也是能挣脱的。

可她没有。

自己替这么多人拉红线求亲事，男女之事比旁人接触得更早，也看得更多。她也明白自己早就喜欢上顾昭鹤了，她的那颗心不知何时便落到了他身上，便是想拿也拿不回来了。

顾昭鹤松开了她，又弯腰抵着她的额头，伸手抚上了她的脸：“绥绥，这双手撒不开了，这辈子都撒不开的。”

气氛有些奇怪。

不光是宋挽风这么觉得，便是迟钝如顾宝珮也察觉到了那二人之间的变化。

怎么说呢，感觉黏黏糊糊、酸酸臭臭的，分明同桌吃饭这么久了，今天却格外放不开似的，吃饭的时候还故作矜持，你给我夹块肉，我替你添碗饭的。

这一顿饭下来，宋挽风和顾宝珮的鸡皮疙瘩都掉了一地。

“吃好了吗？可还有什么想吃的，我让人去做。”

顾昭鹤完全一副男主人姿态，在姜绥绥吃完饭后动作熟稔地替她擦了嘴，又问她还有没有其他想吃的。顾宝珮从小和他一起长大，可从未见过他对谁如此上心过，便是皇兄都没能享受过这个待遇。

“顾昭鹤，你适可而止！”

姜绥绥饭吃到一半也正常了，偏偏顾昭鹤还真演上瘾了似的，全程嘘寒问暖，就差亲自喂了。

“绥绥，唔……”

顾昭鹤一脸深情地望着姜绥绥，正要说话，却被眼里的姑娘一把捂住了嘴巴。鬼知道这男人接下来要说什么话，当着宋挽风和顾宝珮的面，她可要脸，更何况待会儿还有正事儿要说，也没时间和他瞎扯。

“宋挽风，你若是吃好了，就去书房一趟吧，我们商议件事情。”

顾宝珮被排除在外，有些不大乐意地瘪了瘪嘴，连忙起身挪到姜绥绥身边，双手垫在下巴处，可怜巴巴地望着她：“好嫂嫂，你们在商量什么事情，可是替人办喜事拉红线的？你带上我好不好？”

顾宝珮一句“好嫂嫂”差点让姜绥绥被口水呛到，她一脸震惊地咳嗽了两声，不动声色地用手肘捅了捅正春风得意、满脸带笑的顾昭鹤。

“宝……宝珮啊，今日这事儿关系咱们一线牵往后的发展，你看，你堂兄是咱们楼里的画师，宋挽风又是我这儿的账房，自然是需要和他们商量的。若你今晚乖乖回房睡觉，过段时间我就让你亲眼看看我平时是怎么做生意的。你看这样可好？”

姜绥绥哄不过顾昭鹤，哄一个单纯的小姑娘倒还是可以的。只见顾宝珮闻言欢天喜地地就应了，脑袋点得跟小鸡啄米似的。

打发了人，他们三人便抬脚去了书房。

昏黄的烛光照亮了书房，小丫鬟给三人一人上了一盏茶便退下了。

“那日的刺客是什么人派来的？”姜绥绥开门见山，一点弯子都没绕，“我已经知道顾昭鹤的身份了，你也别觉得不好开口。”

宋挽风闻言看了看顾昭鹤，见他点了点头，犹豫了片刻后才说出了自己的猜想。

“那群黑衣人出现的时候，我和昭鹤心中便大约有了个猜想。他们的武功套路相似，排兵布阵都极其有章法，且右手手腕上都戴了一个刻着代号的银镯……”

宋挽风抬头对上姜绥绥的眼睛，继续道：“来的人是执金卫。”

执金卫……

即便姜绥绥不是什么达官显贵之人，可她消息素来灵通，自然知道这执金卫是怎样的存在。那是历代皇帝的暗卫，每一届执金卫的首领都是由新登基的帝王亲自选出来的，执金卫不隶属于朝中任何一个部分，只忠于帝王，若是帝王驾崩，执金卫便会带着所有的秘密给皇帝陪葬。

姜绥绥万万没有想到，派人来刺杀她的竟会是皇帝！

当日皇上亲赐的字现在都还挂在她一线牵的正厅中，如今这位帝王却对她痛下杀手。可多年前那件事发生的时候，这位帝王不过六七岁，又如何能跟他扯上关系。

“当朝的执金卫，当真除了皇上就无人能驱使了吗？”

顾昭鹤赞扬地看了姜绥绥一眼：“除了皇上，只怕整个西川国也就只有丞相大人辛阙，能有这个本事了。”

先帝在时，辛阙就已经是一人之下万人之上的丞相了，他极得先帝信任，不管做什么事，先帝都会先和辛阙商量，辛阙点头说可行他才会去做。再加上当年蛮族一役后，临安侯埋尸边疆，朝堂与江湖都是一片混乱，可先帝终日沉迷于炼丹修仙，将朝政之事通通扔给了辛阙处理，这名为顾家的江山实则却被辛阙一个外人紧紧把控着。先帝身子一天不如一天，他的子嗣又不及圣祖皇帝，到死也就只有顾念先一个儿子。顾念先在先帝死后便登基，可他年岁不大，朝中一切事物又都被辛阙把控着，若辛阙想在执金卫里安插眼线，实在是再容易不过了。

姜绥绥抿了抿嘴唇，突然生出一个主意来，她再三犹豫，还是开口说道：“既然他们已经出手了，自然不会轻易停下……”

“不行！”

她的话还没说完就被顾昭鹤给打断了，他眉头紧蹙，十分不赞同地看过来：“若你打算以自己为饵，我不会答应。刀剑无眼，若那刺客下手再狠些，便是将你置于危险之中。”

“我知道危险，可舍不得孩子套不着狼，我会小心的。”姜绥绥露出一抹讨好的笑，抬着凳子挪到顾昭鹤身边，撞了撞他的肩膀，“不是还有你呢，你肯定会保护我的。”

顾昭鹤听着这明显讨好的话，半点情绪波动也没有，只皱着眉头准备说服她打消这个念头，却听见一旁的宋挽风开口道：“我觉得绥绥此计可行。”

屋子里安静了一会儿，顾昭鹤神情严肃，姜绥绥还以为他在认真思考这个计划，没想到他开口却是：“谁准你叫‘绥绥’了？跟宝珮学学，叫嫂子。”

虽说顾昭鹤在姜绥绥的软磨硬泡下最后同意了这个计划，可后面这段时间却风平浪静，什么事情都不曾发生，安静得多了几分诡异，就像暴风雨来临的前夕。

果不其然，安生日子还没过几天，汴京城就又出事儿了。今日天还未大亮，辅国将军府便传来一阵划破天际的尖叫声，彻底打破了眼下的平静。

“什么？唐正死了？”

姜绥绥得知此事时满脸不可置信，唐正是西川国的辅国大将军，朝中武将本就不多，他与镇国大将军宋家把持了整个西川国的兵力，且他本人不仅人高马大而且武功不低，怎会死在自己府上？这唐家前段时间死了个唐承柏，又去了个唐夫人，如今竟连唐正都没了，未免也太诡异了些。

“说是喝多了酒，起夜的时候不小心踩空溺死在粪坑里了。”

“还是倒夜壶的下人早起干活的时候发现的。”

谁能想到唐家的人不仅挨个儿死了，死因还都不怎么上得了台面。

唐正堂堂一个辅国大将军，居然溺死在自家茅坑，这要是说出去，只怕是牙都要被人笑掉了。

姜绥绥彻底没了吃早饭的心思，她放下碗筷，乖乖地把顾昭鹤给她开的祛毒的药喝了，还拿起一颗蜜饯扔到嘴里，说道：“你觉不觉得这事儿有点蹊跷？”

顾昭鹤伸手擦了擦她唇边的药汁，点头“嗯”了一声。

如今这汴京城流言四起，都说唐正以前做了亏心事，如今是遭报应了，也有人说辅国将军府的风水不好，连带着他隔壁几户人家也人心惶惶的，生怕唐家的风水影响到自家身上。

“走吧，去看看。”

姜绥绥搭上顾昭鹤伸出的手，二人一同往辅国将军府去了。

他们到的时候将军府门口围了一大群好事的百姓，虽有顺天府的衙役拦着，可一个个的还是抻长了脖子往里探。姜绥绥一眼便看到了依旧黑着脸的周大人，他身后还跟着个仵作和几个衙役，估计是刚看过唐正的尸体，这些人的脸色都不怎么好看，有个年纪尚轻的小衙役忍了半天实在没忍住，跑到一边吐了个昏天黑地。

“能不恶心吗？听说尸体都泡胀了，嘴巴、鼻子里都是呢。”

“是啊，你说这唐家怎么这么惨，这才一个月，全家居然都没了。”

“你们说会不会是被人给害了啊？”

姜绥绥和顾昭鹤站在人群里听着百姓们讨论的声音，他们二人对视了一眼便退了出来。

不管之前唐承柏的死到底是自己作的还是被人给害了，他们如今知道的便是唐正的死定然有内幕。他一个堂堂正二品大官，即便是喝醉了酒起夜，难不成身边就没有一个伺候的下人吗？况且……又在他们正追查过往之事的时候。

离开了辅国将军府后，两人便打算回一线牵，可不知怎的，今天街上百姓众多，若不是顾昭鹤紧紧抓着姜绥绥的手，只怕他们早就被人群冲散了。

诡异。

从唐正的死、到莫名其妙多了那么多的人群，今天所有事情都透露出一分诡异来。

“应该就是今天了。”

姜绥绥被行人挤到顾昭鹤怀里，她趁机低声说了句：“你待会儿松开我的手，我们装作走散。”

这几日虽平静，可一旦入夜她总能察觉到自己正被一双眼睛紧紧盯着，之前没有机会，可眼下就是最好的时机。

“你放心，我不会有事儿的。我在衣服上抹了磷粉，即便是入了夜，你也能发现我。”姜绥绥说完这话就挣开了顾昭鹤的手。

街上人本就多，再加上刻意为之，不过扭头的工夫两人就被人群冲散了。姜绥绥由着人群把她撞过去、撞过来，不多时便被撞到了一条没人的小巷子里。

巷子寂静又没什么人，和热闹的大街形成了鲜明的对比，她也不着急，就靠在墙边想等人少点再出去。

“看来姜老板一早就发现我们会再来了。”

眼看着人群渐渐散去，姜绥绥正准备回到大街上，头顶却突然传来了一道声音。她脸色一变，下意识地握住了袖中的短刀。

“姜老板不必紧张，我们此次来不是为了伤您，只想请您到主子家中问话。”

说话的那人青天白日地穿着一身带兜帽的黑袍，从墙上跳下来兜帽也没抖一下：“若姜老板配合，我们自然不会动手。”

言下之意就是，要是不配合，他们就要采取强制措施了。

“这大白天的，你说你家主子邀我去做客，我连你主子姓甚名谁都不知道，凭什么跟你去？”

姜绥绥死死盯着领头那人的脸，试图找到他的特征记下来，可惜他们裹得跟蚕蛹似的，只能看到一双眼睛。

“我家主子乃整个西川国的主子，如此，姜老板可明白了？”

姜绥绥闻言眯了眯眼睛，轻咬下唇，握住短刀的手不断收紧，然后抬头对上说话那人，心跳快得不像话：“此人到底是当今圣上，还是……辛阙大人。”

此言一出，那人先是愣了一下，眼中随即出现怒意，他高喝一声：“放肆！对皇上不敬，此乃死罪！”说完便提剑攻来。

姜绥绥拿出匕首去挡，一边后退一边还在试探：“你们当真是一心为了皇上，还是因为被我知道了不该知道的事情，所以才急得跳脚，迫不及待地要杀我灭口？”她身子娇小灵活，竟在那人剑下走了几招。

“姜绥绥，你好大的胆子！”

刚才的话刺激了那人，他手中招式越发凌厉，喝出这话的同时剑尖直指姜绥绥的喉咙，眼看着她避无可避，只听见一阵金石交鸣声，泛着寒光的剑一下子被人打偏了。

“我看，这里胆子最大的当属你。”

顾昭鹤冷着声音从墙上一跃而下，先是看了看姜绥绥，确定她毫发无伤后才回头对上刚刚还气势汹汹的执金卫：“我的人，什么时候轮到你们随意拿剑比着了？”

“侯……侯爷！”

那群执金卫一看是顾昭鹤，连忙单膝跪地、双拳一抱给他行礼：

“刚才是姜老板出言不逊，藐视君威，卑职这才……”

兴许是突然想到眼前这位小临安侯的性子，那执金卫便也不说什么了，反倒抬头对顾昭鹤道：“皇上此次下了死令，无论如何也要将这位姜老板带回去。”执金卫眼神闪烁，像是在担心什么似的，“皇上还说……命您立刻回宫，否则……否则就要治您大不敬之罪！”

顾昭鹤不怒反笑，冷哼了一声：“我都大不敬多少回了，现在才来治罪？”

他一个眼神都没落在那执金卫身上，反而把姜绥绥手里的匕首抽了出来，捏了捏她的手腕：“怎么，辛丞相近来无事，又开始在我身上做文章了？”

“侯爷慎言！”

姜绥绥站在顾昭鹤身边，她能感觉得出，一旦提及那位辛阙丞相，执金卫的反应就很大，难不成他们当真跟了辛阙？还是说辛阙的权势已经大到连说都不能说的地步了？

顾昭鹤脸色沉了下来，盯着一脸严肃的执金卫看了会儿，一言不发地揽住姜绥绥的肩头转身就要走。

“侯爷！”

执金卫见他们要走，连忙起身拦住了去路：“还请侯爷把姜老板交给卑职，卑职……要回宫向皇上复命。”

巷子里寒气顿生，顾昭鹤敛眼，他捏了捏右手小拇指，发出一声脆响：“莫非你们当真以为我不会动手？”

“即便侯爷动手，卑职也要把人带走。”

那领头的执金卫咬了咬牙，眼神复杂地冲顾昭鹤行了个礼，却仍旧抬剑指向姜绥绥。

“看来我那皇帝堂兄对我已信任全失了呢。”

顾昭鹤言罢，再抬眼时眼中杀气大盛，抬手就朝执金卫领头人的胸口而去。那人武功不及顾昭鹤，被他这一掌打得往后退了好几步，最后支撑不住半跪在地，还呕出一口血来。

“侯爷！”身后的执金卫没想到顾昭鹤真的会动手，高喝一声又急急扶起领头人，“我们乃皇上亲卫，侯爷竟如此张狂！此事我定要回宫禀告皇上！”

说完这话，他们便护着已然重伤的同伴离开了巷子。

姜绥绥抬头看着他们离去的身影，很是担忧。

若那群执金卫当真回宫告状，那顾昭鹤……

“放心，我自有打算。”

比起姜绥绥的担忧，顾昭鹤却冷静得多，他看了看不远处的巍峨皇城，眯了眯眼睛：“走吧，先回一线牵。”

顾昭鹤和姜绥绥还没走到一线牵门口，就看见外面围了好大一群人，宋挽风略显艰难地挤了出来，急急忙忙朝二人冲去。他面带急色，一把攥住顾昭鹤的肩膀：“不好了，庞叔被抓了！是顺天府的人抓的，说是与杜三娘和唐正的死有关。如今人已经被抓进大牢了。”

庞柯人根本不在汴京城，顺天府的人又是从哪儿抓到的？

“他们从哪儿拿的人？”

姜绥绥眉头紧蹙，下意识看了顾昭鹤一眼，他的人不是护在庞管事身边的吗，又怎会被周大人给抓走？若是真被抓了，那他派去的人呢？

宋挽风攥了攥拳头，几番犹豫下还是没忍住，开口道：“是在唐府后门，还从庞叔身上搜出了迷药。又有唐府的下人做证，说昨夜曾见过他，安远山也说今日一大早便看到庞叔从唐府后门出来。我联系了惊蛰，却始终没有收到他的回信。”

宋挽风得知此事后便在第一时间找人查了因果，又用顾昭鹤留给他的人去联系了惊蛰。可庞柯到底是当年的紫面郎君，即便武功全失，其阅历经验都不是惊蛰赶得上的，若他真的想做什么事儿，惊蛰怕是拦不住的。

“去顺天府！”

顾昭鹤心道不好，又担心唐正之死真的同庞柯有什么关系，他双唇紧紧抿成一条直线，拉住姜绥绥便朝顺天府走去。

第十一章

风云变幻，沉冤昭雪

JINGCHENG
XIAO
HONGNIANG

京城小红娘

“皇上，临安侯爷可回来了？”

勤政殿很大，装着西川国上下所有的事；可勤政殿却也很小，装不下一颗年轻帝王的心。

穿着龙袍的年轻帝王面带疲倦地靠在龙椅上闭目养神，跟前堆了整整一桌奏折。他身旁站了个头发花白的男人，那人一头白发，叫人以为是个上了年纪的老大人，可声音却十分年轻：“微臣听说，临安侯抗旨不遵，此事……”

靠在龙椅上的皇帝闻言眼睛动了动，这才不情不愿地睁开了：“还是丞相大人消息灵通，不过半个时辰之前的事儿……”皇帝说完这话打了个呵欠，眼角沁出晶莹的泪水，“都已经传到你耳朵里了。”

辛阙弯腰拱手，言语里倒是半点也不慌乱：“微臣不敢，不过是关心皇上罢了。”

不等皇帝让他起身，辛阙便自顾自地挺直了身子，还抬脚走到皇帝跟前，低声道：“看临安侯爷如今对皇上、对朝廷的态度，便可知微臣之前所言并不是胡乱攀咬。”

他的声音越来越轻，只有在他跟前的皇帝、顾昭鹤的堂兄、先帝的独子顾念先能听得清楚：“临安侯已有反心，若皇上不及时止损，只怕后患无穷……”

顾念先抚了抚冰冷的龙椅扶手，上面雕着一条活灵活现的似乎随时都能从椅子里钻出来的龙：“辛阙，临安侯同朕可都是在母后膝下长大的，你同朕说这些，就不怕朕治你的罪？”

“微臣知道皇上与临安侯自幼一起长大，情谊深厚。可……却是临安侯先弃您于不顾的。”

辛阙的声音似乎带着一种奇特的魔力，总是让人不自觉地便把他的话听进去。他是两朝元老，先帝在时便是把持朝政的权臣，到了新朝，又有扶持幼帝的功劳，满朝上下谁不尊他重他？偏偏他在帝王面前一直将姿态放得很低，似乎知道自己不管如何重权在握，臣子就是臣子，永远不可以越过最上面的那个人。

“他早就察觉老侯爷的死与先帝有关，否则又怎会只身去查那过去了快二十年的往事？”

当年之事，桩桩件件辛阙都十分清楚，是谁主使，起因为何，有多少人参与进去，又有多少人因为那件事分得了好处，再没有第二个人知道得比他还多。

包括那位已经作古了的先帝。

顾昭鹤查这件事便是要揭开当年的秘密，要向天下人昭示他辛阙曾经做过的事情。

辛阙自然不肯。

“皇上，先帝与老临安侯何尝不是手足兄弟，可若是臣子生出不臣之心，就该承受帝王之怒。”

顾念先的手顿住了。

“您眼前所见的，都是先祖和先帝给您留下来的基业，若一朝叫他人夺去，您可有颜面面对先祖？先皇就是斩草不除根，这才留下了顾昭鹤这个祸患。皇上……切不可妇人之仁啊。若皇上要保江山永年，此人断不可留！”

说到此处时，辛阙的语气重了些，连眼里也带了几分杀气：“还有姜不辞之女，但凡是同当年之事有关的人，都不能留下。”

辛阙是个文臣，可眼中的杀伐狠辣丝毫不输带兵打仗的将士，他不光要皇帝了结了顾昭鹤，便是连姜绥绥的命他也想要。

“当年之事？”

顾念先懒洋洋的，他从始至终就没端正过自己的坐姿，这姿势和顾昭鹤如出一辙，哪里像个帝王，活脱脱一个纨绔子弟。

倒也是，若不是个纨绔，那这么多年下来，朝政为何还是被辛阙紧紧把控着，连这勤政殿他也出入自如，只差把这儿当成自个儿的丞相府了。

“朕记得，当年之事辛丞相也参与了不少。若跟当年之事有关的人一个都不能留下，那朕又该如何处理你呢，丞相大人？”

顾念先说这话的时候似乎还在打瞌睡，眼睛半眯着，只是挪了挪身子，换了个更舒服点的姿势靠着。

辛阙睫毛轻颤，随后轻笑了一声，连带着鼻尖的小痣也轻轻动了一下：“微臣一心为了皇上、为了西川国，以身殉国又有何不可？”

勤政殿里突然安静了下来，顾念先盯着那位虽已年过六旬，可除了一头花白的头发能看出其年龄，其他不管从什么地方看都不曾老去的丞相辛阙，突然坐直了身子。

怪不得先皇将他视作仙人，一心听信他的话，沉溺于炼丹修仙之术，只为能和这位大人一样永葆青春。

顾念先往前一坐，双手拨开跟前的奏折，微微仰头道：“辛阙大人一心为国，朕如何舍得让你去死呢？你若是死了，朝堂之事我和谁商量去？”

“皇上如今还年幼，等日后再大些，一应朝政就得您亲自处理了。皇上是个好帝王，一定……”

“好了，好了。”

顾念先还没好好坐上一盏茶的工夫，一听辛阙说这些让人头大的言论，便又瘫回了龙椅上，半是无奈半是嫌弃地挥了挥手道：“如今前朝有丞相替我守着，我安心得很，何必要亲自处理？”

“那刚才微臣所提之事……”

顾念先像是被问得有些烦了，起身径直往殿内走去：“既然辛大人已有经验，这事儿你只管上手去办便是。朕累了，先去睡一会儿。”

辛阙看着顾念先离去的背影，沉默了一会儿后冲帝王行了个拜礼，他花白的头发挡住了脸，叫人看不清脸上的神色。

顾念先踏入内殿，脚下的动作就停了下来，他微微偏头看了一眼还在行礼的权臣，年轻帝王的眼中杀气顿显，低声喃喃道：“顾昭鹤啊顾昭鹤，这事儿可是你自找的……”

姜绥绥一行人赶到顺天府，衙役一看是一线牵的人，便把他们带了进去。

“周大人，庞叔乃我一线牵的人，你从我一线牵抓人，我这个老板自然是该来的。”

姜绥绥不是第一次和周大人打交道了，她知道此人不喜欢过那些虚招子，便开门见山地问道：“敢问大人一句，为何要抓他？”

庞柯本就老迈了许多，如今身上又带着重枷，越发显得虚弱了，原本圆滚滚的脸竟然凹了下去，和旁边穿着富贵、精神抖擞的安远山形成鲜明对比，姜绥绥看得心疼。

“既然姜老板来了，那我也不用再派人去请你。”

周大人也觉得奇怪，为何近来京中发生的事情，或多或少都与眼前这位姜老板有关，前几次是她本人，这次竟还牵连出一线牵的管事。

“杜三娘和唐正之死，本府已掌握实证，确是庞柯所为。”

姜绥绥左手攥成拳头，她咬了咬下唇，偏头对上庞管事。杜三娘的死的确和他有关，可他又为何要杀了唐正？且他武功尽失，又如何能潜进辅国将军府？

“周大人……”

“周大人，我已经说过很多次了，杜三娘的确是我杀的，可唐正的死跟我没关系。”

姜绥绥正要说话，却突然被庞管事打断，他双唇苍白，脸上泛出一种不太正常的病态来。

顾昭鹤看了看他的脸色，总觉得有什么地方不太对劲。

“既然我都把杜三娘的死认了下来，为何还要否认杀了唐正？”庞柯有些桀骜不驯地看着周大人，扯了扯嘴角，嘲讽地笑出声，“杀一个人和杀两个人难道有很大的差别吗？”

“放肆！”

周大人被这不知悔改的言语激怒，他猛地一拍惊堂木，高声道：“唐府的下人亲口所说，昨晚曾在府上看到过你，你如何解释？”

“周大人，既然那人说昨天晚上就看见了我，那为何昨日不作声？难不成是怕偌大一个将军府拿不下我这一个年过半百的糟老头子？”

庞管事此时哪儿还有之前在一线牵时笑眯眯的老好人模样，他戴着重枷，却越发显得毫无顾忌，竟叫一旁的姜绥绥看到了些许他年轻时候桀骜不驯的影子。

姜绥绥咬了咬下唇，突然开口问道：“庞叔，唐正的死跟你到底有没有关系？”

似乎是没想到姜绥绥会突然问这事儿，庞管事愣了一下，脸上的嘲讽之色尽收，然后他脸色微沉，一本正经地说道：“若那人再迟一步，唐正的命就该是我来取。”

他言语里裹挟了几分杀气，虽承认自己有要杀唐正的心，可唐正之死的确与他无关。

既然他说此事与他无关，那姜绥绥自然就信。她闻言思索了片刻，突然冲周大人行了个礼：“还请周大人宣人证，我倒是想知道，那下人是什么时辰、在什么地方看到庞叔的，又为何没喊来将军府的护院。”

姜绥绥话音刚落，一个衙役急急忙忙地走到周大人面前，那人虽压低了声音，可还是被在场众人听到了：“大人，不好了，唐府的下人突然死在了房里，全身上下皆无半点伤痕，现下仵作还在验尸……”

人证竟在这个时候死了。

周大人本就严肃的脸上划过一丝恼意，之前所有证据都指向庞柯，人证要是死了，大家第一个怀疑的也会是他，只怕庞柯还没蠢到这个地步。

周大人神情严肃，挥手让前来报信的衙役先下去。他咬了咬牙，腮帮子鼓了出来：“本府问你，安远山今日一大早便看到你从唐府后门出来，你又作何解释？”

被点了名字的安远山一愣，看了模样跟性情大变的庞管事一眼，有些害怕地往旁边挪了挪。

安府和唐府在相邻的两条街，这两座宅子都很大，恰好又是背对背。偏偏最凑巧的是，从安府的藏书楼上望下去，正好能看见唐家的后门。安远山昨夜宿在藏书楼，早上被晨风冷醒，原本打算去关窗的，却正好看见走出唐府后门的庞柯。

“大人，我刚才不是说了吗？”

兴许是脖子上的枷太重，庞柯有些不舒服地扭了扭脖子，脸色也越发难看起来，甚至连额头上也冒了一层密密麻麻的汗水。

他强撑着笑了一声："若唐正还活着，那杀他的人就应该是我。若是大人您想杀的人莫名死了，您会不会也想去瞧一瞧他到底因何而死？"

不光是周大人，便是姜绥绥也有些糊涂，为什么庞管事一定要杀了唐正？

这个疑问刚滑过她的脑子，周大人便问了出来。只见庞柯呼吸突然粗重了几分，连眼睛也充血泛红，眼底是浓厚得化不开的恨意。

"为什么？因为他杀我义兄，害我大嫂，灭我兄弟三百余人，踩在二十五万大军的尸骨上，夺了当年击退蛮族、护西川国安定的功劳。"

庞柯整张脸涨得通红，眼睛里似乎要流出血来，他额上的青筋毕露，这十余年来的委屈和不甘似乎在这一刻统统涌了出来。

"他当年不过是击退蛮族大军中的一个小小副将，若非他与朝中奸臣勾结，害了军中正、副两位主将，临安侯爷、姜盟主，还有我那诸多兄弟，又怎会落得一个尸骨无存的下场！

"如今他倒是痛痛快快地死了，我们这么多年所受的屈辱，究竟何人偿还！"

庞柯嘶吼着说出当年鲜血淋漓的往事，当着众人的面揭开了那层被粉饰了十数年的虚假的太平，露出了令人震惊且让人不可置信的真相来。

周大人虽只有四十岁，可当年的老临安侯与武林一众高手领二十五万大军驱赶蛮族最终惨胜之事，他也是知晓的。老临安侯爷和武林盟主姜不辞战死，侯夫人殉情而死，先帝为了抚恤弟弟唯一的血脉，将临安侯爷之子接进宫中，养在皇后膝下当皇子教养。可当年名噪一时的武林盟主姜不辞战死后，那些曾被姜不辞驱赶过的江湖臭虫却对姜家进行了永无止境的报复，不光杀了姜不辞的妻女，还一把火将姜府给烧了个干干净净。

原本世人都以为姜不辞的女儿在那场大火中死去了，可唐夫人前不久却在公堂上说出姜绥绥的身世来。

难怪……难怪当日唐夫人会说姜绥绥是来报仇的，原来当年的惨案竟是唐正一手促成的！

也难怪唐夫人回去不过数日就得了急病而亡，只怕唐正也脱不了干系！

“不光唐正要死，害我们落得如此下场的人……

“安家、孙家，还有辛阙和那个狗皇帝，他们都该死！”

庞柯的情绪越发激动，只见他额头和脖子的青筋鼓起，双眼瞪大，双拳攥得紧紧的，那重枷竟发出一阵嘎吱嘎吱的声音，还没等众人回过神来，他竟将其挣开了！他双眼赤红，神志有些不大清明，右手勾成鹰爪，竟直冲安远山的脖子而去！

“不好！”

顾昭鹤下意识把姜绥绥往自己身后护，待看见庞柯从脖子蔓延到脸上的黑线时突然回过神来。他一个飞身直直挡到安远山面前，双手挡下庞柯奋力击来的那只手，不但没能接住，竟还往后退了半步。

“顾昭鹤！”

姜绥绥很是担心地喊了一声，却见庞柯双眼赤红又十分空洞，他单手勾成鹰爪一把掐住了安远山的脖子，竟把他整个人都提了起来。

安远山的脸很快就变成了猪肝色，奋力挣扎的手也渐渐没了力气。

顾昭鹤见状，一个飞身压住了庞柯的双手，将全身力气往下一沉，这才堪堪将已然有些发狂的他挡住了。

安远山被甩了下来，翻了翻白眼竟直接晕了过去。

庞柯现在像是彻底失去了理智，见眼前之人是顾昭鹤后也没有半点要收手的意思，竟又运功准备朝他袭去。

“挽风！”

顾昭鹤大喝一声，宋挽风控住庞柯的另一只手，双手紧紧夹住他的身子，顾昭鹤看准时机，双手大拇指用力朝庞柯的太阳穴一按，右手食、拇二指并拢猛地朝穴道上一点。只见庞柯的气力渐渐弱了下来，整个人身子一软便瘫在了地上。

这突如其来的变动震惊了在场所有人，姜绥绥连忙跑过去，却发现庞柯的脸上竟浮现出一层灰白之色，半点生气也没有。

“庞叔，庞叔！”

姜绥绥心中“咯噔”一下，连忙抬头去看顾昭鹤。

“归元散。”

顾昭鹤神色凝重，他动作极快地从腰间取下一排银针，手快速地滑动，取出其中一根来，又接连点住了庞柯的几个大穴，并用银针在他的十指上都扎了个洞，然后左右手的食指和中指并拢，从他的肩膀往下推，只见庞柯的十指纷纷冒出如同黑线一般的黑色血迹。

如此数次之后，顾昭鹤脸上冒出一层细密的汗水来，见庞柯脖子上的黑线颜色渐褪，他这才收手。

还没来得及擦汗，他便扭头对上姜绥绥担忧的视线。

“若是服用归元散，能让人经脉重塑，不仅会使武功全失的人功力恢复，还能功力大增。”顾昭鹤喘了口粗气，“可这药，既是神药，却也是毒药，用这药一次，便是透支了整个身体，是拿寿元来换的。庞叔体内本就有当年未曾清理干净的毒，他又服下了归元散，如今……”

姜绥绥闻言只觉得双耳轰鸣，她看了看消瘦得不成人样的庞管事，眼泪再也忍不住纷纷涌了出来。

难怪他当日不肯告诉她当年所有的事情，不肯告诉她到底是什么人害了她的爹娘……原来他一早就做好要亲自报仇，与那些人同归于尽的打算了吗？

姜绥绥捂住胸口，只觉得连气都喘不过来。她伸手抓住顾昭鹤，像是抓住了救命稻草一般："顾昭鹤，你救救……"

"除非能找到洗骨草，否则即便大罗金仙也回天乏术。"

洗骨草与归元散中的归元草同根而生，一株生两叶，一叶归元，一叶洗骨，二者虽同根而生却相生相克。可洗骨草还未长成之时就会被归元草吞噬，归元草甚多，洗骨草却难寻，普天之下也只出现过一棵，他如今要去何处寻？

顾昭鹤眯了眯眼睛，突然偏头看向了皇城所在的方向。

顾昭鹤五岁前在临安侯府生活，五岁后被当年的太后接到皇宫，同顾念先和顾宝珮兄妹俩一起养在皇后膝下。

他在皇宫中生活了十多年，却始终无法把那里当成家。

这里头阴谋丛生、荆棘密布，五岁的小昭鹤像是走在悬崖边上，稍有不慎就会滚下悬崖，落个粉身碎骨的下场。他曾经差点摔下去过，可万幸的是，他活下来了。

顾昭鹤带着无论如何也要跟来的姜绥绥进了皇宫，这宫中看似一切如常，却又时刻透露出诡异来。

"我幼时曾和兄长——也就是当今圣上到先皇的寝殿玩，偶然在一个暗格里发现了被仔细珍藏起来的洗骨草。虽然十年过去了，可那洗骨草应该还在。"

京城小红娘

夜正浓，今夜无月也无星，宫中一片寂静，只偶然能看到巡逻的侍卫。

顾昭鹤攥着姜绥绥的手腕，轻车熟路地往勤政殿走去，他在宫中生活多年，幼时又是个上树掏鸟窝、下水摸锦鲤的性子，这宫里没人比他更熟悉了。

“绥绥。”

顾昭鹤突然停下了步子，看着近在眼前的勤政殿，开口喊了一声，但他不曾去看她，视线直直落在前方：“若我说我爹和你爹当真给你我定下了娃娃亲，你信吗？”

姜绥绥没料到在这个时候他竟会提这件事情，她先是愣了一下，很快便反握住他的手。

“我信。即便没有娃娃亲，你这个人也已经是我的了。顾昭鹤，我可不想每年再因没有婚嫁而被罚银子了，好亏的。”

姜绥绥很快便反应过来，只怕他们这次进宫不光是为了求洗骨草，这勤政殿里头说不定会有其他危险等着他们呢。

顾昭鹤闻言脸上竟露出一抹十分孩子气的笑容，他紧了紧握着姜绥绥的手，夜风吹起他的头发和衣裳：“好。”

乌云像一层厚厚的黑色棉被，把月亮挡了个干干净净，半丝月光也不能透出来。勤政殿今夜未曾点灯，黑得像一团化不开的墨。

顾昭鹤带着姜绥绥从一间无人居住的内殿绕到了勤政殿的大殿，殿内金银之物的光芒互相反射，竟比旁的地方要亮上许多。

他们站在大殿内，透过这些光亮看到了被放在龙椅上的锦盒——里面装着救命用的洗骨草，看来某些人一早便知道他们会来寻了。

顾昭鹤和姜绥绥对视一眼，二人携手一步步地朝龙椅走了过去。

顾昭鹤伸手去拿，眼看着手指就要碰到那锦盒，勤政殿却突然大亮。

突如其来的光亮让他们一时有些无法适应，姜绥绥半眯着眼睛，视线直直落在从一旁走过来并站定在大殿中间的人——那人有一头雪白的银发，可脸上却半点老态也没有，鼻尖上的小痣竟显出几分温柔来。

“临安侯明知此乃陷阱，却仍旧为了姜姑娘冒险，看来还真是继承了老侯爷和侯夫人的情种血脉呢。”

辛阙的语速很慢，嗓音又格外柔软，若不是在眼下这个时刻，姜绥绥定是要赞上一句的。

“丞相大人深夜不在丞相府，跑到我兄长的寝殿来做什么？”

顾昭鹤瞥了辛阙一眼，转身把龙椅上的锦盒拿了下来，又塞到了姜绥绥袖子里，他带着她走了下来，正对着辛阙而站。

殿内黑压压地站了许多戴着兜帽的黑衣人，他们脸上还盖着一块只露出眼鼻的黑色的铁面具，看不出真容来。

“丞相大人的权势果真滔天了，连执金卫也要听从大人之命，您这是要造反不成？”

穿着一身白袍的辛阙在这一堆黑衣人里甚是显眼，他听闻顾昭鹤这话轻笑了一声，又抬手摸了摸自己鼻尖的那颗小痣，像是觉得面前之人幼稚得可爱，一边摇头一边说道：“临安侯，这要造反的难道不是您吗？微臣是奉了皇上之命，前来清剿乱臣贼子的啊。”

“乱臣贼子？”顾昭鹤歪了歪头，眼神却十分凌厉地看向了辛阙，“难不成辛大人十多年前也是这样向先皇回禀的吗？我爹是乱臣贼子，那一众武林势力也是乱臣贼子？”

辛阙轻笑一声：“侯爷此言是何意？西川国谁人不知，您的父亲老临安侯，和那位姜姑娘的爹爹都是为了保护百姓战死沙场的英雄，我又怎敢说他们是乱臣贼子呢？”

“哦？那如此说来，我们还得多谢丞相大人，给我们的父辈留了这么一个美名？”

顾昭鹤言罢，没给辛阙开口回答的机会：“那我倒是要问一问丞相大人，您可知道唐正是怎么死的？”

“唐将军死了？”辛阙有些惊讶，他身子微微前倾，摇了摇头，面上显出几分可惜之色，“真是可惜了，唐将军这么多年可立下了不少功劳呢。”

“功劳……是替辛大人和先帝铲除临安侯爷和江湖势力这两个心腹大患的功劳吧？”

辛阙面上神情虽没有半分变化，可眼中一闪而过的杀气却没有被顾昭鹤他们错过。

“怎么，是我说错了吗？哦，对了，还有当年听从辛大人安排故意延误前线军需，以仿写先皇旨意、以次充好狠狠赚了一笔国难财后，又一跃成为皇商的安远山，以及和辛大人始终站在一条战线上，替大人您杀人放火，解决那些残留问题的孙昌海——这些都是大人的手笔吧。”

顾昭鹤每说出一个字，辛阙眼中的杀气就更重一些，到最后几乎凝成实质，可他脸上仍旧带着阴冷的笑意，看得人通体生寒。

“虽说我今日本就没打算让你活着回去，可你如今既然知道了那么多事情，就更不可能让你活着走出皇城了。”

他的声音依旧温柔，吐出的每一个字却都裹满了毒液。

“辛大人要杀我可以，”顾昭鹤面无惧色，竟还朝辛阙走近了些，“可我始终有一件事不明白，辛大人当年就已经权倾朝野，为何非要设计杀害我爹和武林盟主？”

顾昭鹤就站在辛阙对面，辛阙一伸手就能掐住他的脖子。

“要怪……就只能怪先皇了。”辛阙沉默了一会儿，突然轻笑出声，“谁让先皇疑心深重，总觉得老临安侯有不臣之心？我乃天子近臣，皇上有所忧愁，我等作为臣子，自然要想办法替皇上解决这个问题。”

先帝虽是圣祖皇帝的长子，可自幼不得皇帝宠爱，反倒是生母出生卑微的老临安侯最得圣心。若非群臣反对立稚子为储君，先帝又占了个长子的名头，这皇位是万万落不到他头上的。就连死前圣祖皇帝也千叮万嘱要先帝一定护好老临安侯，不得生出疑心来。

刚开始的时候先帝的确做到了圣祖皇帝嘱托之事，对临安侯府恩宠万千。可他坐上皇位的日子越久，耳边听到的声音越多，对临安侯府的忌惮就越来越深，甚至还数次梦到老临安侯举兵造反，自己身首异处滚下龙椅的画面。

再加上那年难民涌进汴京城，老临安侯建棚施粥，在百姓心中又更多了贤德之名，加之江湖势力逐渐扩大，已然威胁到了朝廷和皇帝的势力。先帝越来越怕，到最后竟到了夜不能寐的地步。

当年的辛阙深得先帝信任，他是天子近臣，自然知道天子的顾虑，他有野心、有图谋，不仅要保住自己手中的权柄，还想握住更多权势！

既然皇上有所忧虑，那他作为臣子，若是替皇上解决了烦恼，自然能得到更多想得到的东西。

权势、金钱、地位，他能得到想得到的一切。

“谁又让时机那么凑巧呢？蛮族举兵来犯，朝中无良将可用，是你父亲自己要领兵出征的，又是他劝服了那诸多武林高手。

“我不过是言语中略微提及了一些断三军粮草和前线军需的事，又偶然同唐正提及了先皇忧心之事。

“是他们太蠢了，如何能怪我呢？”

因为他们心系百姓，心系家国，即便是成了眼前这位权臣交换权势的资本，可为了家国安宁、百姓安居乐业，所以明知上战场有危险，却仍然一往无前。可如今到了辛阙嘴里，竟只落得一个蠢字吗？

“所以……你杀了唐正嫁祸给庞叔，就是为了引我们进宫？”姜绥绥不可置信地开口问道。她只觉得心口疼得厉害，看着面前之人，眼前不断闪过埋骨边疆苦寒之地的将士们。

“你倒是要比你爹更聪明些。”辛阙赞赏地看了姜绥绥一眼，“唐正和孙家人一样，都是没用的东西了。没用的东西在发挥完他们最后一点价值后，就该消失了。”

顾昭鹤大半张脸隐在黑暗中，看不清脸上究竟是何情绪，可他周身萦绕着一股令人胆寒的杀气，让辛阙也忍不住侧目。

“话也说了这么多，是时候办正事儿了。”

辛阙抬手理了理自己的袖子，懒洋洋地发号施令道：“动手吧。”

静。

整个勤政殿死一般的寂静。

辛阙整理袖子的手僵了一下，他抬眼看了看将顾昭鹤和姜绥绥围了个水泄不通的执金卫，心中突然有一种不好的预感。

他猛地攥住自己的袖子，强行稳住心神，提高了音量道：“我让你们现在就动手！杀了顾昭鹤和姜绥绥！”

“辛大人今日要杀了朕的堂弟，明日是不是就要杀了朕然后取而代之了？”

辛阙话音刚落，顾念先便从龙椅后面的一道暗门走了出来。他穿着一身明黄的龙袍，站在龙椅面前。

只听见一阵拉弓的声音，殿中的执金卫纷纷把手中的弓箭对准了殿中的……辛阙。

“臣顾昭鹤，参见皇上。”

顾昭鹤抬头看了顾念先一眼，拉着姜绥绥冲高位上的皇帝行了个君臣礼。

“平身吧。”

辛阙似乎还没从眼前之景回过神来，他看着站在龙椅面前的年轻帝王，看着他那与往日纨绔子弟全然不同的神情，竟突然有些慌了起来。

这些执金卫分明是他暗中插入的眼线，为什么……为什么此刻会突然掉转枪头，把剑对准了自己？还有皇帝，他到底是什么意思！

“多亏了辛大人，朕才能得知当年之事的真相。”

顾念先的容貌和顾昭鹤有三分相似，却更多了几分坚毅和老成。他看着殿中有些慌乱的辛阙，眼底沉着一片寒冰：“辛大人以一己之势便剔除了对你多有微词、威胁着你把持朝政的朕的皇叔，又清剿了向来不服你管教的江湖势力，可真是好手段啊。若再迟一些，只怕这江山就要改姓辛了！”

顾念先怒斥一声，顺手从桌上拿起一个笔洗，重重朝辛阙跟前砸去。那笔洗被砸成数片，碎片从辛阙脸上划过，留下一条条血痕。

“为什么？为什么会这样！”

辛阙千算万算也没想到自己会败在两个黄口小儿身上。他当年能借着先帝的手铲除了对自己不利的两拨势力，还换来了滔天的权势，为什么如今会栽在这个在自己手里长大的小皇帝身上？

“为什么？”顾念先轻笑了一声，一步一步从龙椅走了下来，“因为朕不是先帝，昭鹤也不是皇叔。”

“假的！都是假的！没有人坐上了那个位置还能秉持本心。”辛阙依旧不肯面对他已然输了的事实，他抬起有些颤抖的手指，指着那高高的龙椅，“但凡手中有了权力，就会想要更多、更大的权势，没有人能逃得过的！”

“先帝逃不过，我逃不过，你——”他指了指顾念先，又挪到了顾昭鹤身上，“还有你！你们都逃不过的！即便你现在知道当年之事是我一手造成的，可你们又能做什么呢？主动把当年的事儿翻出来，昭告天下先帝是个疑心深重、诛杀良臣、残害兄弟的暴君？

“你不敢！你是先帝的儿子，子翻父案，在后世的史书上你将永远被烙下不孝的罪名！你不敢！”

顾念先不置可否：“朕有什么不敢的？辛阙，你可知道我与顾昭鹤是一同长大的？他是个混不吝的性子，你以为我又能好到哪儿去？”

辛阙瞪大了双眼，似乎还不敢相信顾念先竟不顾皇家百年名声也要翻案。他见离间之计不可行，竟趁众人不备，一个跨步走到姜绥绥跟前，想抓她做人质。

可姜绥绥从踏进皇宫那一刻起就不敢掉以轻心，在得知当年之事的缘由后更是恨不得将辛阙撕碎。如今他猛地朝自己逼近，姜绥绥下意识握住藏在袖子里的匕首，竟直接刺穿了辛阙朝他伸来的手。

“啊——”

辛阙没想到自己竟会被一个小姑娘所伤，他握住自己受伤的手痛呼出声，痛得倒退了几步，竟想就这样冲出勤政殿。

“放箭！”

顾念先见状，冷着一张脸高喝出声，只见他话音刚落，所有执金卫的箭便直直朝辛阙身上射去。

他半只脚刚踏出勤政殿，整个人便被数百支利箭射成了刺猬。

他一脸不可置信，低头看了看从后背穿透前胸的箭，费力扭头看向了殿中正拿着弓箭的顾昭鹤。

“顾……昭鹤！”

辛阙口中涌出鲜血，然后整个人直直往后倒了下去，从殿门口滚下那长长的石阶，彻底没了气息。

这位权倾朝野的两朝元老，终于在此刻得到了应有的下场。

顾昭鹤亲眼看着辛阙从石阶上滚下去，他扔下手中的弓箭，偏头看向已然红了眼圈的姜绥绥：“绥绥，我替咱们的爹娘报仇了。”

凶手终于伏法，当年埋骨边疆的英雄们如今总算可以安息了。

可此事仍然还没结束。

姜绥绥突然转身跪在顾念先跟前，她双手握拳，对眼前这位年轻帝王道：“还请皇上能告知天下当年之事的真相，以告慰亡灵！”

勤政殿内突然安静了下来。

顾念先看着跪在自己跟前的姜绥绥，挥手让那群早就被自己和顾昭鹤掉了包的执金卫退下，整个勤政殿一下子就只剩下他们三人。

“你就是姜绥绥，皇叔给昭鹤定下的媳妇儿？”

顾念先并没有正面回应这个请求，反倒突然把话头扯到了姜绥绥身上。

“倒是个好姑娘，待选个好日子，朕就给你们赐婚。”

“皇上！”

这位帝王顾左右而言他的态度弄得姜绥绥有些慌神，她抬头去看，却对上他略显冰冷的视线。

“辛阙纵有千万句话是错的，可有一句，他说得对，子翻父案，不孝的名声会在我身上烙一辈子。”

姜绥绥一时竟不知他到底是什么意思。

顾念先负手转身，一步一步地朝龙椅走去：“如今朝中风气不正，好不容易消停了十多年的蛮族又开始虎视眈眈，屡犯西川边境。”他走到高位，甩袖看着殿内的顾昭鹤，“朕要你回朝中帮我，替朕整肃朝纲，驱赶蛮族。”

诚如顾念先所说，他与顾昭鹤从小一起长大，又怎能不知道顾昭鹤这不受拘束的性子？如今朝中他并无多少可用之人，若顾昭鹤再不回来帮他，那他又该如何守护这满目疮痍的江山？

“皇上，臣……”

“若你能驱除蛮族，我向你保证，你凯旋之日，便是朕明旨告知天下先皇所犯之罪之时。”

姜绥绥没想到皇帝竟会以此作为交换，让顾昭鹤披甲上阵，可战场上刀枪无眼，又有先帝那活生生的例子摆在那里，若他此去走了他们父辈的老路，那……

顾昭鹤定睛看着站在龙椅面前的顾念先，犹豫了片刻，竟轻笑出声，他双手抱拳、单膝下跪，竟直接应了下来：“臣，领旨！”

顾念先也没想到他会答应得如此干脆，原本以为他起码会推辞一下的。

“你就不怕朕效仿先帝，把你给……”

“皇上，若我真想当皇帝，那你早就没了。”

顾昭鹤这话十分张狂，偏偏顾念先不怒反笑，还笑着骂了他一句：“没大没小的臭小子。”他摇了摇头，对自家堂弟这个混不吝的性子自然是习惯了。

顾念先还想说什么，却突然瞥到了姜绥绥，又加了一句：“待你回来，朕就给你们俩主持婚礼，你们再早点给朕生个侄儿来玩一玩。”

他们从宫里出来的时候天已大亮，昨夜那浓得像墨一般的黑已然过去。姜绥绥捧着那个装着洗骨草的锦盒，脑子里想到了不久前顾念先说的话。

“虽说庞柯杀人情有可原，可到底是杀了人，触犯了本朝律法，死罪能免，可活罪难逃。待他用了洗骨草清醒后，朕会立即派人将他逐出汴京，永世不得再回来。”

姜绥绥想得出神，连顾昭鹤和她说话都没听见。

“绥绥，把洗骨草给我。”

顾昭鹤喊了好几声，她才回过神来，急急忙忙地把锦盒往他怀里一推，差点扔到地上。

“可还在想庞叔的事？皇上只说了不许庞叔进京，又没说不许咱们去探望他。若你想他了，咱们随时出城便是。等他吃了这洗骨草制成的解药，身体里的毒便能解了，只是……庞叔身子亏损得实在厉害，日后怕是不能再做什么重活了。”

姜绥绥听完这话“嗯”了一声，兴致并不大高。

顾昭鹤见状，轻笑一声，双手搭在她的肩膀上，低头和她鼻尖相抵：“可是在担心我出征之事？”

这次姜绥绥沉默了，过了一会儿她才伸手扯住顾昭鹤的衣裳，从鼻间哼出一个“嗯”字来：“出征的时间定了吗？什么时候？”

“后天一早便从西直门出发。”

后天，那他们岂不是只有两天不到的日子了？

姜绥绥突然觉得眼睛有些酸酸的，她吸了吸鼻子，很是倔强地没哭出来：“战场上刀剑无眼，你……你一定要好好的。”

平日里能言善辩的姜老板这会儿就跟被锯了嘴的葫芦似的，憋了半天就只说出这一句话来。

不管她说什么，顾昭鹤都点头称“是”。最后，他抬手摸了摸怀里的小姑娘的脑袋，低声道：“我知道，我还欠你几千两银子没还完呢，怎么敢出事儿。”

他不说这话还好，这句话一出来，姜绥绥的眼泪就彻底止不住了，她这会儿哪里还顾得上什么女儿家的矜持，一把抱住顾昭鹤的腰哭得好不凄惨，不知道的还以为她被怎么了呢。

姜绥绥一边打哭嗝一边嘴里嘟囔着：“你……你可一定要回来啊，我不想再缴罚款了，每……每年要交……交好多银子呢。”

顾昭鹤被这丫头逗得哭笑不得，抬手帮她擦了脸上的泪珠，又低头亲了亲她的眼睛，随后从腰间解下一枚玉佩来。

“这玉佩是我娘让我留给你的，现在玉佩给了你，我不敢不回来。

“绥绥，你等我。

“等我回来娶你。”

尾声

JINGCHENG
XIAO
HONGNIANG

京城小红娘

次年，冬。

今年入冬晚，都腊月了还不见飘雪，天气虽然冷，可汴京城却一如既往的热闹，城里那家专门给人拉红线的一线牵里，人更是多得不像话。

“冬生，替柳姑娘把名册拿来。”

“绿芙，把刘少爷带到二楼雅间去。”

“春水，来这儿帮忙登记一下名册。”

……

一线牵虽忙碌，可在姜绥绥的招呼下却显得格外有秩序。她今天刚收了好几家成婚的请帖，昨天还收到了许阿玉产子的好消息。

虽说这冬日寒冷，可一线牵却始终暖烘烘的。

她安排好前厅的事儿，便计算着时间快步回了后院，可今天还是没等来送信的信鸽。她不免有些失望，只能长叹一口气，回屋把之前和顾昭鹤的来往信件再看一遍。

距离顾昭鹤去边疆已经整整一年了，自他到边疆以后便和自己时常有书信往来，可如今都半个月没收到信儿了，她不禁有些担忧。

“嫂嫂，嫂嫂！”

姜绥绥把信拿出来，才看到开头那句“绥绥吾妹，见信如晤”，顾宝珮咋咋呼呼的声音就从院子里传了进来。

“嫂嫂，我要相亲！我今天就要找人嫁了！”

姜绥绥不管是听到“嫂嫂”二字，还是听到顾宝珮后面那半句话，都已经习以为常了。她不紧不慢地把信件收起来，瞥了瞥脸被气得通红，嘴巴噘得都能挂油壶的顾宝珮。

“怎么了？宋挽风又怎么招你了？”

“他……他说他要和别的女人成亲！君若无情我便休，既然他不想要我，那我也不要他了！”

这都什么乱七八糟的。

姜绥绥有些头疼，不知道这丫头是又看了什么不该看的话本，什么“君若无情我便休”，这都哪儿跟哪儿啊。

再说了，宋挽风哪里舍得放着她不要，扭头去娶旁的女子？

顾宝珮说到这儿就委屈，眼泪“吧嗒吧嗒”地往下掉，还从怀里掏出两张皱巴巴的纸来：“你自己瞧！这是不是他写给旁人的信？”

姜绥绥接过那信铺平了一看，只见信中写着什么“我与她不过是逢场作戏，若非她位高权重，我又怎会与她虚与委蛇”“我心中在乎的只有你，从头到尾只有你一人”“你放心，待我完成大业，一定会来娶你”……

姜绥绥越看眉心皱得越紧，这的确是宋挽风的笔迹，难不成他还当真存了什么旁的心思不成？

可这信的内容她怎么越看越觉得不对劲呢？

还没等她细想，顾宝珮的哭声就一个劲儿地钻了进来，明明刚才还只是小声地啜泣，后来估计是觉得自己太惨了，竟开始号啕大哭，怎么哄都哄不好的那种，颇有种要用眼泪把屋子给淹了的架势。

“宝珮，你等着，我这就去找宋挽风算账去！”

京城小红娘

顾昭鹤出征的这一年里，顾宝珮没少往她这儿来，宋挽风又受顾昭鹤所托，留在京中保护她。一来二去，这两人斗嘴吵闹竟吵出感情来了。她原以为二人感情美满，只消再过段时日求皇上赐婚就又是一段佳话，谁料想突然不知从哪儿冒出个宋挽风真正的心上人来。

姜绥绥刚起身，还没跨出屋门呢，就看到宋挽风急吼吼地走了过来："嫂子，你看到宝……"

他话还没问完，就瞥到屋子里正扑在桌上哭得昏天黑地，不知日月为何物的顾宝珮，连忙抬脚走了进去，好声好气地喊道："宝珮，你是不是看到我放在书房的废纸了？"

宋挽风不来还好，他一来，顾宝珮的眼泪就更止不住了。她又气又委屈，一拳就砸了过去："你滚你滚，我才不要你，我要嫂嫂重新给我找个夫君，我不要你了！"

宋挽风一听这话脸就黑了，一把攥住顾宝珮的手把她往自己怀里带："你刚才说什么？不要我了？还要换个夫君？顾宝珮，你胆子越来越大了啊。"

"呜呜呜……明明是你先不要的，明明是你说你和我只是逢场作戏的！"

顾宝珮越说越委屈，眼睛都快哭肿了。可她这话一出，宋挽风脸上竟莫名多了一份尴尬的神色，还莫名其妙地红了，他抱着顾宝珮，压低了声音道："那不是什么信……那是我给你写的话本。"

"呜呜呜——嘎？"

顾宝珮正哭得起劲，突然听见什么话本不话本的，哭声戛然而止，竟发出一声鸭叫来。

"咳，你前段时间不是抱怨没有好看的话本吗，我……左右我闲来无事，就自己写来玩了，谁知道竟然被你给看见了……"

宋挽风堂堂七尺男儿，竟然为了心上人去写那些闺阁女子才爱看的话本。

顾宝珮愣了愣，睫毛上还挂着泪珠，眨巴了几下眼睛道："你刚刚说的可是真的？没有其他姑娘，和我也不是逢场作戏？"

宋挽风连脖子都红了，可面对自己心上人这打破砂锅问到底的劲儿，却半点不耐烦都没有，他十分认真地看着眼前的傻姑娘道："以前没有，以后也不会有。

"除了你，我谁都不喜欢。"

顾宝珮的脸腾地就红了，偏偏还不小心瞥到双手抱胸、靠在门口看热闹的姜绥绥，想到刚才自己又哭又闹的蠢样，实在是羞得要死。

宋挽风也察觉到怀中之人的害羞，把人往自己怀里一按，揽着她就往外走了，在经过姜绥绥身边时，有些不大好意思地轻咳了一声："咳，嫂子，我先把宝珮送回去了。

"哦，对了，昭鹤应该快回来了。"

快回来了？

那是多久回来呢？

明天，后天，还是大后天？

姜绥绥裹着一床厚厚的被子在床上翻来覆去地睡不着，她白天听了宋挽风的话，便一直数着手指头算着顾昭鹤的归期。

最后越算越精神，她干脆披着一件厚厚的披风起身，从枕头下面把顾昭鹤留给她的玉佩拿了出来，裹了裹披风，推开房门走了出去。

屋外有些冷，好在她穿得够多。

今晚月色很美，姜绥绥想了一会儿，干脆回屋拿了一瓶桃花酿来。

这桃花还是她开春的时候摘了泡酒的，一共泡了十瓶，原想着等顾昭鹤回来了再和他一起喝的，可今晚却不知为什么突然想喝得很。

姜绥绥虽然喜欢喝冷酒，可顾昭鹤走之前千叮咛万嘱咐地不许她喝，她便耐着性子架了个小炉子，打算把桃花酿温一会儿再喝。

虽说今夜只有她一人，可她还是下意识地摆了两个酒杯。

桃花酿的香气很快便溢了出来，姜绥绥就着月光看了看手中的玉佩，因为自己日日都拿出来摩挲，玉佩越发显得莹润，被月光一照，格外好看。

“顾昭鹤，你要是再不回来，我就把这玉佩给当了。”她扑在桌上，看着手里的玉佩嘟嘟囔囔。

“你要是真把玉佩当了，那你就得赔我一个媳妇儿。”

姜绥绥整个人像是变成了石头，浑身僵硬，她对这个声音太过熟悉了，可又怕这一切都是她的幻想，她梗着脖子不敢回头去看，可握着玉佩的手却不断收紧，指尖都已经泛白了。

“才一年，我们家绥绥就变傻了吗？”

顾昭鹤，他回来了！

姜绥绥猛地转身，披风差点把桌上已经温好的桃花酿给打翻了。

顾昭鹤迎着月光向她走来，他的皮肤黑了些，似乎也瘦了些，可脸上的笑意却一如既往的温暖。他手里捧着一个长长的盒子，见心心念念的小姑娘傻乎乎地愣在原地，便突然张开双手，低笑了一声：“还不过来？”

姜绥绥眼睛一热，朝他飞奔而去，带了几分凉意的风吹起了她的头发，也吹暖了她的心。

“顾昭鹤，你怎么才回来啊！”

姜绥绥整个人埋在顾昭鹤怀里，忍不住埋怨了一声，可双手却紧紧抱着他的腰，丝毫不舍得松开。顾昭鹤也紧紧揽着她，听到这带了几分哭腔的话，低头吻了吻她的发心。

“是我回来得太迟了。”

“你有没有受伤？有没有遇到什么危险？”

姜绥绥突然想起战场的可怕，从顾昭鹤怀里退了出来，开始上下其手摸来摸去的，却一下子被握住了手腕。

“我还要完完整整地回来娶你，怎敢伤着自己？”顾昭鹤失笑道。

姜绥绥被他逗得直笑，刚要说什么就瞥到了那个木盒子。

“这是什么？”

顾昭鹤把人搂到自己的披风下，把木盒子交到她手里：“原以为你睡着了，本打算给你一个惊喜的。”

姜绥绥有些呆愣，接过那盒子后却没了下一步的动作。

顾昭鹤难得看到傻姑娘这副模样，他轻笑了一声：“也是，是该由我来打开。”

他说完这话就打开了盒子，只见里面装满了画，每一幅上面都是姜绥绥，或喜或怒或嗔，可爱的生气的撒娇的，站着坐着躺着都有。

这些画……顾昭鹤都是什么时候画的？

姜绥绥自己都不知道，她竟然有这么多个模样。

她翻着每一张画，看着看着眼睛就起了雾。她生怕自己的眼泪落到画上，连忙吸了吸鼻子把眼泪给憋了回去：“你都是什么时候偷偷画的啊……”

“从那天我踏进一线牵开始，一见到你便想替你作画，在军营里也是日日想你，一想你便又想替你作画，不知不觉就这么多了。”

顾昭鹤听见姜绥绥的鼻音，轻轻捏了捏她的鼻子。

“我作画的时候总是不自觉地把目中所见完美化。可画你的时候，我脑子里的你是什么模样，画出来便是什么模样。我喜欢的从来都是你原本的样子，也从来只有你。”

他的声音温柔，像是世间一切美好的结合。

姜绥绥感觉到脸上突然有些冰凉凉的，她抬眼去看，发现今年的雪竟在此刻落了下来。

“绥绥，你愿意嫁我为妻吗？”

雪越飘越大，院子里栽种的梅花也渐渐泛出香味儿来，和桃花酿的香味儿交织在一起，她看着顾昭鹤的眉眼，只觉得世间万物，皆不及眼前之人。

“顾昭鹤，往后的每一日，都拜托给你了。”